HOMERIC POEMS

黄昏，圣托里尼岛。

白色屋顶上，停放着一艘锈蚀的小船，

四五支桨整齐地排列，恰似自然之笔，

等待人们起笔，去撰写爱琴海的诗篇。

摇晃之岛上的挚爱

这是一座神奇的小岛。

每当涨潮时，整个岛都会摇晃起来。

这是西班牙影片《露西亚的情人》（*Lucia y el sexo*）中的一个细节。这个细节总让我浮想联翩。

我的目光曾停留在一幅西班牙原版地图上，在伊比利亚半岛的东部海域搜寻着，想象着，哪个岛是电影中那个涨潮时会摇晃的岛呢？然后，就让影片中的主题曲《我会陨落于如此多的爱》（*Me Voy a Morir de Tanto Amor*），那大提琴与长笛的呢喃，在我的房间里一遍遍响起。

在我看来，会摇晃的岛屿是这个动荡不已、纷争不断的世界之隐喻。

而“爱情群岛”，正是我对走过的那些远方之岛的昵称，因为书中的这些岛屿大多与爱情和情感有关。在这个世界上，并没有一个群岛的名字叫作“爱情群岛”。它们只存在于恋人们想象的世界里。

它们迷人、优雅、自然，抒发着温婉宜人的气息。那里曾发生过许多爱情往事，对恋人、对家园、对土地，她们很少说“爱情不朽”这样励志的话，岛上每一块石头所讲述的故事，只是忠实地记录并传递着这样一个信念——挚爱不灭，念想长久。

——程　萌

The Whispers of the European Islands

琴岛低语

程萌 / 著

Photographs and Essays by Cheng Meng

沈阳出版发行集团
沈阳出版社

程　萌

作家　摄影家　文化学者

多年来，程萌成功地横跨人文地理和国际时尚两大领域，具有广泛的影响。作为地理探险家和高端出境游的先行者，他常年深入地中海、非洲、北极和南极等地区，持续关注全球的环境现状。

同时，他曾是最早拍摄伦敦时装周（London Fashion Week）和巴黎时装周（Prêt-à-Porter）等时尚盛会的华裔摄影师之一，现场拍摄下那个时尚鼎盛时代的魅影，记录下 Karl Lagerfeld 和 John Galliano 等设计大师的精彩瞬间。

程萌获得过国内外多项重大奖项，其中包括两度荣获中国新闻奖，其摄影作品被多家国际影像博物馆永久收藏。在全国各大城市做过数十场大型时尚和旅行文化巡回讲座。出版有《西欧时装之旅》《华丽巅峰》《心灵居所》《橱窗里的彼岸》《水恋欧洲》《时尚候鸟》《水岸九歌》等一系列专著。

Cheng Meng:

He is a distinguished and award-winning photographer and writer. He was the special invited fashion writer and photographer of London Fashion Week and Prêt-à-Porter. His writings are poetic, smooth yet thought provoking, brimming with humanitarian sentiment; his photographic works have won *China News Awards* twice and *Prix de La Fédération Internationale de L'Art Photographique* (*FIAP*).

He specializes in documenting adventure lifestyles, landscapes and cultures abroad, he has photographed on all seven continents, and has shot a variety of assignments in the Antarctic, the Arctic and beyond, and his work spans nature and fashion, culture and the environment, expresses an unwavering passion, respect and awe for the natural world, communicating his enthusiasm for the natural world through his writings, lectures and workshops, to showcase the beauty of the natural wonders in a creative way.

He is the author of photographic story series: *Visit to Child World-A New Survey of Chinese Children* (1999), a collection of nine years labor, and winning immediate acclaim after publication. In 2001, he published fashion series *Beautiful New Century: Fashion Tour through Western Europe.* He published the *Natural Photography Guide* series and *Digital Fashion Photographing* in 2003, *Perfect Journey from Iceland to Greece* and *Window Shopping* in 2005, *Vacations on European Waterways* and *Flying for Fashion* in 2006. As the first book of *Cheng Meng-Yesterday Trilogy, Nine Odes to the Waterways* has been published in January 2021.

The author also writes column articles for not a few fashion and natural geography magazines. He has been interviewed and reported by media at home and abroad.

E-mail: 792957768@qq.com

Contents | 目录

Prelude

The Islands between Light and Shadow

引子
光影之岛

演出之前

Corsica

2015

科西嘉岛。一支乐队在卡尔维（Calvi）海湾边准备演出。

这是法国在地中海的岛屿。拿破仑于1769年出生在这座岛上。世界之美，有时在想象之外。

漫游在科西嘉时，就经常会有这样的感受。

光影闯入者

Crete

2013

斯皮纳龙格岛（Spinalonga），位于克里特岛东部的一个袖珍小岛。黄昏时分，我的身影投射在废弃的房屋之中。从 1903 年到 1957 年，此地曾作为希腊主要的麻风病人隔离区，有着无数的传奇往事，让人顿生幽思。

流金岁月

Kos

2015

科斯岛。从阳台上，即可俯瞰这片流光溢彩的海面。安静享受，一切尽在此间。在古代，『医学之父』希波克拉底曾在一棵茂盛的梧桐树下，向人们传授医学知识。

白色上的红色

Mykonos

1999

米克诺斯岛。岛上的民居依山而建，白墙与红门形成醒目的对比。白房子之间的石板路像雪地小径，让人们在盛夏感受到丝丝凉意。两位女子结伴而行，其中一位在拍照时做出鬼脸，流露出岛屿所特有的闲适气息。我采用70mm—200mm f2.8 镜头，凝固下时光中的欢颜与浅笑。这样曼妙而彰显细微的影像，任目光穿透想象的深处，历久弥新。

林多斯的黄昏

Rhodes

2015

罗德岛。林多斯（Lindos）是该岛三座古城中，唯一基本保持原貌的一座老城。多立克神庙（Doric Temple）建于公元前300年左右，其遗址依然以卓然独立的气势，傲立在卫城中央。

Houses
Apartments
Studios
Hotels

吹螺号的人

Amorgos

2013

清晨，一位海鲜商贩驱车来到村落中央，吹起海螺，告之四周的居民。阿莫戈斯岛，是吕克·贝松的影片《碧海蓝天》的外景地。整个小岛还保持着原生态，安详宁静。

爱琴海的温柔之床

Samos

2015

萨摩斯岛。这里是伊壁鸠鲁和毕达哥拉斯的故乡。海边摆放着一排木架子吊床。白色帷幔飞舞。人们躺在上面，悠悠荡荡，不需要多久，就在海风中浅寐了。

永恒的怀抱

Santorini

2013

圣托里尼岛，黄昏临近。
结束了畅泳的一对恋人在游艇甲板上休憩。他们若即若离地轻偎，这种情愫、这种依恋和温存，仿若电影中的镜头。
时间，一如黑白默片般沉郁。十分钟年华老去，唯有记忆中的怀抱永恒。

Chapter I

North Atlantic Winds: Escape Time

北大西洋之风：避世岁月

在西欧，有一些旅行者较少探访的岛屿。如叙尔特岛（Sylt），旅行者频繁造访德国，却鲜有人前往这座德国北部有名的度假海岛，而在法国布列塔地区，美丽岛（Belle-Île）遗世独立，也常被人忽视。同样，近年来前往葡萄牙的游人渐多，但将马德拉岛（Madeira）列入旅行计划的也很少。

或成为一名小众岛屿的热情探索者，去不断拓展自己的游历半径——文学上或地理上的。

起点 & 终点

从富有想象力的角度，由西向东，我沿着欧洲大陆的边缘，穿越众多岛屿。在目击和想象之外，觉察到全球多元文化的隔绝和融汇。当你更多地了解这些岛屿以及它们留给人们的深邃遐想，就能更深刻地理解岛屿的灵魂。

德国北部具有高冷气质的叙尔特岛（Sylt）是本书的起点。英国的怀特岛（Isle of Wight）被称为“绅士之岛”，法国的美丽岛（Belle-Île）遗世独立；葡萄牙的圣米格尔岛（São Miguel）和马德拉岛（Madeira），凸现在火山与碧波之间。

接着，我飞往西班牙的伊比萨岛（Ibiza）。抵达马略卡岛（Mallorca），肖邦和乔治·桑等名流曾经到访此地；再东赴法国科西嘉岛（Corsica）；向南飞行，到达意大利撒丁岛（Sardinia）；然后，来到西西里岛（Sicily）。

此刻，航程驶向爱琴海，进入希腊。克里特岛（Crete）、阿莫戈斯岛（Amorgos）、纳克索斯岛（Naxos）和帕罗斯岛（Paros），当我沿着这条岛屿文化之链行进时，数千年的欧洲文明史在我眼前一一掠过。

米克诺斯岛（Mykonos）、提洛岛（Delos）和圣托里尼岛（Santorini），寻找这些热门岛屿的僻静之处，还有莱斯博斯岛（Lesbos）、希俄斯岛（Chios）、萨摩斯岛（Samos）、科斯岛（Kos）和帕特莫斯岛（Patmos），以及罗德岛（Rhodes）——“玫瑰与太阳之岛”，每座岛上都有着无尽的传说。最后，在土耳其的鸽子岛（Güvercin Adasi）回望这 23 座欧洲海岛的诗意旅程。

From Sylt to Isle of Wight

Who Loved her all the Life?

叙尔特岛和怀特岛：

她被谁钟爱一生

叙尔特岛（Sylt）有着欧洲北方岛屿所特有的气质。实际上，它不仅是德国最负盛名的岛屿之一，同时也是一处运动休闲之所。

从地图上看，怀特岛（Isle of Wight）像是在英国南部南汉普敦水域外的一扇贝壳，贝壳上隆起的纹路是苍翠的群山，贝壳的边缘就是险峻的海岸线，而那些往事则包含在贝壳中，缄默不语……这是维多利亚女王一生钟爱的海岛，它又是一个怎样神奇的地方？

文艺名厨的精品酒店

列车行驶在德国最西北侧的铁路上。车窗外，不时可以看到巨大的白色风车缓缓转动。临近北海，这种强劲的风能被充分利用起来。当列车驶入 11 公里长的兴登堡堤道（Hindenburgdamm）时，夕阳从浓云中刺破跃出，但仍然寒气袭人。我的终

点也快到了，即叙尔特岛（Sylt）。

整个叙尔特岛屿的形状是南北两端细长，中间饱满，形似一只纺锤，它有 40 公里长的沙滩，因其海岸线的独特形状而为欧洲旅行者所周知。它是北弗里西亚群岛（North Frisian Islands）中最大的岛屿，面积为 99 平方公里，位于德国的最西北端。由于地理位置偏僻，该岛保留了文化上的独特性。

自 1927 年以来，叙尔特岛以兴登堡大堤与德国大陆相连，此后，它一直是“喷气飞机的目的地”（The Jet Set），也就是说，那些名人像“打的”一样，打“波音的”前来。目前，这里也是游客偶尔寻找名人踪迹的旅游胜地。

列车抵达岛上的韦斯特兰（Westerland）站。冷雾弥漫，叙尔特岛属于海洋性气候，年平均气温为 8.5℃。一位身材修长的女士在站台口，迎接我的到来。她是 Landhaus Stricker 酒店的总经理乔安娜（Johanna）。她将我接到酒店。

酒店离车站大约 2 公里的距离。车子驶入一条静僻的小路，看到院落之内有一幢 18 世纪末期的茅草屋顶的传统建筑，目前作为酒店的两间餐厅在使用，后面是一座砖瓦结构的建筑，38 间客房分布其中。

她带着我走进 35 号房间，这是一个高级套房（Junior Suite），面积约 40 平方米，典型的北德修饰风格，独立的起居室，配有轻木质家具、黄铜灯具。卧房内一张 2 米宽的大床、高品质的织物，营造出舒适的气氛。拉开两扇玻璃门，外面是露台，上面摆放着一张叙尔特特有的藤编沙滩椅子，这种椅子用上好的木材做成框架，再以藤编部分形成一个半封闭的私密空间，里面衬以织物和头枕，座椅下面还有抽屉，可以贮物。此后在海滩上，我才知道订制一张这样的沙滩椅有多贵了。

露台外就是花园，一条小溪潺潺流过，溪边鲁冰花盛开，鸟儿在暮色中鸣啭。回到房间，茶几上摆放着果盘、糕点、气泡水和产自葡萄牙波尔图的Fabelhaft波特酒，还有一封欢迎函，在最上方援引了诗人纳伦达·库潘（Narenda Kuppan）的一句话："Life is a Journey from one proximal end to the other."（生活是一段旅程，从一个最近点滑向另一个最近点。）即刻感受到了浓浓的文艺气息。此后，在每天早晨摆放在餐厅的天气预报和活动安排的打印单上，都会附上各种德文名人名言，人文气息呼之欲出。

次日清晨，我在鸟鸣中醒来。推门而出，沿着小溪散步，走到一个池塘边，黄色的鸢尾花正在开放，池塘旁一个平台上放置着两尊雕塑，一座是一个小男孩骑车前行，另一座是一个小女孩背对池塘而立，身后是初夏的一池翠蓝。

下午3点钟，我从酒店出发，徒步前往凯托姆小镇（Keitum），约5公里的距离。沿着一条静僻的马路走了1公里后，转入一条公路主干道，道上的车辆速度很快，这条主干道专门辟出了自行车道，公路旁有一些简洁的雕塑作品，如，将4根树干竖起来，中间用铆钉连接，就算是一件雕塑品了。拐过一个圆形转盘，就接近凯托姆小镇了。镇口新建的一座茅草屋顶的房子，看上去太新了，觉着这种建筑一定是需要经历岁月的风吹雨打，方能显示出其古雅的气质。

下午阳光暴晒，气温较高。走进小镇的主干道，浓荫蔽日，明显凉爽了许多。路旁有一家工艺品店，店外的花园中有漆成白色的树干、青铜的鸟类雕塑和公鸡造型的陶瓷作品。我从店前的一条下坡道走到海边的滩地。这里是叙尔特岛东侧的海滨，波平浪静，茅草疯长。路边的一块牌子上标明这里是北海浅滩国家公园（Nationalpark Wattenmeer）的一部分，在2009年被列入《世界自然遗产名录》。

凯托姆作为一个古雅的小镇，保留着很多传统的茅草屋顶的房子。小镇上还竖立着雕塑，其中一件是两根连在一起的树干，上端各自呈扇形展开，这座雕塑的名字叫《亚当与夏娃》（*Adam & Eva*）。小径的尽头，有一个红色的英伦电话亭，后面是一间开业不久的英国男装品牌店，旁边还有一家羊绒制品店，羊绒衫的起价都在2000多欧元。一位店员介绍说，岛上气候多变，北大西洋的海风又大，所以羊绒衫是必备之品。

北大西洋（North Atlantic）之风凌厉刺骨。大西洋是世界上第二大洋，总面积约

为 1.0646 亿平方公里，覆盖了地球表面大约 20% 的面积。赤道逆流在北纬 8° 左右，将其细分为北大西洋和南大西洋。

“大西洋”名字来源于希腊神话，意思是“阿特拉斯之海”(Sea of Atlas)。与南大西洋形成对比的是，北大西洋拥有丰富的岛屿和支流海洋。这些海洋包括西面的巴芬湾、加勒比海、墨西哥湾，以及东部的波罗的海、北海和地中海。

沿着海边的徒步道，来到乡土博物馆(Sylt Hermatmuseum)。在博物馆外的草坪上，陈列着一副鳍鲸(Fin Whale)骨架，这条鳍鲸于 2001 年在叙尔特岛南端的赫努姆(Hörnum)搁浅而亡时被发现。鲸鱼长 15.5 米，重 30 吨。乡土博物馆的入口处也是用鳍鲸的两根腭骨交叉构成的。博物馆的对面是建于 1640 年的“弗里斯安之家”(Altfriesisches Haus)，在厨房和客厅，保留着精雅的瓷砖和许多日常用品，体现着过去那个时代的生活形态。在当时，住在这里的没有穷人，皆是殷富之士。

大宅后的长椅上，一对中年人坐着，安静地看着海。

从凯托姆走回酒店，然后在房间前的花园里品茗阅读，不觉黄昏悄然降临。酒店的业主霍尔格·博登多夫（Holger Bodendorf）先生，也是餐厅的主厨，他长发飘逸，帅气逼人，热情地邀请我在晚餐前进入他的私密厨房参观。厨房里的他像一个指挥美食的艺术家，熟练地制作着各种佳肴。他比较擅长烹制地中海风味的美食，尤其会做各种金枪鱼美馔，包括黄瓜炒金枪鱼、腌金枪鱼、炸金枪鱼和金枪鱼鞑靼等。

他在分享美食心得时认为，用激情烹饪，以最好的食材来创造新的菜肴，才

是生活的乐趣。除了金枪鱼之外，他还喜欢做羊肉，选材于丹麦克努特亨伦德（Knuthenlund）农场的羔羊肉鲜嫩且不膻。在这个农场，所有人的努力都是为了催生鲜美的羊肉，那些羔羊被放养在农场郁郁葱葱的草地上，水草丰美，其中山萝卜是羔羊比较喜欢的食物。

在宰杀时，为防止应激激素的分泌，这些羔羊都是就地宰杀，而不是被送到屠宰场里去“客死异乡”。在制作这道羊肉时，他会先将羊肉装进密封的袋子里，放入59℃的水中浸泡45分钟，然后用橄榄油、黄油和迷迭香在高温下加热，配上山萝卜和细叶芹，这是酒店餐厅的招牌菜之一。

晚上7点钟，在Siebzehn 84餐厅享用晚餐。头盘我选的是腌渍鲱鱼，配上鳄梨、芹菜和龙虾汁，鲱鱼有着一种浓厚的鲜味；第二道头盘点的是餐厅自制的奶油奶酪意式方饺子，佐以蘑菇、番茄汁和帕尔马干酪粉；主菜是香煎大菱鲆鱼，配上蚝蘑、杏仁奶油烩饭、西兰花和勃艮第酱汁，这种鱼肉细嫩，口有余香。

韦斯特兰的风情

午后时分，我在酒店的阅读室安静地品读。下午 1 点 30 分，司机将我接到 Hotel Stadt Hamburg 酒店。这家酒店位于韦斯特兰的中央位置。

韦斯特兰是这座岛上最大的城镇。1436 年 11 月，这里西南方位的一个叫

艾杜姆（Eidum）的村庄被风暴潮摧毁后，幸存者们在此建立起一个新的城镇，取名为“Westerland”。1462年这个名字首先正式记录于史册。1865年，建造了海滨温泉。1949年，它被正式确定为疗养胜地。目前镇上有9000多名常住居民。

这家酒店坐落在海滩大街（Strandstraße）上，与上一家酒店有着不一样的风格。酒店由一座19世纪的别墅改建而成，临街的一侧是一座二层楼的建筑，初看会让人以为酒店的规模不会太大，当我随着迎宾员走向51号房间时，才发现别有洞天。

我沿着走廊前行，装饰柜靠墙而立，里面摆放着古雅的瓷器；在一侧墙面上陈列着摄影作品，包括一款年历，这些作品应该都是酒店的业主哈拉尔德·亨策尔（Harald Hentzschel）拍摄的，他每年都自制一本年历，内容是叙尔特岛上的风光，已坚持了不少年。如此喜欢摄影的业主，在我住过的无数精品酒店中也是比较少见的。走廊的另一侧是玻璃窗，窗台上摆放着红花，悄然将花园中静谧的景致引入室内。

走进一部老式电梯，来到我的房间，这是个豪华双人间（Grand Deluxe Double Room），进门后是一条狭长的门厅和衣橱间，再往前就是卧室，里面摆放着英式家具，一张长沙发，面料是绿色与红色相间的格子布，大床上是红黄相间的条纹床品，瞬间让人感到舒缓。茶几上有迎宾果盘和香槟酒。走进浴室，里面很宽大，配备着浴缸和淋浴设施，洗浴用品是Gilchrist & Soames的牌子，属于小众系列。这个豪华房间足有45平方米，卧室里有4扇大窗，有高度开放的视野，可以看到花园的景致；卫生间

内，则可以看到另一侧院落的景色。

稍事休息后，我在酒店的各处参观。发现这座酒店像一个博物馆。长长的走廊两侧贴着精美的墙布，图案精美，有树木、建筑和人物。人物全然是古典时代的装束，仿若上一个时代的全景画，人文古韵令人沉醉。我尤其喜欢其中的图书室，里面布置着油画，人物或花卉作品；壁炉，老式的挂钟，红黄条纹的灯罩，墙面上探出的铁艺烛台，营造出一种多层次感的怀旧氛围。当然还有那英式沙发，可以坐在上面舒适地品读。

与图书室相隔的是 Hardy's 酒吧，这间酒吧刚装修完毕，紫色绒面材料装饰的墙面上挂着一幅黑白照片。椅子有荧光蓝、玫瑰红和浅黄色，轻奢炫亮，这家酒吧也旋即成为岛上不少时尚人士的聚会场所。

走出酒店，海滩大街与不远处的弗里德里希大街（Friedrichstraße）构成韦斯特兰小镇的核心商业区。与前几天在岛上的感觉不同，我发现这里比较难搭配衣服。阳光照在身上，很热；同时北海的海风非常大，吹在腿上又很冷。我上身只穿着衬衣和一件棉质背心，没走几步就觉得身上的热量都被吹走了。看着满大街的人，大多穿着户外服装；还有一些人下身穿着短裤，上身穿着抓绒衫。在这里遇到北德一个狩猎俱乐部的成员，他们穿着颇有特色的制服，帽子上插着长长的锦鸡毛，站在街边喝啤酒，倒也自在。

街道两旁密布着商店，大部分是户外用品店，还有几家餐厅、咖啡馆和手工巧克力店，基本上没有太大的品牌。昨天在凯托姆看到的英伦男装店在此地也没有看到，足以说明这里的消费更趋于平民。我在这里找到一家户外鞋店，这是我穿了多年的一个德国品牌，在斯洛伐克生产，舒适感和防滑性能都比较高，国内的售价一般在 2400 元人民币，在这里我找到一双最新款，浅绿色的绒皮革面鞋子，价格 175 欧元，加上退税，委实要比在国内便宜不少。

沿着这条大街走了大约 400 米，就来到了海滩。恰好赶上举办冲浪节，天空飘舞着风帆。目前，叙尔特岛已成为年度风帆冲浪世界杯的赛事场地，吸引了众多高手参加。海滩上大浪汹涌，一些游人在沿着海岸线散步。海滩上散放着叙尔特岛特

有的海滩椅，它有遮阳顶盖，从而保持着较好的私密性。这些海滩椅的背部都印着编号，该是为了便于管理。漫步在沙滩上，看到一些灌木和茅草屋，长长的茅草在舞动，烘托了这座北方之岛的冷峻气息。

在海滩的中央入口处，有各色摊位。其中一个摊子上展示着一辆概念房车，与一般房车庞大笨重的外观相比，这辆房车采取小巧的商务车作为改装原型，可以坐 4 个人。里面布置有餐桌、灶具和洗漱盆，中间是卫生间和洗浴室，通过圆形移动门来区分使用：移动门拉开后可以使用坐厕和洗漱间，移动门合上后可以淋浴。后面是一个架空的软垫床，宽 1.5 米，床下面有足够的储物空间。我特地问了一下水箱的容量，工作人员介绍说有两个水箱，可储水 100 升。

房车我见过不少，但设计如此精致的还是不多见的。这样的房车让人想在拥有一辆后，去环行世界。

房车的旁边是一个订制叙尔特式海滩椅的摊位，一个二人座的海滩椅价格在 3000 多欧元。有咖啡色条纹坐垫，椅子的框架采用印尼的上等柚木，靠背用聚乙烯编织条构成，各种靠垫和遮阳布算起来，每样的价格都不菲。旁边一个三人座海滩椅标价 3900 欧元，这样算起来，家庭院子里添置上一把这样的海滩椅，也算是不俗的摆设了。当然，这些都是比较高档的海滩椅，那些摆放在海滩上的椅子明显要简易且便宜许多。

黄昏时分，游人渐渐散去。海滩上变得空阔起来。一对中年夫妇坐在海滩椅上各自看书，并不对话，听涛若梦。这种经年形成的默契，静美如画。

一次没有预谋的旅行

一座岛与一种爱情，时光倒流 160 多年。这是关于怀特岛的素描。

从叙尔特到怀特岛，由此将一种古老和深邃展现出来。感受海洋之心，体验的

不仅仅是激情，还有蕴含在岁月深处的不由分说的力量和勇气。

中午时分，我把自己抛到了怀特岛（Isle of Wight）。

这是一次没有任何准备的旅行。我从英国的朴次茅斯坐渡轮到怀特岛的莱德小镇（Ryde），本只想到岛上走走，甚至没有带上一份岛上的地图。这是我第一次来到这个海岛，我却对她心仪已久。

莱德火车站与码头连在一起，每隔 20 分钟就有一班驶向岛中央的列车。我坐在车站的咖啡屋里歇息。怀特岛远比我想象的大。哪里是她最惊心动魄的地方？

怀特岛是英国南汉普敦水域外的一个海岛。岛屿宽约 22 公里，长约 40 公里，面积为 380 平方公里，是英国面积最大的岛屿，这里的海岸线富于变化，具有磅礴的气势，有着丰富的历史、建筑和考古资源，被称为“英格兰的缩影”。从英国维多利亚女王时代起，就是欧美上流社会人士的休闲胜地。

莱德位于该岛的东北部，是岛上最大的城镇，人口约 2.4 万。这是一个维多利亚时代的城镇，有英国最古老的海滨码头。

咖啡屋很静。墙上挂着 19 世纪时的老照片，让人忆起英国诗人阿尔弗雷德·丁尼生勋爵（Alfred Lord Tennyson，1809—1892）。他用诗歌反映维多利亚时代的激荡思潮，1850 年，他为纪念朋友阿瑟·亨利·哈勒姆（Arthur Henry Hallam）而作的挽歌《悼念集》（*In Memoriam A.H.H.*）问世，被誉为“英国文学史上最佳挽歌之一”，博得了维多利亚女王的青睐，她感到这部巨作给她心灵以莫大的慰藉。同年，丁尼生被封为桂冠诗人。这年的 6 月，丁尼生与他从小认识的恋人艾米莉·塞尔伍德（Emily Sellwood，1813—1896）结为伉俪。从 1853 年起，44 岁的他定居怀特岛。

160 多年就这样过去了。

去往尚克林的海岸

乘坐老式火车，前往怀特岛东南部的小镇尚克林（Shanklin）。

窗外不断掠过旖旎的海岛风光。列车上的售票员是个老派的英国男人，背着一个小巧的铁皮箱子，外面已经磨损得很旧，里面分门别类地放着各种硬币，还有票据。此情景恍若隔世。行程并不算太长。经过半个多小时的车程，“远方”就到了。

尚克林是一个充满魅力的度假地。黄昏时分，我沿着小镇的主干道散步，十分惬意，街的两旁排列着英式茶馆和礼品店，一些小屋的屋顶是用英国特有的深褐色的茅草盖成的，窗台和门楣下鲜花盛开。美，在等候着人们。

尚克林的峡谷是一条充满历史感的幽谷。幽谷原来是走私者经常出没的地方，在海岸区和老城之间，这条裂谷是大量的珍稀植物的避难所，在 13 米高的瀑布旁，一条小路通向长满蕨类植物的浅滩，还有布满青苔的巨石。幽谷在盛夏的日子里绿意盎然；而在春季，繁花会一直蔓延到圣布莱修斯教堂（St. Blasius Church）下。

幽谷中的小径像波浪一样起伏，延伸到幽谷南面的瑞尔斯通花园（Rylstone Gardens）。在那里还有一个音乐舞台和咖啡厅，台阶上的灯光交错迷离，几位恋人手牵着手在这里散步。

在岛上期间，我看不到东方人。到这里来的大多是西欧国家的一些中老年夫妇，他们银灰的头发在岛上闪耀。我们相遇的瞬间，彼此都会热情地问好。在这样的情景中，我禁不住会沉浸在一种特别的情绪之中——平和、宁静，还有对于自己未来的遥想。

在山路旁的一张长椅上，一对老人一个拿着望远镜在眺望海面，另一个举着相机在拍摄。他们在天涯海角，形影相随，还不时回过头微笑地看着对方。路旁有很多开得灿烂的花，花团锦簇，花语热烈，它们用熟悉的姿态，向我致意。

漫步在海滩上，当地朋友告诉我一则趣闻。多年前，一条名叫杰克的狗，跟随主人在海滩上溜达，凭着灵敏的嗅觉，从沙滩里叼到了一块很奇怪的骨头。后来，主人约翰·温奇把这块骨头送到怀特岛地质博物馆去鉴定，结论令人大吃一惊——这是一块恐龙前肢骨化石，化石来自一条重约 4 吨的禽龙，它的生活年代距今大约 1.18 亿年，所以这块恐龙骨的发现尤为珍贵。杰克一下子就成了当时英国新闻界的明星宠物。

略微失焦的肖像

夜色渐深。我忆起早期摄影史上杰出的女摄影家朱莉娅·玛格丽特·卡梅隆（Julia Margaret Cameron，1815—1879）也曾居住在怀特岛上。她出生在印度，在法国接受教育后，又回到了印度，1838 年，嫁给了一位比她年长 20 岁的法学家查尔斯·海·卡梅隆（Charles Hay Cameron）。1848 年，随着查尔斯退休，举家搬到英国伦敦。1860年，朱莉娅来到怀特岛，拜会诗人丁尼生勋爵，立刻被岛上的氛围所吸引，此后不久，朱莉娅一家也在岛上购置了一处庄园，以家族“锡兰庄园”的名字命名为“Dimbola Lodge”。

1863年，朱莉娅48岁时，她的女儿送给她一部相机作为礼物，从此，朱莉娅开始了摄影师的职业生涯。她把家中当时放煤的屋子改成暗室；把装有玻璃窗的鸡舍改成摄影间。她选择使用柔和的焦点，把摄影当作一门艺术来研究，拍摄出一些优秀的人像作品。朱莉娅的侄女劳拉·特鲁布里奇（Laura Troubridge）回忆起朱莉娅当时的样子说，她“穿着深色的衣服，身上沾满了来自显影液的化学物质，一副沙哑的声音，但拍摄时，是令人信服的，甚至是迷人的”。1875年，朱莉娅搬回了锡兰，她继续从事摄影，但制作的数量却少了很多。1879年，她因患风寒在锡兰的卡鲁塔拉（Kalutara）去世。

我看到了那个年代的影像，柔和且焦点略有些虚，但这并不妨碍对人物内心的记录，正如在她未完成的回忆录《玻璃屋手记》（*Annals of My Glass House*）中所言：“My first successes in my out-of-focus pictures were a fluke. That is to say, that when focusing and coming to something which, to my eye, was very beautiful, I stopped there instead of screwing on the lens to the more definite focus which all other photographers insist upon.”（我第一次失焦的照片取得的成功是一次侥幸。也就是说，我在对焦的时候，当影像

在我眼中非常完美时，我就停在那里，就不再调整到其他摄影师所坚持的更清晰的焦点上。）

她注重直觉，她在玻璃屋里拍摄了12年人物肖像，查尔斯·达尔文、阿尔弗雷德·丁尼生勋爵、罗伯特·布朗宁等一批名士，都在此留下一张张不朽的肖像作品。

历史就这样保留下来。

怀特岛内在的贵族气质，乃至那个时代，皆被影像呈现出来。

由于朱莉娅·玛格丽特·卡梅隆选择使用柔和的焦点，她的摄影风格在她所处的时代并没有得到广泛的认可。直到1948年，她才开始被重新发现价值。2000年后，她的作品在欧美各大博物馆相继展出，专家们认为："朱莉娅·玛格丽特·卡梅隆的摄影肖像是早期摄影史上最好的肖像作品之一。"

而这些影像都源于这座怀特岛。正如她在《玻璃屋手记》所记录的那样："from the first moment I handled my lens with a tender ardour, and it has become to me as a living thing, with voice and memory and creative vigour."（从一开始我就用温柔的热情来调节我的镜头，对我来说，它已经成为一种有生命的东西，拥有了声音、记忆和创造性活力。）

我忆起了一句话："Building a glass greenhouse to preserve the fragile dreams."（造一间玻璃暖房来保存易碎之梦。）在许多情况下，的确需要这样。

不知为何，我想起维多利亚女王。她也钟爱这个小岛，并最终于1901年，在岛上的奥斯本庄园（Osborne House）中走完了81年的生命历程。

这座奥斯本庄园是由女王的丈夫阿尔伯特亲王设计的，一座意大利文艺复兴风格的建筑，位于怀特岛的东考斯（East Cows）小镇。这里有一个很大的花园，细石地面上穿插着草坪和花坛，还有雕塑。一幢三层楼的意大利式建筑，华丽的房间装饰，让我们对过去的皇家隐秘生活有了匆匆一瞥。庄园里的维多利亚花园和瑞士小屋则成了孩子们的天堂。

离开怀特岛时，在前往南汉普顿的渡轮上我看着小岛越来越远，直至消失在海平面上。那一刻，我明白，这是一个让人心存念想的地方。

近些年来，岛屿旅行盛行的一个原因，在很大程度上如葡萄牙作家劳尔·布兰迪奥（Raúl Brandão，1867—1930）所言：“未知的岛屿”。正是这种神秘的特质，激起旅行者探索的渴望。

Belle-Île and São Miguel

Between the Waves and the Volcanos

美丽岛和圣米格尔岛：

在碧波与火山之间

布列塔尼位于法国西北端，面朝大西洋，由凯尔特人创造的独特的文化保留至今，其中美丽岛（Belle-Île）是该地区最大的岛屿。印象派大师莫奈（Monet）钟情于此，从而创作了一系列以此为主题的绘画作品。

亚速尔群岛（Arquipélago dos Açores）位于北大西洋中部，是欧洲最后一个未被旅游潮波及的群岛。整个群岛有9个火山岛屿，遍布温泉和潟湖，其中圣米格尔岛（São Miguel）是这座群岛中最大的一座岛屿，因其植被繁茂而被称为“绿岛”。

美丽岛，可以看见灯塔的房间

下午 4 点 30 分，飞机降落在南特（Nantes）机场。我将从这个布列塔尼的南部门户进入该地区。在提取行李之前，发现这座机场的边检在检查所有人的护照。因为我们这个航班不是从欧洲申根区之外飞来的，在其他机场本不需要查验。由此可

见这个位于法国西北部的地区比较特殊，此举应与严控难民的局势密切相关。

布列塔尼大区位于法国西北部。它曾是一个公爵领地，1532 年与法兰西王国合并，保留着凯尔特民族的文化特征。布列塔尼的面积为 34023 平方公里，人口 447 万。

次日上午，我将前往美丽岛（Belle-Île）。该岛音译为“贝勒岛”。从南特火车站，我首先乘坐列车，到达欧莱（Auray）火车站。在欧莱这个小镇休息了一个多小

时后，搭乘一趟联运的大巴，下午 3 点多到达基伯伦（Quiberon）小镇。

基伯龙车站紧挨着码头。我登上一艘老式渡轮，上层载客，下层载汽车。沿着狭窄而陡峭的楼梯，来到上层的乘客座位区。这里人不算多，除了几位游客之外，其他的都是当地居民。在渡轮和此后的美丽岛上，我没有看到其他一张亚洲人的面孔。到目前为止，这里还只是欧洲人尤其是法国人的隐秘后花园。

渡轮上，几个孩子发现了二层船舱的前部有一个呈 45 度角的斜面，一个女孩迅速判断这里可以成为一个微型的游乐场，她迈开大步，几步助跑就攀上了斜面，其他的几个孩子竞相模仿，玩得不亦乐乎。在他们的身后是一片碧海，映衬着这些幼小的自由精灵。

45 分钟后，渡轮来到帕莱斯（Le Palais），这是美丽岛的主要港口，位于小岛的东北角。我搭乘便车前往位于小岛西南侧的邦戈（Bangor）小镇，需要横穿小岛。该岛长约 17 公里，宽约 9 公里，面积约为 84 平方公里，平均海拔 40 米，岛上的公路平坦而安静，几乎没什么车辆。20 分钟后，我来到预订的 Castel Clara Thalasso & Spa 酒店，两幢长长的白色建筑高踞在一座小丘之上。

我的房间位于东侧大楼的二楼。推门而进，是一间宽敞的客厅，走到里面的卧房，大床上配备了有花纹图案的床品，与卧房窗帘的花色呼应。整个套房足有 60 多平方米，中央位置摆放了一张书桌，在侧前方的台上有茶具和咖啡机。

走到阳台，前面就是古尔法湾（Goulphar）的静谧景色。阳台围绕着我的房间，共有两面，10多米长。这样，一侧是海景，一侧是酒店的花园景色。而在晚上，我发现了更多的惊喜。房间的两侧都有宽大的落地窗，陆地与海洋的结合，呈现高度真实的自然之美。这座海岛酒店果然有其别致之处。

美丽岛地貌丰富，为步行探索创造了无限的可能性。午后时分小憩片刻后，我沿着古尔福湾的徒步小径走了大约3公里，来到卡顿港尖角（Aiguilles de Port Coton），一些尖利的岩石凸出在波涛之中，海鸟在岩石间起起落落，在繁忙地觅食。

我继续沿着小道前行，一个小时后来到美丽岛最北端的普兰角（Pointe des Poulains），海天相接的蓝色天地令人迷醉。普兰角是莎拉·伯恩哈特（Sarah Bernhardt，1844—1923）的夏季住地。她是19世纪后期法国著名的女演员，也是近代舞台史上最知名的明星之一。

莎拉是荷兰一位女侍者的私生女，她父亲的身份尚不确定。在莎拉16岁时，她母亲的情人之一、拿破仑三世的同父异母兄弟德莫尼公爵（Duke de Morny）觉得，莎拉应该成为一名演员，于是将她安排在巴黎音乐学院学习。

莎拉曾是比利时的德·利涅王子（Prince de Ligne）的情妇，生下了她唯一的孩子莫里斯（Maurice）。王子曾一度想娶她，但他被家族告知，如果娶了她，他将失去所有的遗产。多年后，德·利涅王子向莎拉提议，他想正式承认这个孩子，这意味着莫里斯会得到贵族的姓氏和头衔，不料遭到莫里斯的拒绝，因为莫里斯只想做莎拉的儿子。

后来，莎拉嫁给了一位希腊军官，但婚姻很短暂，丈夫死于吸毒。据传，在莎拉的一生中，她与不少名人有过情缘，其中有法国作家维克多·雨果、演员卢·泰尔根（Lou Tellegen）和威尔士王子，即后来的英国国王爱德华七世。

在1870年法德战争期间，她将奥德翁（Odéon）剧院变成了保卫巴黎的临时战地医院，说服她富有的朋友捐钱捐物，她在那里当护士照料伤员。战后，重新开放的奥德翁剧院向雨果致敬，演出他制作的诗剧《鲁伊·布拉斯》（*Ruy Blas*）。莎拉在剧中饰演玛丽亚女王，她独特的嗓音大放异彩，被雨果赞誉为“金嗓子”（La Voix D'or）。

1873年，莎拉在《费德雷》（*Phèdre*）中扮演主角，她只用了74个小时就背熟

了台词，法国戏剧评论家萨西（Sarcey）写道："This is nature itself served by marvelous intelligence, by a soul of fire, by the most melodious voice that ever enchanted human ears. This woman plays with her heart, with her entrails."（大自然本身是由奇妙的智慧、火焰般的灵魂、曾经陶醉人类耳朵的最悠扬声音来伺服的。这位女子则以她的心智和内脏来把玩。）这句评论，说明莎拉具有超强的身体把控能力。

随着名气越来越大，莎拉在 35 岁时，生活也变得怪异和具有挑衅性。她在家里摆放着一副缎子装饰的棺材，有时她会睡在里面，甚至还拍照留念，这幅照片最终成为她形象的一部分。在她的收藏中，包括维克多·雨果刻字的人类头骨，还有一块熊皮制成的地毯。

1880 年，莎拉成立了自己的公司，筹划国际巡演。她前往英国，并将足迹延伸到北美大陆。1880 年 11 月，她首访纽约，随后，先后 8 次访问美国。

在当时，随着维克托里安·萨杜（Victorien Sardou，1831—1908）作为首席剧作家的出现，一些新的艺术元素进入她的戏剧。萨杜创作出《费多拉》（*Fédora*，1882）、《特多拉》（*Thédora*，1884）、《托斯卡》（*La Tosca*，1887）和《克莱奥佩特雷》（*Cléopâtre*，1890），萨杜兼任导演，莎拉主演，以豪华的布景和富有异国情调的服

饰，形成华丽的哑剧风格，风靡一时。她还让坐在前排观剧的贵族妇女摘掉帽子，以便能让后排的观众看到舞台。

1894 年，她第一次踏上美丽岛时就迷上了这里，后来她建起了一座别墅，包括一座花园和一个网球场，她还在这里接待了一些贵宾的到访，其中包括爱德华七世。

1905 年，在巴西里约热内卢的巡演中，她在《托斯卡》的最后一幕中，从护栏上跳下来时右膝受伤。当时，医生建议她马上做手术，但她不听劝告，依然继续演出，到 1915 年，坏骨疽已经形成，她的右腿最后不得不截肢。

但这种状况几乎没有减缓她的演出速度。1916 年，她开始了最后一次美国之行——她苦撑了 18 个月的艰难巡演。她在纽约演出的门票是 40 美元，这在当时属于非常昂贵的，美国巡演结束后，她一共赚取了 19.4 万美元。

1922 年，她为电影《预言家》（*La Voyante*）工作，当时她身体已十分虚弱，不能走太远的距离去拍摄，所以，这部影片是在她巴黎的寓所里拍摄的。1923 年 3 月 26 日，莎拉辞世。当地报纸写道：她安眠在她儿子的怀里，没有痛苦。

莎拉业余时间还喜欢绘画和雕塑。马克 · 吐温曾这样评价她："There are 5 kinds of actresses: bad actresses, fair actresses, good actresses, great actresses — and then there is Sarah

Bernhardt.”（世上一共有 5 种女演员：蹩脚的女演员、中规中矩的女演员、优秀的女演员、杰出的女演员——然后是莎拉·伯恩哈特。）

晚上 8 点 30 分我回到酒店，换好正装来到 Le 180° 餐厅，面对着岛屿的夕阳，享受自然的美味。我看见里侧的墙上布满绿植，生机盎然。每一道菜品的设计和摆盘都达到了相当高的水准。头盘是黄鳍金枪鱼、鹅肝酱和脆皮蔬菜，主菜是烤蓝龙虾，配上奶油

鳄梨、意大利香肠和卡拉玛塔橄榄。

甜点是巧克力球配百香果。呈上的第二份甜点是厨师特选甜点配马卡龙，其中一款甜点是粉色的，形似柔嫩的乳头，四周撒着一些细细的红丝，犹如乳晕上浅浅的痕迹，情而不色，让人会心一笑。

餐后，我与主厨弗兰卡·莫伊桑（Franke Moisan）漫聊片刻。他已有25年的厨师经验，浑身散发着一种隐忍的气质。他先后在4家精品酒店工作过。在餐饮美学上，他觉得，这座岛屿丰富的风物激发着他的想象力，由此他追求简单、清淡的风味，因为四周的环境已经如此优美了，所以美食简约即可，完全可以让宾客通过简单的美食重新发现岛屿的美妙。

他用"Osmose"（渗透）这个词，来形容各种食材融合后的口感，即互相渗透、互相影响。各具特色的食物在口腔里，味觉之间会产生美妙的关系，相互挑逗和呼应。

他打了一个比方，说这里的客人有两种风格，在白天是徒步的运动风格，到了晚餐时则是西装革履，美食也可以这样具有一个跨度，从细腻到略带粗粝的口感，达到一种美妙味觉之间的过渡。

这间餐厅曾是米其林一星级餐厅，后来不知何故被摘了星，但我品尝的这些佳肴，能感觉到显然他花费了心思，具有不凡的创意，凭直觉再夺回米其林一星，应是指日可待。

餐厅的落地窗外，夕阳西垂，壮丽辉煌。这是布列塔尼寻常的一日，却有着令人心动的情愫——宁静的，壮美的。

晚餐之后，回到房间。这是一间可以看到灯塔的房间，我走到阳台上，发现不远处的大灯塔（Grand Phare）放射出炫目的光彩，明灭之间，诗意浮现。

在这个国内旅行者还较少踏足的旅行之地，水边的房间、柔和的色调与宁静的氛围，与我此时平和的心态完全吻合。在内心与风景之间，抒发着一种幸福的意味。

温泉秘境

下午 5 点多钟，飞机临近圣米格尔岛（São Miguel）。阳光透过云层，刚好照射在那高 100 多米的悬崖上，烘托出这座岛屿地势的险峻。很快地，飞机掠过一片村庄，

对准了跑道，降落下去。

飞机降落在机坪上，我们沿着舷梯而下，此时落日熔金。

终于到了亚速尔群岛中最大的岛屿。提取了行李，在入境处，一个警员带着一条缉毒犬在检查所有人的行李，我背的双肩包也要求拿在手上，以便缉毒犬能够嗅到。如此严格查验的机场并不多见，也许是该岛经常被当作南美洲至欧洲运送毒品的停靠点的缘故。2001 年，有超过半吨、纯度在 80% 以上的可卡因包裹被冲上了海岸，成为当时的一大新闻，其中一些包裹被警方追回，另外一些则下落不明。

司机已在出口处等候。我们将驱车向东行驶近 50 公里，前往位于富纳斯（Furnas）小镇上的酒店。圣米格尔岛是亚速尔群岛中人口最多的岛屿，面积 760 平方公里，人口约 14 万。

亚速尔群岛是位于北大西洋中部的火山群岛，是葡萄牙的海外领地。这里，东距里斯本 1600 多公里，西距加拿大纽芬兰岛 1900 多公里，东南距马德拉群岛 770 多公里，南距非洲海岸 1500 多公里。由于其所处的地理位置，自哥伦布时代开始，就一直是大西洋航线的重要补给点，现在是欧洲、西非和南美间的运输中继站，有“大西洋驿站”之称。该群岛由9个小岛组成，零星分布在从东至西大约600公里宽的海域中，群岛总面积为2346平方公里。

40多分钟后，我们抵达Furnas Boutique Hotel，进入大门，眼前是一个宽大的门庭，叠现出丰富的设计元素：以大面积的玻璃封住原建筑的砖石结构，两个圆形的金属台子上分别放置一段木桩，黑色的墙面构成一块黑板，上面写着户外活动的时间安排。

穿过布帘，走进大堂，灰色的地毯上绘着一条曲线，像一条小径，直通建筑的最深处。葡萄牙设计名师妮妮·安德拉德·席尔瓦（Nini Andrade Silva）在设计这座酒店时，力图在这种自然风格中施展她的魔力。她在大堂的左侧，设计了一个市场，里面摆放着当地的各种产品，即以杂货店的形式陈列岛上的丰富物产，被视为这间大堂设计的点睛之笔。

办理了入住手续后，工作人员带我走到一楼的尽头，走廊上有一张圆桌，上面是一个造型夸张的蜡烛罩子和以玻璃瓶装着的各种坚果。来到我的119房间，里面是黑色为主调的设计，一张大床，灯光幽暗，营造出一种神秘感。

我在酒店的各处参观。这家酒店充分利用了各种空间来展示当地的物产，更重要的是表达出与自然的联系。在一楼和二楼，分别采用瀑布和黑胶的巨幅照片作为壁纸，营造了一种戏剧性的冲突，也反映了该地区的自然环境。从接待处往后面走就到了室内泳池区。酒店直接从山后的热泉引来了温泉水，设计有温度从35℃—40℃不等的几个小池，供宾客享用。再往后走，就到了室外温泉区，曾有客人发评论，说在这里最美的经历就是泡着温泉，看着夜晚的星空。

7点30分晚餐，餐厅那厢，为一种半敞开式结构，绿植高悬，墙边修竹直立，清幽静谧。

第一道头盘我选的是海鲜奶油鱼汤配藏红花油，侍者将一壶鱼汤倒入菜盘，将鱼片烫熟。尝上一口，十分鲜嫩。再佐以Quinta da Jardinete Branco，这款酒含有60%的梅洛和40%的阿拉贡斯（Aragonês），口感柔和清香。

第二道头盘是意式生腌肉片（Carpaccio）、圣豪尔赫奶酪（São Jorge Cheese）和

胡椒盐，圣豪尔赫奶酪产于亚速尔群岛的圣豪尔赫岛，是一种半软奶酪。这次搭配的是 Curral Atlantis Colheita Selecionada Syrah，产于亚速尔群岛的皮库岛，闻上去有一种干果香味，口感顺滑醇厚。

主菜端上来了，是蓝马鲛鱼（Blue Jack Mackerel）、绿豆炒面团和沙拉。最后，侍者奉上的甜点是巧克力蛋糕、慕斯和冰激凌，这是一份超大的巧克力蛋糕，规格如平时的 3 倍。

次日清晨，我沿着酒店后面的一条道路走了两三分钟，就看见前方的林涧中升起一团团水汽。靠近后发现，围栏里面有几处热泉沸腾，空气中弥漫着一股浓重的硫黄味道。围栏边的一块指示牌上介绍了富纳斯火山口（Furnas Volcano Caldera）的情况：圣米格尔处于欧亚、非洲和北美构造板块的三重交汇点。富纳斯山谷中包含两个火山口，其中的一个直径约 6 公里，另一个更大一些。火山活动最早可以追溯到大约 10 万年前，在 1439—1443 年间曾有火山爆发，而后在 1630 年再次喷发，成为亚速尔群岛最大的全新纪（Holocene）火山爆发之一，当时持续了大约一个星期，泥石流造成 200 多人死亡。此后至今，火山一直处于休眠状态。

离开热泉，我在富纳斯小镇上游走，富纳斯位于圣米格尔岛的东部，面积为 34.43 平方公里，人口 1400 多。早间街上还没什么人，道路两旁的青山间雾岚氤氲，林间传来阵阵鸟鸣。富纳斯小镇大约有 30 个温泉，各温泉的温度和矿物质成分有所不同，可以针对不同的病症，如此，整个小镇便成了一个温泉度假村（Furnas Hydropolis）。客人在富纳斯谷（Vale das Furnas），可以在酒店的热疗中心享受全方位的康疗，也可以观赏鲸鱼，还可以远足和潜水。

很快就走到了特拉诺斯特拉公园（Parque Terra Nostra），这座公园已有超过 200 年的历史，大约从 18 世纪末开始，这里流行泡温泉，因为人们越来越关注用温泉来治疗风湿病和肥胖等健康问题。在那个时候，作家爱丽丝·贝克（Alice Baker）曾到访过此地，写下了《亚速尔之夏与马德拉一瞥》（*A Summer in the Azores with a Glimpse of Madeira*）。

面向绿岛海湾的阳台

中午 12 点，司机已等候在酒店门口，我要前往蓬塔德尔加达（Ponta Delgada），入住另外一家酒店。天有点阴，车子在高速公路上疾驰。路旁，成排的杜鹃花和绣球花盛开，不远处的牧场上，几头奶牛在吃草。

40 分钟后，抵达 Azor Hotel，迈进大堂，里面已有不少客人，好像在参加一场聚会。我打量着大堂的设计：前台的灯柱上挂着一排头盔，大堂内摆放着一个高达 2 米的装电缆的木质转轮，窗台边架设着两辆山地自行车，在行李车上挂着一副红色的拳击手套……我看到了更加鲜明的国际化和现代设计特色，它强调了这是一家带有户外运动特色的酒店，在设计巧思下焕发出无穷活力。酒店经常会组织一系列远足等户外活动，让客人感受当地沉浸式的生活。此外，酒店还设立了一个大堂市场（Lobby Market），提供奶酪和 Tapas 等食品，从而增加了人气。

前台的工作人员热情地带我乘上电梯，来到位于 5 楼的房间。房间面积比较大，大床和书桌等一应俱全。我推开阳台门，阳台宽大，正对着蓬塔德尔加达海湾，视野开阔。然后，工作人员带我换乘另外一部电梯，来到屋顶酒吧，这是一个俯瞰海湾的理想场地。

我在酒店各处参观，发现这家有着 123 间客房的酒店运用了丰富的天然材料，同时突出了细节的设计，点滴之处可见心思。

下午时分，漫步在蓬塔德尔加达。这是亚速尔群岛中最大的一个城镇，常住人口约 6.8 万。大约在 1427 年，圣米格尔岛被葡萄牙殖民者贡萨洛·韦略·卡布拉尔（Gonçalo Velho Cabral）发现。此后开始逐步移民，除了葡萄牙人之外，这里肥沃的土壤和温润的气候也吸引了来自其他国家的移民，特别是法国人和佛兰芒人。驻军的成立使得该岛成为贸易港，出口产品主要包括糖类和后来的一种叫 Orchil 的染料，出口到佛兰德斯，用于制造布料，这些都稳定了该岛的出口贸易。到了 19 世纪中叶，则主要出口茶叶、菠萝、烟草、渔产品和奶制品等，使岛上的经济持续发展。

当时整个小镇开始建造一些庄园，将鱼、肉和水果市场迁移到外围，拓宽道

路，开始社区的绿化，随着商业阶层的增长，蓬塔德尔加达成为葡萄牙的第三大城镇，葡萄牙诗人布尔赫尼奥·帕托（Bulhão Pato，1828—1912）惊讶于他们所拥有的财富，在描绘这里的种植园主时，使用了“绅士农户”的称谓。到了 20 世纪初，蓬塔德尔加达的地位尽管下降到葡萄牙的第八大城镇，但它仍然是亚速尔群岛的经济中心。

我来到小镇中的 Baixa，也就是老城区。几个世纪以来，聚集在圣塞巴斯蒂安（São Sebastião）广场和普拉萨·贡萨洛·韦略（Praça Gonçalo Velho）广场周围的古老建筑风韵犹存，附近的“海之门”（Portas do Mar）和米卡伦斯剧院（Theatre Micalense）等地标建筑吸引着游人。每年的夏季，这里会举办“夏季之夜”（Noites de Verão）活动，亚速尔歌手和其他国家的乐队一并前来献艺，时间从 6 月下旬开始，一直持续到 9 月下旬。

晚上 7 点，我回到酒店的 À Terra Restaurant 享用晚餐。以头盘胡萝卜奶油汤作为开胃菜之后，侍者端上来一个铁锅，里面炖着黑肚玫瑰鱼（Blackbelly Rosefish），作料是香草和蔬菜。黑肚玫瑰鱼也被称为大西洋红鱼，味道异常鲜美。端起酒杯，我抿一口 Frei Gigante D.O. 白葡萄酒，酒体呈蜂蜜色调，带有果香，口感清劲。晚餐最后以甜点菠萝糕、巧克力慕斯和焦糖布丁收尾。

次日上午，蓝天丽日。岛上正举行铁人三项运动比赛，我坐在阳台上就可以观赛。参赛人数不多。选手们跃步向前，这仿佛也是圣米格尔岛快速发展的一个缩影：该岛屿如宝藏般地隐于大西洋，自成格局，却有着动人的魅力。

午后时分，我坐在阳台上，读索菲娅·德·梅洛·布雷纳·安德雷森（Sophia de Mello Breyner Andresen，1919—2004）的一本诗集。1999 年，索菲娅成为第一位获得卡蒙斯奖（Prémio Camões）的女诗人，该奖由葡萄牙和巴西政府于 1988 年设立，旨在奖励那些为葡萄牙语文学和文化遗产做出贡献的写作者。索菲娅被认为是 20 世纪葡萄牙最重要的诗人之一。

她的诗歌被认为充满罕见的“光泽”和“精确性”，同时兼顾“深刻内核”和“表面形式”。她将诗歌定义为“an art of being”（一种存在的艺术），“It does not ask me to have science, or aesthetics or theories. Instead it demands the entireness of my being, a consciousness running deeper than my intellect.”（它不要求我有科学、美学或理论基础。相反，它要求我存在的全部，一种比我的智力更深的意识。）

她是这样来解释她的诗歌理念的——“Poetry is my understanding of the universe, my way of relating to things, my participation in reality, my encounter with voices and images. This is why the poem speaks not of an ideal life but of a concrete one: the angle of a window, the resonance of streets, cities and rooms, the shadow cast by a wall, a sudden face, the silence, distance and brightness of the stars, the night's breath, the scent of linden and of oregano.”（诗歌是我对宇宙的理解，我对事物的关联方式，我对现实的参与，我与声音和图像的相遇。这就是为什么这首诗不是关于理想生活，而是在诉说一种具体的生活：窗户的角度，街道、城市和房间的共享，墙面上的阴影，突然浮现的一张脸，星星的寂静、距离和亮度，夜晚的呼吸，菩提树和牛至叶的香味。）

海洋是她诗性作品中最核心的主题，其他反复出现的主题则是关于自由和正义的思想。在她的《放逐》（*Exílio*）中，有着这样沉郁的饱含着内心之痛的诗句：

Quando a pátria que temos não a temos

Perdida por silêncio e por renúncia
Até a voz do mar se torna exílio
E a luz que nos rodeia é como grades

我们不再拥有我们的家园
我们失去了她，因为沉默和退缩
连大海的涛声都在把我们流放
甚至环绕我们的阳光都像栅栏

暮色降临，晚风轻拂。每隔半个小时，就传来教堂的钟声。我忆起美国诗人露易丝·格丽克（Louise Glück，1943—），她 2020 年获得诺贝尔文学奖。在她的《卡斯提尔》（*Castile*）中有这样的诗句——

Bells of San Miguel
ringing in the distance
his hair in the shadows blond-white

圣米格尔岛的钟声
在远方回响
他的头发在暗影中金黄溢白

那暗影中的微白的鬓发，仿佛也是我未来的模样，伴随着不息的钟声和不屈的力量，叠合在岛屿的剪影中，永远。

乡愁是一种色彩。

沙漠黄、湖泊蓝、霞光橙……

“岛屿分诸国，星河共一天。”

Madeira and Saudades

马德拉岛：

一种乡愁

马德拉岛（Madeira），是葡萄牙最远的领地，被称为“北大西洋的珍珠”。

首府丰沙尔是一个疗养胜地。这里有一个狩猎山庄Casa Velha do Palheiro，坐拥岛上最大的植物园。茜茜公主和丘吉尔等名流都曾在岛上休养。

花园中的狩猎山庄

中午 11 点 30 分，从里斯本机场起飞，向西南方向，飞行在北大西洋上。坐在我身边的是一个十一二岁的女孩，带着她八九岁的妹妹。女孩在不停地画着画，感觉还有点美术基础的样子。我跟她闲聊，她说着一口纯正的牛津音。她叫 Bogna，来自华沙，小时候曾在伦敦待过 4 年，难怪语言这么纯正。飞机上的乘客都是从欧洲

各国飞来度假的。

1小时50分钟后，飞机下降，掠过秀美的圣波尔图岛（Porto Santo）。"Madeira？"小姑娘问我，我点点头。飞机很快就朝着丰沙尔机场飞去，越降越低。跑道是从山体间劈出来的，离悬崖很近，这个机场被称为"世界上最危险的机场之一"。当然，我们安然无恙，抵达马德拉岛（Madeira）。

马德拉岛隶属于马德拉群岛（Arquipélago da Madeira）。该群岛是葡萄牙位于北大西洋的一个群岛，属于葡萄牙的一个自治区，包括马德拉岛、圣港岛（Porto Santo）、德塞塔斯岛群（Ilhas Desertas）和塞尔瓦根斯岛群（Ilhas Selvagens）。“Ilhas Selvagens”的意思是“野生岛群”。塞尔瓦根斯岛群在葡萄牙领地的最南端，从1971年开始建立自然保护区，主要保护一种叫猛䴉（Cory's Shearwater）的珍稀鸟类。

马德拉群岛是1419年由航海家亨利王子的船队发现的，从1420年起有人定居。该群岛是葡萄牙大发现时代发现的第一块新大陆。

目前，马德拉岛是一个颇受欢迎的全年度假胜地。马德拉葡萄酒、花卉和刺绣都是其特产，每年的新年庆祝活动，会展示世界上最大的烟花表演，2006年的吉尼斯世界纪录对此进行了认证。该岛面积为801平方公里，人口26.7万。

凝望着机翼下的碧海，我忆起在里斯本出生、马德拉长大的作家路易莎·格兰德（Luísa Grande，1875—1945，她的笔名为Luzia），在她的《乡愁》（*Saudades*）中，曾这样写道：“Where will I be when the belladonnas open? Whence will the soft scent of the azaleas evoke my yearning? ”（当致命的茄属植物开放时，我将在哪里？从哪里来的杜鹃花清香勾起我的思念？）

Saudades是葡萄牙语中的一个关键词，但很难确切地翻译成中文，大概的意思是“乡愁”“怀旧”和“渴望”。这个词在葡萄牙国王丹尼斯（Denis，1279—1325年在位）时期开始流行。据考证，这个词可能起源于葡萄牙人的地理大发现，赋予了对那些在未知海域探险和失踪之人的悲悯之情。随着葡萄牙从昔日的航海帝国巅峰的衰落，这种心态变成了一种“葡式的生活方式”：一种持续的缺席感，一种缺失性的悲伤，一种对于完成或完整状态的渴求，以及一种对自我回归的渴望。到了20世纪后半叶，移民潮汹涌，众多讲葡语人士前往南美、北美和西欧其他国家，寻找着更好的未来，Saudades便与思念故里的感觉联系在一起。

在葡语的抒情诗中，弥漫着忧郁和沉思的孤独感，以及对自然近乎神秘的崇敬。Saudades正是葡萄牙人挥之不去的欲望，是一种模糊而持续的渴望，面向现在、过去或未来，并没有强烈的不满或痛苦的哀伤，而是更接近于一种懒散的梦想与渴望，甚至成为一个哲学概念，即不再希望从所爱的人或事物中得到回报，从而变成对渴望本身的渴望，正如女诗人弗洛贝拉·埃斯潘卡（Florbela Espanca，1894—1930）

在《天黑了》(*Anoitecer*)中所言:“Saudades de saudades que não tenho...”(我渴望我没有的渴望……)弗洛贝拉身处动荡不安的年代，她焦躁不安，但她知道如何将亲密关系所带来的磨难转化为高质量的诗歌，充满着情色、女性主义和泛神论的基调。

茄属植物的全称是“Atropa Belladonna”，也称“颠茄”，是一种多年生草本植物，树叶和浆果都含有毒物质，这些毒素包括阿托品、东莨菪碱和莨菪碱，会致幻。在中世纪，它被用来作为手术麻醉剂；而古罗马人用它制作毒箭。这种植物名“Atropa”来自“Atropos”，即希腊神话中的命运三女神，“Bella Donna”源自意大利语，意为“美丽的女人”，因为当时妇女们将这种草药掺入滴眼液中，用来扩大瞳孔，以使得双眼看起来更加诱人。

走出边检大门，我看到地面上喷绘着巨幅照片：一个健美的女子漂浮在水面上，岛上的休闲气息便瞬间传递出来。来自酒店的司机，头发花白，已在等候着我。

驱车前往酒店。丰沙尔机场位于马德拉岛东部的圣克鲁斯市(Santa Cruz)，我们开车要行驶大约 15 公里才能到达酒店。气候和煦，海滨公路宽敞，车速很快，在一

个又一个的弯道间，可以瞥见这个海岛的各个侧面。老年司机在不停地介绍岛上的情况，一路上弥漫着欢愉的气氛。

车子在上坡路疾驰，沿着北坡上升，穿过一片树林，我们来到一个院落，古雅的庄园，我预订的 Casa Velha do Palheiro 到了。由于这里海拔大约在 800 米，温度低了好几度，感觉有些凉意。

这座贵族庄园建于 1804 年，3 栋房子。庄园最开始是一座狩猎山庄，后来改为拥有 37 个房间的精品酒店。沿着二楼的走廊，走到尽头就是我的房间。房间紧挨着花园。这座帕尔赫鲁花园（Palheiro Gardens）也有 200 年的历史了。

我走到庄园居中的一幢建筑物前，一侧是图书室，壁炉里炉火熊熊，柜子内摆放着很多图书，有几位宾客在安静地看书，另一侧是 Lounge（酒廊兼休息室）和餐厅，Lounge 墙上挂着历史照片，餐厅白色的窗帘垂挂，窗外宁静的花园若隐若现。

漫步在花园中，浓重的树影下，藤椅上有人在喝下午茶。地面上有一片小小的紫花，清爽馥郁。草地中间有一方水塘，喷着水，树丛里有一段粗大的树干，上面有一块牌子，指示这是 Metrosideros Excelsa，为新西兰的圣诞树。在新西兰我曾多次

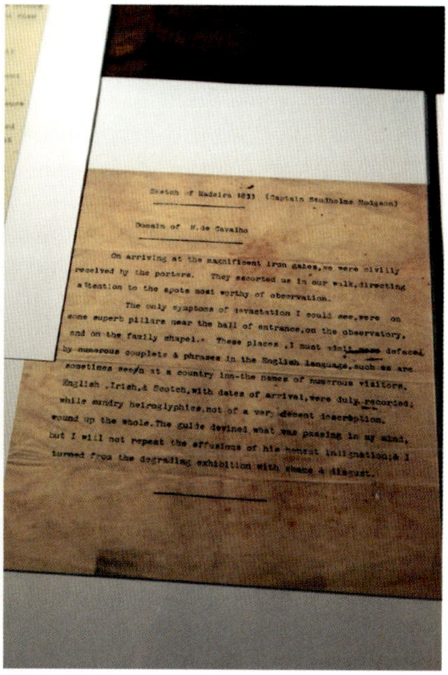

见到过这种树盛开的红花。这个布局精美的花园，只对酒店宾客开放。

走进花园的一道侧门，穿过爬满青藤的架子，就来到帕尔赫鲁花园。这个对外开放的花园像是酒店的第二个花园，由布朗迪（Blandy）家族悉心维护，亚热带风情，有着数百种来自世界各地的不同植物，充满异国情调，规模也更大。

沿着花园大道前行，两旁都是山茶花，也有高大的巴西南洋杉（Auracaria），还有一片马德拉兰花迎风摇曳。在玫瑰苑里，盛开着戴维·奥斯丁玫瑰（David Austin Roses），仿佛置身于英国的某一处庄园。沿着甬道，来到下沉花园，无数冬青树被修剪成天鹅造型，有二三十个，各种植物景观，奇特感和神秘感赏心悦目。再往前走，有一间饮茶室，我坐下来，喝上一杯下午茶，品尝着苹果蛋糕，眺望宁静的花园，安好无比。

傍晚，来到 Lounge 小酌一杯，遇见从北爱尔兰贝尔法斯特来的一对夫妇，先生是一位律师。大家一见如故，海阔天空地漫聊一通。而后来到餐厅就餐。这家酒店的餐厅，是岛上知名的餐厅，不少饕餮客专程过来品尝佳肴。侍酒师为我选了一瓶岛上产的 2011 年 Rocha Branca，轻抿一口，香甜。

马德拉岛上的葡萄酒，以醇厚甜美著称。由于岛上温和的气候条件，在早期的移民者中间便开始流行酿造葡萄酒。1455年，威尼斯航海家路·德·卡达莫斯托（Luís de Cadamosto）到访马德拉，被这里的葡萄酒所吸引，从而出口大量的葡萄酒到其他国家。

在16世纪末，英国剧作家威廉·莎士比亚也喜欢马德拉玛尔维萨甜葡萄酒（Madeiran Malvasia）。后来，在莎士比亚的《亨利四世》中，福斯塔夫（Falstaff）为了一杯马德拉葡萄酒，将灵魂出卖给了魔鬼。

我的头盘鹅肝上来了，配上葡萄酒，微咸鲜美的鹅肝和微甜清香的葡萄酒，在口腔中发生了美妙的中和。主菜是吞拿鱼意面，葡萄酒更是把鱼中的生鲜之感勾调出来。在美食中，各种味道是需要相互匹配、相互勾引的，犹如爱情。

餐毕，我走到这座建筑物的地下室，里面布置了一个小型展厅，展示着当年的轿子、一封1833年的书信等实物。因为马德拉岛上山路比较崎岖，所以当时的贵族都是坐着轿子出行的，轿子的杆子有四五米长，座椅采用棉质材料，土红色的，有

点像放大版的婴儿床，看上去柔软舒适。

丰沙尔，瓷板画前的吟唱

次日上午，酒店的班车将我们送到丰沙尔的码头。马德拉岛的首府丰沙尔面积为76.1平方公里，拥有人口11.1万，它成为岛上的首府已有5个多世纪了。丰沙尔港口是葡萄牙主要的邮轮停靠港口，是从欧洲往返加勒比和非洲北部邮轮的重要驿站。

广场上矗立着球星C罗（Cristiano Ronaldo dos Santos Aveiro）的铜像。1985年2月5日，C罗出生在马德拉岛丰沙尔附近的圣安东尼（Santo António）小镇。他父亲是厨师，母亲是园艺师。因为他父亲喜欢美国总统罗纳德·里根（Ronald Reagan），便沿用了Ronaldo的名字。C罗有一个哥哥和两个姐姐，他从小在贫困中长大，不得不与他的兄姐共用一个房间。

在他的孩提时代，C罗就在安多林哈（Andorinha）的一个业余球队里，开始了其足球生涯。后来在当地的一个俱乐部待了两年时间。1997年，他来到里斯本附近的一所足球学校，开始休学打半职业球赛。一年后，他被诊断出患有心脏方面的疾病并接受了手术，出院后他只休息了几天就重返绿茵场。此后，他逐渐成为足坛的传奇人物：他是世界上收入最高的足球运动员，也是最具商业价值的运动员之一。他热衷于慈善事业，还是时尚偶像，但在近年也陷入偷税风波。

这座C罗的铜像由艺术家里卡多·马德拉·韦洛索（Ricardo Madeira Veloso）设计，揭幕于2014年12月21日。2016年7月23日，为庆贺葡萄牙队在欧洲杯中夺冠，马德拉丰沙尔国际机场改名为克里斯蒂亚诺·罗纳尔多机场，也可以简称为C罗机场。

历史上，从欧洲到加勒比海的路线，跨大西洋的帆船船队航行时，丰沙尔经常被用来作为一个停留站，因为它位于北大西洋岛屿的最靠近西风带的路径上。

丰沙尔的移民定居点始建于1424年，当时岛上的定居点分为两个部分。一个叫乔·贡萨尔维斯·扎尔科（João Gonçalves Zarco）的人带着他的家庭成员，居住在现

在的丰沙尔位置。由于优越的地理条件，它很快就发展成为一个重要的港口，并不断吸引着新移民的加入，产业也繁荣起来，丰沙尔由此发展成核心小镇，并逐渐超越其他聚落区域。

到了 1452—1454 年间，为了便利贸易，这里兴建了首座灯塔。丰沙尔成为欧洲

商船的重要转运点，许多船队充分利用丰沙尔港口的优越条件休养生息，克里斯托弗·哥伦布（Christopher Columbus，1451—1506）就是早期的定居者之一，后来，许多从热那亚、佛罗伦萨和瓦伦西亚等地来的船商，纷纷在此建立商行。16 世纪，开始有了从欧洲到印度的帆船船队，丰沙尔更是成为其中的一个重要中转港。

漫步在这座马德拉岛上最大的城市。“丰沙尔”的名称是由首批登陆的移民命名的，他们发现，在海岸上生长着大量的野生茴香。在葡萄牙语中，“funcho”意思是“茴香”，加上后缀“al”，意为“茴香种植园”。

街上是碎石路面，上面还有黑色的条纹，深沉古雅，人们悠闲地坐在路边的咖啡馆里，打发着时光。我来到 Avenida Arriaga 大街，走进 Blandy's Wine Lodge，这里在 17 世纪是一家修道院，查尔斯·里德帕思（Charles Ridpath）在 19 世纪中叶购置后，成立了马德拉最古老的并且目前还在运营的一家酒窖。

酒窖的门口放着酿酒桶、封瓶机等古老的设备。在这个酒窖中，目前总共保存着超过 650 个橡木桶的葡萄酒。每个房间都有不同的温度和湿度，葡萄酒被根据各自的特性存放。靠东侧地下室厚厚的石墙内，存放的葡萄酒可以追溯到 1920 年，是查尔斯家族的私人收藏。这里还保存着温斯顿·丘吉尔的书信和岛上最古老的大型木质钱币，这种钱币是在 17 世纪时流通使用的。

在里面有一间“Max Romer”的试饮室，有不少人来这里试饮各年份的葡萄酒。里面的壁画是德国艺术家马克斯·罗默（Max Romer）的作品，因而便以他的名字来命名。

马德拉群岛有着悠久的酿酒历史，可追溯到地理大发现时代。为了防止葡萄酒变质，开发了中性葡萄烈酒。马德拉葡萄酒商发现，未售出的葡萄酒被带回岛上时，经过海上的漫长航行，天气炎热加上剧烈的晃动，会使葡萄酒的口味发生变化。而后，马德拉葡萄酒商逐渐采用独特的酿造工艺，包括将酒温度加热至 60℃，有意提高酒的氧化程度。经过这样处理，马德拉葡萄酒即使开瓶后，也能保存一段时间。按照欧盟的规定，只有在马德拉群岛生产的葡萄酒，才能被称为“马德拉葡萄酒”。马德拉葡萄酒有着多种风格，干葡萄酒可以作为开胃酒，甜葡萄酒通常作为餐后酒。

从 17 世纪开始，许多葡萄酒生产商与英国贸易商之间的商业条约的签订，增加了酒商的投资生意。一些生产商将作坊从英国搬到岛上，建立起葡萄酒贸易商行，以改变经济、建筑形态和生活方式。新兴的商人阶层也逐渐涌现，人口密集的城市区也随之出现。

岛上的酒商兴建了许多三层宅邸，一层是存储葡萄酒的酒窖，在三层上建有一个小塔，可以随时观看港口进出船舶的情况。附近各岛的首领和修道院，也纷纷加入了商业运作，当时岛上最成功的一家葡萄酒酒庄，是由圣克莱尔的修女打理的。一些土地所有者也进入葡萄酒行业，融资买船，将葡萄酒运到巴西，并从巴西交换糖回来。

19 世纪，由于流行葡萄传染病，迫使人们返回甘蔗种植园。为了保持葡萄酒的产量，数个地主试着种植具有抗传染病的葡萄品种，但酿出的酒质量低劣。

漫步在这个叫 Sé 的丰沙尔历史中心，这里保存着很多老建筑。此地人口 2100 多。一位歌手坐在街头的瓷板画前，面前摆放着音响器材，在唱一首首法多（Fado）——一种动听的葡萄牙民谣，在这种最能表现落寞感受的宿命之歌里，无法不深切地感受着葡式的忧伤。

在大教堂（Sé Cathedral）前，一位吉他手在弹奏哀婉忧伤的乐曲。1508 年，葡萄牙国王曼努埃尔一世将丰沙尔提升为城市规格。这座大教堂在 1514 年建成，主教就派驻在丰沙尔。教堂的前面，矗立着教皇保罗二世的塑像，以纪念他曾经的到访。

不远处的小广场上，一支管弦乐队在演奏舞曲。一支欢庆马德拉葡萄酒节（Festa do Vinho da Maderia）的队伍走了过来，队伍的前部以中年男子为主，穿着传统的甚至略显破旧的服饰，戴着绒线帽子，肩上扛着一个布口袋，右手拄一根拐杖，表现了葡萄酒成熟季节的忙碌景象。在队伍的后部，是一对中年妇女，她们披着艳丽的围巾，手持简单的打击乐器，一路敲敲打打。路人纷纷驻足观看，因为这样纯朴的节庆场面平时已很难看到了。那些中年男子的面容和肩上沉重的布口袋，仿佛刚从葡萄园里走出来，质朴，带着泥土的味道。

来到 Rua Fernão Ornelas 大街，我走进一家叫“Bordal”的刺绣店。这家店成立于 1962 年，是马德拉岛上的一家知名刺绣店。店内陈列的各种桌布、枕套、婴儿衣服和鞋子等物品，全部采用上等的麻和棉做成，看上去轻薄透气。枕套上有细细的金线勾勒的图案，夺目、精致，但价格不菲，一块大桌布在 900 欧元到 1000 欧元以上，一双婴儿小鞋子也要 100 欧元，店员介绍说，制作一块大桌布需要耗时 2—3 个月的时间，所以价格无法降下来。这些绣品更像是工艺品，映衬着岛上悠闲的生活节奏。

我继续沿着 Marina do Funchal 海滨大道散步。不远处是一尊高高耸立的金色裸女雕像，她的右腿在浪花中高高抬起，左手臂高举，眼睛向下，凝视着岛屿。她的乳胸高挺，身体似乎过于肥硕。这座塑像是丰沙尔的一处地标。

海边有一座灯塔，粼粼的波光闪动，路旁还有几尊雕塑，其中一座是一位女子被蒙着眼睛，双手伸向前摸索着，裸胸；另一尊是一个男子搬起一个橡木桶。向东不远处就是旧城，黄色城墙和角落的墙面已经斑驳不堪，诉说着岛屿往事。

历史上，马德拉岛尤其是丰沙尔，曾多次遭遇海盗的袭击。1566 年 9 月，法国海盗在贝特朗·德·蒙吕克（Bertrand de Montluc）的指挥下，带着一支 1200 人的舰队从波尔多出发，洗劫了马德拉岛东北面的圣港岛。这个消息传到马德拉后，当时的执行官并没有采取预防措施，800 名海盗在丰沙尔海滩登陆后，只遭到了方济会修士的小规模抵抗。丰沙尔的防御工事相当薄弱。小城被持续半个月的暴力洗劫一空。

一年之后，为了彻底改变城市的防御系统，军事建筑师马特乌斯·费尔南德斯三世（Mateus Fernandes III）被派到丰沙尔。1573 年，他做出了一个防御规划，被认为是丰沙尔最早的军事防御计划。

下午 3 点多钟，我回到码头前的广场。C 罗的塑像前依然围满了合影嬉戏的人们。港口的海面上，三四位运动达人在玩风帆滑板。我坐上班车，来到离酒店不远的 Palheiro Golf Clubhouse，在宽大的露台上喝香槟，眺望山下的丰沙尔海湾，它沐浴在金色的余晖中。

丰沙尔属于温和的地中海气候，全年气温比较平均，可分为两个主要季节：从 10 月到次年 3 月，下雨较多，每日温度范围在 20℃—25 ℃；4 月到 9 月比较干燥温暖，每日气温从 21℃—26 ℃。在初夏，特别是 6 月间，往往会有持续的云量覆盖在丰沙尔海湾的上空，这种现象被称为“丰沙尔的头盔”。

望着如此秀美的景色，我忆起许多名人曾造访丰沙尔。奥匈帝国皇后伊丽莎白，即著名的茜茜公主，曾在岛上休养。奥地利皇帝和匈牙利国王查尔斯一世（Charles I）、英国的温斯顿·丘吉尔也在此度过假，丘吉尔还在此创作了几幅画作。

这些显赫之人的到来，标志着丰沙尔已是一个旅游和康疗中心。而早在19世纪，不少人渴望度过一个干燥而温暖的冬天，有的人还希望医治肺病（当时肺结核的患病比例比较高），于是趋之若鹜。

从16世纪起，马德拉岛上开始建设水渠，一直持续到20世纪40年代。由于地处山区，工程实施十分困难，需要翻山越岭，因此挖掘了40公里长的隧道。在马德拉岛上，有一种叫列瓦达（Levada）的水渠，通过这种灌溉水渠，将大量的水从岛屿的西部和西北部，输送到干旱的东南部，以便人们居住和甘蔗等农作物的生长。

今天的列瓦达水渠，不仅供应本岛南部的水源，而且可以提供电力。全岛水渠中的一部分成为徒步小径，水渠徒步成为岛上一种独特的徒步方式。

晚上8点钟，我从酒店出发，驱车去观赏丰沙尔夜景。各种颜色灯光装扮下的小城，有了与白天不一样的韵致。车子最后开到261米高的Pico da Cruz，这里是丰沙尔西侧的高地。向东眺望璀璨的海岛夜景：高地上面，几株歌斐木（Gopher Wood）巨大的树枝伸展开来，覆盖在夜景上方。“你要用歌斐木造一只方舟，分一间一间地造，里外抹上松香。”关于歌斐木的神奇传说，似乎也很应和现在的景色，一切安详如初。

Chapter Ⅱ

Into the Deep Blue: The Hourglasses in the Sea of History

深入深蓝：历史之海中的沙漏

从西南到东北，斜穿地中海。

这些岛屿依次是伊比萨（Ibiza）、马略卡（Mallorca）、科西嘉（Corsica）、撒丁岛（Sardinia），最后抵达西西里岛（Sicily）。

它们与大陆保持着地理和文化上或远或近的距离，似乎属于另一个世界。那些海湾，像历史之海中的沙漏，滴入地中海，却依然保持着它们的形状，等待旅行者的深潜。

地中海。缓慢的时间。

空间丧失了地理上的方位，时间慵懒地化为一缕幽香。

从文化人类学上来看，岛屿上的文化遗产仍有相当部分被留存；从生物学上来观察，岛屿则大多保持着生物多样性；而从整个人类文明史上来考察，岛屿则是海洋文化的重要组成部分。

From Ibiza to Mallorca

Who are Ruining the Islands?

从伊比萨到马略卡：

谁毁了岛屿

抵达伊比萨岛（Ibiza）。它以夜生活和电子音乐Party而闻名，每年都吸引众多游客前往。

而你若和西方人说起马略卡岛（Mallorca），他们大多会双眼放光。这座3640平方公里的岛屿，是地中海巴利阿里群岛中最大的一座岛屿。岛上阳光充足，每年的晴天长达300天，曾有不少文人骚客在这个度假胜地上，留下了他们的踪影。

古城之上，激情之外

清晨7点钟，飞机从巴塞罗那起飞，朝正南方向飞去。一个小时之后，飞抵伊比萨岛（Ibiza）上空，伊比萨岛是西班牙巴利阿里群岛（Balearic Islands）的第三大岛。在喧嚣之外，这里还有联合国教科文组织的世界遗产之地，历史丰厚。

机翼下是一座黄红色的古城，屹立在悬崖之上，这就是伊维萨（Vila d'Eivissa），岛上的中心城镇。

从机场驱车大约 20 分钟，我们沿着坡路来到伊维萨老城的最高处，在一条长满棕榈树的小街上停下来，Mirador De Dalt Vila 酒店到了。这是一座三层楼的建筑，门口摆着一排铁艺桌椅。走进大门，即刻发现这是一家充满设计感的酒店。大门里侧，左右各有一个 1 米见方的地坑，深约 1.5 米，里面陈列着古炮的部件，在灯光的照射下泛着幽幽的光。地坑的上面罩着玻璃，整体像两个小型展柜，仿佛是古城堡历史断层那丰富的收藏。

往右转就是餐厅兼酒吧。墙上挂着几幅伊比萨风情油画，色调明艳，其中一幅画的是当地一位女子戴着头巾，右手执扇，颇有西班牙风情。靠近吧椅的地面上，有一个覆盖着玻璃的地下展区，长约 3 米，宽 1.5 米，里面陈列着陶罐和青铜头像等物品。站在玻璃上很安全，有足够的支撑能力，可我站在上面的几秒钟，却有一种缓缓向下降落的奇妙感觉，似乎要坠落到并不太深的历史断层之中。

酒店服务生带我去房间。走进一部精致的玻璃电梯，缓缓而上，每一层的布置都各有特色：几把放在玻璃柜内的铜质古剑，一幅蓝色调子的伊维萨城堡油画，一面巨大的镜子前放着玉石座钟……酒店的设计者，让住客通过观光梯这个视点，静静地体会历史与时间，以及它们之间的微妙联系。

走进我的套房，顶部是一排原木横梁，King-Size 大床的上方有一扇天窗，天空碧蓝。房间内布置着油画和古钟，还有一个有了年头的箱子，它的顶部和侧面上都刻着浮雕。从阳台上可以清晰地看到不远处的城堡。这座建于 19 世纪的大宅，被法贾内斯（Fajarnes）家族改建为一家精品酒店之后，最大程度地保持着其古雅的风貌，并以前卫的设计手法，巧妙地揭开历史的一角。这里只有 6 个普通房间和 6 个套房，在规模上体现出“小而美”的特色。

在餐厅里享用过丰盛的早餐之后，我开始探索这片古城区。从酒店出来，是西班牙广场。往右走，不到 20 米就来到一个悬崖上的观景台（Mirador del Poeta），下面是一片清澈的海滩，还可以看到海水中深颜色的水生植物。观景台对面是一个小岛。

伊比萨岛面积为 572 平方公里，人口 13. 2 万。伊维萨位于伊比萨岛的东南海岸，被分为两个部分，一个是老城，坐落在临海的一座小山上，叫“Dalt Vila”，意为“上城”；另一个是山下海湾的现代部分，叫作“Eixample”，意为“延伸”。伊维萨人口有 4.9 万多，是该岛人口最多的聚居地。伊比萨岛的加泰罗尼亚名称是“Eivissa”，这个名字起源于腓尼基语“Yibosim”。伊比萨岛和福门特拉岛（Formentera），也被合称为松树群岛（Pine Islands）。

1999 年，伊比萨岛以“生物多样性与文化”的主题，被列入世界自然与文化双遗产名录。这里的海洋中，有一种叫波西多尼亚（Posidonia）的茂密海草，是地中海盆地独有的物种。这种重要的物种，体现了良好的海洋生态环境。

沿着城墙漫步，我走到一片垛口区域，刚好处于海岬之上，上面摆放着很多古炮。这个防御工事建于 16 世纪，体现出文艺复兴时期军事建筑工程美学，这种意大利—西班牙的城堡模式，对遥远区域的城镇建设和设防曾产生了很大的影响。最为细致的是，这座防御墙并没有破坏早期的街道，而是将最早的腓尼基人定居点，连同阿拉伯和加泰罗尼亚时期的城镇全部收纳进来，从而使建筑文脉得以延续。

公元前654年，迦太基人在这里以埃及的音乐舞蹈之神“Bes”的名字，建立了Ibossim Ebysos，这是最初的名字，意为“Bes之城”，在很长时间内，它一直是地中海航运的一个主要贸易站。当时，经济的来源是盐、羊毛和无花果。迦太基时期用于盛放生活用水的水箱，至今仍可以看到。

经过一段时间与罗马人的联盟，这个岛屿成为一个安静的帝国前哨。公元902年，阿拉伯人开始控制该岛。从现在挖掘的遗址中可以发现，当时的土壁很厚实，参照了麦地那的城市规划，街道狭窄，透过房子的窗户，还可以瞥见里面的庭院。

1110年春，挪威国王西格德一世（Sigurd I），曾入侵过这里。

回到海边的观景台，沿着一条隧道，我走进城堡的另外一个部分。隧道的一个拐弯处，放置着古炮和葡萄酒桶，地面上还堆着几枚圆形炮弹。走出隧道，迎面是高耸的城堡建筑，黄色、灰色和红色的墙面，面朝大海。城墙连着一个凸出的炮台。再穿过一条狭窄的通道，就来到了大教堂，教堂的玻璃柜中安放着耶稣的仰卧塑像。圣母站在一顶华盖中，光彩照人。

从 1235 年开始，阿拉贡国王杰姆斯一世（James I）征服了该岛，建造了这座哥

特式教堂。阿拉伯人在城镇占主导地位，修建了加泰罗尼亚城堡。现在还可以从防御工事的内侧看到当时城堡的痕迹。

从 1530 年到 1540 年，菲利普二世（Philip II）制定了一项战略计划，以保护西班牙和意大利之间的联络。1584—1585 年间，在意大利建筑师乔瓦尼·巴蒂斯塔·卡尔维（Giovanni Battista Calvi）和雅克博·帕莱佐·弗拉廷（Jacobo Paleazzo Fratin）的帮助下，新的防御工事建造起来，一直保存至今。

此后相当长的一段时间，岛上施行自治，直到 1715 年，西班牙国王菲利普五世（Philip V）废除了当地政府的自治权。

往事掠过。

晚餐在酒店的餐厅享用，前菜我点了 Sofrit Pagès，这是伊比萨经典名菜，是将散养的鸡肉和羊肉，配上 Sobrasada（巴利阿里群岛的辣椒香肠）、土豆、番茄干、烤杏仁、藏红花和孜然，先煎，然后慢炖，炖锅里以猪肉汤垫底。吃的时候再撒上肉桂和丁香粉，味道醇厚，因为混合了 3 种肉类的鲜美。

伊比萨的当地美食，属于典型地中海式佳肴，同时也具有一些岛上的特色，除了 Sofrit Pagès，还包括炖鱼（Bullit de Peix）、米粉猪肉（Arròs de Matança），都各有特色；还有一种叫作 Flaons 的传统甜品，品尝时一般还会加上蜂蜜。这种外观为圆形的甜品内填充着绵羊或山羊奶酪、鸡蛋、糖、薄荷叶和茴香。通常还会配上一杯甜葡萄酒或当地的 Frígola 酒，这种酒是用百里香草酿成的。

餐后我来到酒店的游泳池。泳池不大，灯光幽蓝，颇为宁静。旁边立着几把躺椅和几尊雕塑。

从酒店出来，沿着城墙走到炮台。山顶上大教堂的灯光与山下海湾的灯光交相辉映，天空中有些云层，形成弧状，一轮明月在云层之后。云层仿佛是月光激起的波纹。城堡上的岩石和松树，烘托出此刻的宁静。

这是伊维萨之夜。

白色之岛

清晨，晨光透过天窗照射进来。洗漱后我走出酒店，在海边的西班牙广场上运动片刻。晨光初照，海面上有几艘快艇驶过。小岛上的白色建筑物，在晨光中白得耀眼。天地无瑕。

早餐后，我沿着城墙漫步。山坡上开满紫色的花。来到老城的最高处，进入圣塔玛丽亚教堂（The Cathedral of Santa Maria d'Eivissa）。然后走到老城区西南角，这曾是犹太人聚居区（Carrer dels Jueus）。据记载，在 14 世纪，阿拉贡统治时代，岛上

的犹太人受到许多限制，比如不能当肉店的屠夫。由于生活压力太大，不少犹太人不得不皈依基督教。

前面的小街繁花盛开，白色的墙壁上挂着一些双手模型泥板，包括卓别林、嘉宝等影星，都曾经到访这里。曾有几部小说描绘过这里，包括美国当代作家劳伦斯·斯奇梅尔（Lawrence Schimel）的《伊比萨假期》（*Vacation in Ibiza*）、汉纳哈·布兰克（Hannah Blank）的《阳光之岛的短暂生命：阿方斯·丹坦之谜》（*A Short Life on a Sunny Isle: An Alphonse Dantan Mystery*）、A.C. 格林（A. C. Greene）的《他们毁了伊比萨岛》（*They Are Ruining Ibiza*）。光看这些书名，就足以让人感觉到这个小岛的多姿多彩和独特魅力。

新西兰作家珍妮特·弗雷姆（Janet Frame）的自传体小说《我餐桌上的天使》（*An Angel at My Table*），也描绘了20世纪50年代末原始而贫困的伊比萨。根据这部小说改编的影片，也一直是我喜欢的影片之一。

在此居住过的，还包括英国朋克音乐家约翰·西蒙·里奇（John Simon Ritchie）、迷幻摇滚乐队的费里阿克（Philiac）、喜剧演员特里—托马斯（Terry-Thomas）等。

每年的旺季，各知名岛屿上都人满为患，早已失去了10多年前岛上安谧的状态，这时，对于一些岛屿爱好者来说，理智的应对方式有两种：一是错峰而行；二是选择更为偏僻的小众之岛。

究竟是谁毁了岛屿？这的确是一个值得深思的问题。

旅行是需要智慧的，不是仅仅随热潮而动。艺术和旅行带来喜悦的同时，也可能带来一些意想不到的伤害，如同运动可能给人带来的喜悦与伤害一样。

继续游览古城。向下的石阶上，放着形状不一的软垫子和矮桌子，有一家酒吧就这样欢迎客人席地而坐。我在一个红色大垫子上坐下，真皮垫子，可坐可卧，呈现出岛上的闲适和雅趣。

下面的一家餐吧，以紫色调的椅子吸睛，旁边摆着几盆柠檬，黄色与紫色搭配，让人感到轻松和舒缓。

我走进一家皮具店。门口的台子上，白色的塑胶模特戴着黑色和红色相间的皮质面具，神秘妖媚。墙面上挂着牛皮做的羚羊头，样貌逼真，还有皮质的面部雕塑，分别以红色、黄色和浅褐色3块皮子加以皱褶处理制成，魅惑招摇。

我中意一条墨绿色的皮带，店主现场给我加工剪短。皮带的皮质很厚实，剪短后，在露出的白茬部位被她涂上一种特殊的褐黑色颜料，这样皮带边缘的颜色即刻统一了。然后她给皮带打孔。我很快发现这条皮带的精妙之处，即两个孔之间的距离比一般的皮带要近一些，为2.5厘米。她改好后，我系上一试，发现这样的孔距更合理，也更舒适。从这一细节，便可以看到老艺人的精细之处。

徜徉店内，我还看到不少精美物件，小到皮手镯、眼镜盒，大到雕花皮椅子。我还发现一只皮质花瓶，用棕色的牛皮制成，上面雕刻着精细的花纹，让人眼睛一亮。

我沿着下坡路，穿过一道城门，就到了港口的La Marina区，两旁布满服装店和

一些房产中介。这个季节还没到旅行旺季，游人不算多，比较闲适。伊比萨有着丰富的夜生活，这里密布着夜总会，包括 Privilege, Amnesia, Space, Pacha, Es Paradís 和 DC10。

许多歌星在歌中都唱到过伊比萨，珍妮弗·洛佩兹（Jennifer Lopez）在《在地板上》（*On the Floor*）中唱道："巴西，摩洛哥，伦敦到伊比萨。"LCD Soundsystem 的 *Losing My Edge* 中，更有"1988 年，我醒来，赤裸地躺在伊比萨的海滩上"的歌词。一些著名歌手和 DJ 会经常到岛上，将这里作为发表新歌的窗口。

回到老城，我在那家有着紫色椅子的餐厅享用午餐。午后时光，再次徜徉在古城堡中，我窥见了一些细微之处的美。

回到酒店，便在游泳池旁的长椅上休息，椅子旁盛开着美人蕉，不远处传来鸟鸣，安静得无人打扰，不知不觉便进入浅眠。醒来发现，旁边一张椅子上的毛巾毯已被叠得整整齐齐。在这里，似乎看不到服务人员，但他们隐身式的细微服务却无处不在，这便是服务的上佳境界。

地中海的前世今生

面对地中海的碧波，我忆起有关地中海的故事。

地中海是地球上最大的陆间海。它的英语为“The Mediterranean Sea”，来源于拉丁语“Mediterraneus”，意为“内陆中”或“土地中”。它被北面的欧洲大陆、东面的亚洲大陆和南面的非洲大陆环绕，总面积为 251 万平方公里，它连接大西洋的直布罗陀海峡，最窄处仅 14 公里。

地中海的东西宽度，从直布罗陀海峡到土耳其西南海岸的伊斯肯德伦湾（Gulf of Iskenderun），约 4000 公里。南北平均长度，从克罗地亚的南海岸到利比亚，大约 800 公里。地中海平均水深 1500 米，最大深度是在希腊爱奥尼亚海的卡里普索海沟（Calypso Deep，深 5267 米，由于非洲板块俯冲到爱琴海板块之下而形成的）。

卡里普索（Calypso）是荷马史诗《奥德赛》中的海中女神。卡里普索的名字，词源来自希腊语“καλύπτω（kalyptō）”，意为“覆盖”。因此，它给我以灵感，遂在本书的封面语中写下了“影像覆盖的深邃之海”。

地中海是古代商旅的重要通道，促进了该地区各民族之间的贸易和文化交流。该地区的历史也有助于了解现代社会的起源和发展。地中海沿岸国家包括：法国、摩纳哥、意大利、克罗地亚、希腊、马耳他、塞浦路斯、土耳其、黎巴嫩、叙利亚、埃及、突尼斯、利比亚、摩洛哥和西班牙等国家和地区。

典型的地中海气候夏季炎热潮湿，冬季温和多雨。该地区盛产橄榄、葡萄、橙子、橘子和软木。

地中海是自然与人种多元化的地区，宜人的气候、秀丽的海岸线、丰富的历史和文化的独特组合，使它成为世界上深受欢迎的旅游胜地。旅游业是许多地中海国家重要的收入来源之一，旅游业还为在远离中心城市的沿海地区和岛屿带来经济收益，但旅游业同时也造成了沿海和海洋环境的恶化，给地中海沿海许多海洋栖息地造成了严重的干扰和污染，严重威胁到地中海的濒危物种，如海龟和僧海豹（Monk Seal）的生存，地中海僧海豹自中世纪以来遭遇了商业狩猎，所剩不多，总数不到 600 头，它们已经产生了一种对人类的恐惧心理，甚至可能因为一片海滩上有人，而放弃登上那片海滩。而这些自然财富遭到破坏，反过来又会减少游客访问的兴趣点，减少访客的数量。

地中海域的过度捕捞也使得鱼类资源衰竭。该地区超过 65% 的鱼类，都低于联合国粮农组织确定的生物安全范围，一些稀缺的鱼类，如长鳍金枪鱼（Albacore）、蓝鳍金枪鱼（Bluefin Tuna）和鳕鱼（Hake）等，数量均剧减，其中蓝鳍金枪鱼在 1979 年到 1999 年的 20 年间，数量减少了大约 80%。蓝鳍金枪鱼是一种珍贵的食用鱼，曾大量供应日本市场，用来制作寿司和金枪鱼刺身。

从 2007 年起，国际保护大西洋金枪鱼委员会（ICCAT, International Commission for the Conservation of Atlantic Tunas）宣布实行捕捞配额。尽管在 2011 年，美国相关部门决定不将大西洋蓝鳍金枪鱼列入濒危名单，但在 2012 年 11 月，ICCAT 在有 48 个国家出席的摩洛哥会议上，依然继续维持严格的捕捞限制，因此每年的捕捞配额从以前的 12900 吨，仅小幅度地提高至 13500 吨。

从 2013 年开始，大量难民穿越地中海，涌入欧洲（仅在 2015 年就涌进了约 100 万名难民）。在地缘政治动荡、混乱的现状下，历史、现代以及可以预见的未来交织在一起，地中海沿岸的各发达国家也都在经受着考验，需要共同面对愈来愈复杂的人居环境。

悬崖上的盛景

晚上9点多钟，飞机降落在西班牙马略卡岛（Mallorca）的Palma Mallorca机场。整个机场的结构复杂，走过一段又一段长长的通道后，才来到提取行李的转盘处，实在不像岛上机场。实际上这是整个西班牙第二大机场，在2020年初之前，年平均运送旅客达到2100多万人次。

从机场一路向北，大约行驶50公里，到达索列尔港（Port de Sóller）。我沿着很陡的坡道，来到Jumeirah Port Soller Hotel & Spa，穿着民族服装的前台人员为我办理入住手续后，一位迎宾员带着我坐上停在门口的电瓶车。他介绍说，整个酒店绵延1公里，我的套房位于半山腰的私人别墅区。

该酒店地处马略卡岛的一处悬崖之上，被松树林环绕。车子在别墅区停下。迎宾员用房卡打开大门，然后乘电梯带我走进房间。进去是一间大客厅，茶几上放着丰盛的迎宾果盘。里面的卧房，夜床已经开好。沙发上放着一份资料，用马略卡独特的草编包装着，这种草编包的把手和搭扣都是用3毫米厚的牛皮制作的，所以在市场上的售价不低，一般30欧元起价。在草编包里还放着一瓶马略卡橄榄油和一瓶葡萄酒。马略卡橄榄油十分黏稠，倒一些在盘子中，不会像其他油那样迅速流开，而是保持着一定的厚度和形状，用面包蘸一些吃，口感醇香。

走进盥洗室，面积同样很大。打开水龙头，出水处设计成一个小水槽，里面有一个蓝色的小灯亮起，当转到热水挡位时，小灯的颜色变为紫红色。这种细节上的设计给人带来一丝惊喜。

回到卧房，推门出去，便是一个宽大的阳台。夜色中看不清海面，只有涛声入耳。

枕涛入梦。

清晨，我推开门，大海就在悬崖下大约50米处。我沿着坡道走到大堂，晨光刚刚照射进来，高高的玻璃穹顶外，是一片蔚蓝。走到Cap Roig餐厅，“Cap Roig”名字源自当地的一种海鱼。餐厅的户外区，沿着悬崖围着一排玻璃护栏，整个海

湾被晨光一点点照亮，海面上一艘快艇疾驰而来，不远处一艘帆船扬帆起航，另外有一艘快艇跟在后面，拖着一串站立式桨板（Stand-up Paddling）。

享用了一轮早餐后，晨光渐渐照射进来。餐厅下的一片海湾，在松树和青草的掩映下，呈现绿松石般的色彩。远处的港湾也被照亮了，有更多的帆船开始启动。

餐后，悬崖顶上的建筑已被晨光照亮，蜿蜒而下的白色建筑物，高踞在褐色的岩石之上，具有轻盈的美感。酒店悬崖下的半山腰有一条小径，一路上我轻松步行，看见几个宾客骑着山地自行车从山顶上飞奔下来，彼此打着招呼。

一边是地中海，一边是苍翠的松树林带。这座酒店占地达到 18000 平方米，建筑采用岛上的传统建筑技术和材料，比如外墙就是用当地的麻石垒建而成。

沿着甬道，我走进 Tailse Spa，这是整个岛上一间别致的 Spa，阳光透过玻璃屋顶照射进来。由于屋顶上设计有一层浅浅的水，海风吹，水亦动，投射下来的光线

时时刻刻都在变化，波动的光影，带来迷离之感。

按摩师在房间里等候着我。她拿着当地产的几种特色精油，有橄榄、柠檬、橙子和杏仁等种类，每一种都很好闻。我选了柠檬精油。40 多分钟的按摩结束之后，我来到休息室，看着远山品茗。房间里飘着清香，这是当地的特色草本植物的味道。

岛，以它最美的形态，与我相遇；而我，只需敞开心扉，拥美入怀。

从索列尔港到索列尔

从酒店沿着一条坡道，大约 15 分钟就到了索列尔港。这座小镇位于特拉蒙塔纳（Tramuntana）山脉的山谷之中。沿着海湾，皆是商店、餐厅和酒吧，还停泊着一些私人游艇。小镇位于马略卡岛的西北端海岸，人口约 12000 人。

眺望过去，两座灯塔矗立在海湾两边的海岬上。海湾内，栖息着大量白鹭和银鸥。东岬，目前已成为西班牙军队的训练场地。

在海湾的一家酒吧前，我与一位 50 多岁的先生闲聊。他短衣短裤，皮肤晒得黝黑，一个人坐在高脚凳上喝着啤酒。直觉是当地居民，一聊，果然他就住在这个小镇上。他说，从冬天阴冷的比利时搬到这里已有 17 年的时间。他喜欢这里充足的阳光。他说，再也不想回到那寒冷的北方去了。

海湾的主干道上，有一条铁轨。一辆老式有轨电车停下来，我登上去。这条有轨电车线开通于 1913 年，长约 5 公里，连接到索列尔（Sóller）小镇。1913 年制造的车厢，至今仍在轨线上使用。

环顾着这辆有轨电车，它由两列车厢组成，车厢内是棕红色的木饰。在我这节车厢的前部有方向盘等操纵系统，一位帅哥售票员卖完了票站在车头休息。就这样，我感受着时间在静谧之中的流逝。

有轨电车在一个双轨处停下来，过了一会儿，迎面驶来一趟电车。由于整个 5 公里的里程都单轨设计，所以采用这样的交错站来解决两趟车会车的问题。

有轨电车欢快地继续前行。车窗外不断掠过橄榄园和橙子果园，暖光中充盈着生机。10 多分钟后，一座宏大的教堂出现在列车的前方。索列尔小镇到了。

走下列车，迷离的光影，让人瞬间感受到这是一个颇具历史感的小镇。这里人口 14000 多，附近有一个叫 Ferrocarril de Sóller 的小镇，从 1911 年起就相互联合，开始了橘子和柠檬的贸易业务。现今的经济，主要依靠旅游业，农业经济以柑橘和橄榄园作为补充。

漫步在广场上，中央有一个小型喷泉，广场边有几家安静的咖啡馆。广场西侧

ES FIRÓ
BAR

是圣巴托姆尔教堂，教堂最早建于1286年之前，在16—18世纪不断修葺，20世纪初，修建了巴洛克风格的主立面。每年8月24日，在圣巴托姆尔的圣徒会举行节庆，包括骑马和乐队巡游。从1980年开始，每月的7月，这里还举办为期一周的国际民间艺术节。

在广场上，还有一家索列尔银行，建于1912年，由加泰罗尼亚建筑师琼·鲁比·伊·贝尔弗（Joan Rubió i Bellver）设计，他是高迪的门徒，早在1889年，银行的组织就在这里成立，以帮助当地的商人及时回笼货款。20世纪早期，一些在外地发家后归来的居民，将当时新艺术时代的建筑风格带到小镇的格局上。

从有轨电车的路轨尽头，向前走上一个平台，我来到索列尔火车站，浓密的树影间，一条铁轨伸向远方。这里有老式火车开往岛上的首府帕尔马。

在车站古老的大厅墙上，挂着几幅黑白照片，其中一幅是巴勃罗·毕加索（Pablo Picasso，1881—1973）和胡安·米罗（Joan Miró，1893—1983）在1948年的合影。毕加索穿着黑色上衣、灰色裤子，右手夹着一支香烟。米罗一身灰色的西服。两位艺术大师早已远去，只有70多年前的光影，还静静地停留在这个远方的小站上。

沿着小街漫步，街边小店门口摆放着色彩鲜艳的小风车和玩偶，街上还挂着几面红底白色弯月的摩尔旗子。马略卡被摩尔人统治了3个世纪，所以在文化上深受其影响。

我走进一家酒吧，门口摆着橡木桶，墙面上挂着以猫为主题的装饰画，一位老人在安静地阅读。往里走，穿过一个庭院，里面是一间大房间，光线很暗，挂着一个大屏幕，一个小伙子坐在藤椅上独自看球赛。

下午5点多钟，返回索列尔港的有轨电车来了。金色暖阳，从两节车厢的连接处投射过来。电车启动，一行人站在车尾的观景平台上。大教堂像一个巨大的背景，然后，列车缓缓驶离。华丽的小镇，一点点地向后退去。这样的暖色调，像极了电影画面。

回到酒店，我来到Sunset Lounge Bar，一个巨大的弧形平台上坐满了宾客。地中海上壮美的落日，刚好停留在最佳位置，色彩浓得几乎化不开。在另一个方位，特拉蒙塔纳山脉的层层山影，在远处渐渐淡去。

傍晚时分，我沿着台阶走过一方游泳池，来到酒店最高处的 Es Fanals 餐厅。餐厅的天花板采用原木横梁，地面是马赛克瓷砖，具有典型马略卡建筑的特色。这个餐厅的名字来源于“Fanal”，意为“灯笼”，指的是旧时马略卡渔民使用了几个世纪的传统玻璃灯笼。当时，夜间的海面上，各种色彩的玻璃灯笼交汇成一片奇妙的光之海洋。

头盘我选的是 Tapas，西班牙上好的火腿，片片入味。主菜点的是西班牙传统炖鳕鱼，用一个陶盆盛着。我一边品尝，一边看着霞光散尽，然后满月升起。

修道院里的时光

第三天中午，预约的私家车已等候在酒店门口。我们驱车向东北方向，前往岛上北侧的波岩莎（Pollença）小镇。司机介绍说，索列尔是不少德国人喜欢的地方，而波岩莎则更多为英国人所钟情。他的一些客人会在周五的晚上，跟他订好接机业

务，从伦敦飞过来，然后在周日晚上返回。

半个多小时后，我们穿过一片葡萄田小路，来到一座外形方正的建筑物前。建筑背靠小山，这就是我入住的 Son Brull Hotel & Spa，一座由古老的修道院改建的酒店。

我从北侧推开一扇高 5 米多、宽 2 米多的巨型玻璃门，走进酒店。服务生带我穿过一条暗黑的走廊，来到位于二楼的房间。里面面积很大，是一个 Loft 的结构，原木横梁的天花板，三面白色的墙，主卧与客厅连为一体，窗台上保持着原貌，是木质的窗户板。

站在窗口，可以清晰地听到中庭泉水流淌的声音。房间右侧一面黑色的木板墙前面放着白色的沙发，墙面后接一个衣帽间。房间的左侧挂着门帘，里面是卫生间，面积同样很大，有按摩浴缸和淋浴两套设施。沐浴露是酒店自产的，采用橙子作为原料。整个房间黑白色调，颇为素雅，且没有破坏修道院原来的结构。如果将这些房间拆除了，即刻可以恢复其原貌。

从房间出来，穿过安静的中庭，我来到餐厅，看见中央有一个石头磨台，墙面上挂着白马装饰画，这里保留着两台巨大的橄榄油榨制设备，各有一根长约 10 米的粗大原木压杆，与石头的部件组成巨型机械结构，展现了岛上农庄的传统风貌。往上看去，各种拱顶支撑部件复杂多变，构成古朴优美的线条。

走出餐厅，是一片露天餐饮区，再往前就是一方标准长度的游泳池。碧蓝的池水，映衬着古老的修道院和后面的青山。修道院的南门高 4 米多，有一个小尖塔，

是典型的巴洛克风格建筑，至今仍保存完好。草坪上，竖立着雕塑作品，还有白色垫子的座椅。

我坐在树影下的露天酒吧里，一边吃小点心，一边阅读关于这座修道院的历史的书籍。修道院所在的位置，在史书上最早的记载是在12世纪，当时整个马略卡岛还处于阿拉伯人的统治下，这片场地的院子作为马厩使用，15世纪，弗朗切斯克·德斯布鲁尔（Francesc Desbrull）先生买下了波岩莎小镇附近的产业，然后娶了岛上一位叫佛朗茜斯卡娜（Francisquina）的姑娘为妻。其中靠近阿拉伯农场的地块，一些年之后建起了一座小型建筑，就取名为“Son Brull”，其中的“Brull”来自弗朗切斯克先生的姓氏。

1686年，Son Brull由朱瑟斯（Jusuits）继承。到了1745年，由琼·巴普蒂斯塔·托雷斯（Joan Baptista Torres）牵头，开始建造这座修道院。1767年，朱瑟斯被西班牙国王查尔斯三世（Charles Ⅲ）下令逮捕，当地的一家法院（Court de Sant Simon）成为合法所有者。这样，修道院变成了国有资产，这种状态一直持续到1865年。

在19世纪到20世纪的时间里，这里成为一个旧式农庄。如今，Son Brull有自己独立的水源和食物供应系统，从自家挖的水井提取水源、榨制橄榄油和磨制面粉等，全部靠畜力来完成。这也是岛上这个区域重要的一家农场。2003年，这里被改建为一家独具特色的生态酒店。

下午3点多钟，我从酒店出发，沿着Ma-2200号公路徒步。公路上车速很快，不时有骑自行车的人在我身边闪过。我向右拐进一条山路，登上普伊格·德·玛丽亚（Puig de Maria）山脉，沿着曲折的坡道前行，山路曲折。到达山顶，看见一圈城墙之内，一座圣所沐浴在暖阳中。

这座圣所建于1348年。1362年，首批隐士常住于此。1371年，这里变成一座修道院。里面的礼拜堂建于15世纪末，哥特式风格。外围的城墙建于14世纪，主要是为了防备海盗的袭击。

走进修道院，安静清寂。在几百年的岁月中，这里历经变故，最后成为一座女修道院；到了1988年，最后一批修女也离开了这里。

我站在城墙边向南眺望，山下是波岩莎小镇的那片黄色的屋顶。往西看，是特拉蒙塔纳山脉的东麓，沐浴在夕阳之中。往东张望，是波岩莎港（Port de Pollença），这片宁静的海湾，曾吸引一些艺术家在这里常住，其中包括阿根廷画家阿蒂利奥·博维里（Atilio Boveri）和赫梅内吉尔多（Hermenegildo），尼加拉瓜诗人鲁本·达里奥（Ruben Darío）也在此小住过，鲁本是拉美现代文学的奠基人之一。著名作家阿加莎·克里斯蒂在20世纪20年代初期，也曾来到这里小居。

波岩莎小镇

次日，午后时分，我沿着Ma-2200号公路前往波岩莎小镇。一路上，忆起奥地利的路德维希·萨尔瓦多大公（Ludwig Salvator）。他是开创巴利阿里群岛旅游业的先驱。1867年，他第一次来到岛上，后来定居在马略卡，他购买了几块荒野土地，作为观赏之用。在今天，岛上的多条徒步路线，都是以他的名字来命名的。

路德维希钟爱马略卡岛，他专门学习了加泰罗尼亚语，研究岛上的动植物、历史和文化，耗费22年的时间，完成了7卷本巨著《巴利阿里群岛》（*Die Balearen*），全面展现了巴利阿里群岛的风貌。

此处公路边竖立着一块牌子，标明这里是世界文化遗产所在地。2011年，“特拉蒙塔纳山脉的文化景观”成为世界文化遗产，理由是：“位于马略卡岛西北海岸这片陡峭的山脉中，在几千年的时间中，将伊斯兰教和基督教文化融合起来，借鉴了阿拉伯人的水利经验，在资源稀缺的环境中，开发出梯田、水利工程和鹅卵石铺成的道路网络，结合教堂、灯塔和果园，营造出良好的人居环境和优美的地中海景观。”

该片区域在1985年就受到《西班牙历史遗产法案》的正式保护。2002年，路德维希公爵的古迹也被列入保护专项计划。目前，这个文化景观区域包括波岩莎历史中心、迪埃（Deià）、卢克（Lluc）和埃斯科卡（Escorca）小镇，也体现在其具有生态和景观价值的历史艺术建筑上。

穿过一条马路，就到了波岩莎小镇，这个深藏于马略卡岛北部角落的小镇，有着别样的风情。“Pollença”这个名字，来自早期罗马定居者“ Pollentia”的名字，他的遗体在13世纪时，在距此几公里的地方被加泰罗尼亚人发现。

小镇上十分安静，街道狭窄而紧凑，是中世纪时代遗留下来的。大多数房子建于 17 和 18 世纪，采用当地的石料修造。接着，我来到小镇的中心广场，这里散布着数家咖啡馆，周围有一座 13 世纪的天使圣母教堂（Església de Nostra Senyora dels Àngels）。

从中心广场往北，有一条 365 级的台阶，通向卡尔瓦里山（Calvary）礼拜堂，这也是该小镇最有特色的地方。我沿着台阶上行，看到两旁有一些民宅，院子里鲜花盛开。我遇到一对从挪威来的中年夫妇，那位先生手里拿着一个高倍望远镜在观鸟。我跟他攀谈起来，他说在这里发现了几种比较特殊的鸟类，以前很少见到。他与妻子已走了全球不少地方，一直以观鸟作为旅行主题。

登上山顶，走进礼拜堂，我点燃一支蜡烛，坐在椅子上静默片刻。每年的耶稣受难日（Good Friday），这里都会举行一年中最引人注目的游行，首先会在山背面的十字架前模拟耶稣受难的情形，然后将基督塑像从十字架上搬下来，人们披着斗篷，戴着口罩和尖顶帽子，手持火把静默游行。只有深沉的鼓声，将这种充满历史感的力量与脆弱情绪传递。

在文化的维度上，那些岛屿留给人类的是另一种美学——慵懒的麻木（Languid Torpor）。

在无限接近透明的海水之外，还有着更多的宁静和安详。那是旅人内心的深蓝。

Corsica and Sardinia

The Aromatic Island

and a Tranquil Hideaway

科西嘉和撒丁岛：

香岛与山居时光

一些无数次去过法国的旅人，通常很少到科西嘉（Corsica）。这个岛看似离法国南部不远，其实却不近——地理、文化和心理上的距离。

撒丁岛（Sardinia），这座地中海的第二大岛屿，漂浮在地中海中央。

在岛与岸之间，是251万平方公里的浩瀚地中海。波澜深处，定格着永恒的依恋。

La Villa Spa 的庭院

下午 3 点 40 分，我经过半个多小时的航程，抵达卡尔维—圣凯瑟琳机场（Aéroport de Calvi-Sainte-Catherine），科西嘉岛（Corsica）到了。

从飞机的舷梯下来，便直接来到机场的出口。机场的规模相当小，这种规模上的小型化，往往让人想起一些遥远之地的机场，如南美大陆最南端的乌斯怀亚机场，或是挪威北端的梅港机场。现在是在科西嘉北端的机场。

当地的一个网站在介绍科西嘉岛时，说这不是一个容易去的地方，因为经常发生罢工和出现大风天气。夏季常有成群结队的游客，但价格偏高。尽管这次我没有遇到罢工，但却遇到了大风天气，为了前往岛上的3家酒店，整个航班也颇费周折。

从机场出发，我来到La Villa Spa酒店，酒店高踞于山丘之上。从大门入口处就可以看出其不凡的设计元素。大堂布置着精美的橱窗，里面展示着腕表和手包，还有一袭柔美的裙装。墙面上挂着一幅装饰画，是女子英气勃发的脸部特写，有一丝桀骜不驯的神情。

走进我的套房，房间宽大，有66平方米，阳台外是一道圆形拱门，不远处的海湾和红色城堡是视觉焦点。

信步参观酒店。连接酒吧和餐厅的一个圆形客厅像一个迷宫，有四五道门，分别通往酒吧和餐厅。客厅里灯光柔和，坐着已很舒服了，走到餐厅后面则更被吸引。

餐厅面对着开阔的海湾和城堡，下方有一座游泳池，里面漂着9个紫红、蓝色和绿色的鸭子模型，大小不等，是一位叫作朱利恩（Julien）的艺术家的作品，它们

构成了酒店景观最有特色的一部分。一位工作人员介绍说，这些鸭子模型是可以出售的，最便宜的从几十欧元起。天色渐暗，在灯光的照射下，鸭子的颜色会有所变化，玫红、玉白和紫色，富有动感。

清晨，我漫步在这30000平方米的庭院里，从整体上来看，酒店可分为3个层面。正是这错落多变的层次，与海景和谐地统一起来。右侧不远处的山顶上，银装素裹，朝阳从右侧的山顶喷薄而出，给池水带来了暖意。

早餐之后，当地朋友弗吉妮亚（Virginie）女士，开着她新买的雷诺，带着我前往乡间。路上车辆不多，有那种乡野的恬静，我打开车窗，闻到空气中有一种淡淡的香味。她说，岛上有100多种珍稀植物散发着香气，所以，科西嘉又经常被称为“香岛”。弗吉妮亚是个高挑的女子，有着法国都市女子和海岛健美女生混合的韵味。

车子朝着东北方向行驶，前方的一片乡村民居高悬在一座山顶上。她说，这就是圣安东尼诺（Sant'Antonino）小村，被誉为“法国最秀丽的村庄”，因为这些民居建筑与山体巧妙地融为一体，山顶村落也被称为“鹰巢村”。科西嘉的许多地方还没有被深入开发，同时也未受污染，依然保持着乡野原味。

圣安东尼诺村的历史可以追溯到9世纪，由于其天然的防御能力，使它成为科西嘉岛最古老的村落之一。村子布满纵横交错的狭窄小巷，路径陡峭。古老的传统民居依山而建，与山坡上坚硬的花岗岩连为一体。全村人口只有110多。一个小院子、一个小广场加上一家面包店，似乎就构成了乡村的全部简单生活。村中最大的建筑是报喜教堂（Église de l'Annonciation），建于11世纪，四层的钟楼高高耸立。钟楼内保存着18世纪的绘画。

离开鹰巢村，我们沿着山间公路疾驰。崎岖的山脉和松树林，在每一个转弯处构成自然美景。回到卡尔维，来到兰德里码头区（Quai Landry）。这是连接港口的海滨步道，路旁有餐厅、酒吧和咖啡馆，这也是卡尔维的主要社交场所。不远处是普莱桑斯港口（Port de Plaisance），游艇静泊。

科西嘉岛面积为8680平方公里，人口32.2万。该岛是地中海山脉最多的岛屿，有古老的火山，这里也是户外运动的好去处。最高的山峰是钦托峰（Monte Cinto），高2706米。岛上的山地占三分之二，森林占五分之一，几乎一半的面积被辟为自然保护区。岛上还有一个著名的 GR20 登山步道，在巴拉涅地区则有 250 公里带标记的健行步道。

港口小城卡尔维，位于科西嘉西北海岸的巴拉涅（Balagne）地区，面积 31.2 平方公里，人口 5400 多，属于科西嘉岛第五大的城镇。这座小城有一个座右铭：“Calvi semper fidelis”，意为“卡尔维永远忠诚”，来源于对当时热那亚共和国的忠诚。

卡尔维拥有传统的科西嘉文化，在海滨可以冲浪、滑水和玩滑翔伞，如喜欢安静地晒日光浴，则可以在雷维尔拉塔（Revellata）附近的阿尔加（l' Alga）海滩上独享。

自 1992 年以来，每年的 10—11 月举行的风之节（Festival du Vent）是卡尔维最主要的节日，庆祝内容包括音乐会、戏剧会演和艺术展览，也包括滑翔伞、冲浪和帆船比赛。

中午时分，我们在海边一家意大利餐厅用餐。老板是科西嘉人，曾在意大利学习厨艺，回来后在这里开了这家餐厅，已有 24 年的时间。我们坐在吧台，首先喝上一杯香槟，然后吃刚炸出来的鲜嫩小鱿鱼，与老板闲聊。他个子不高，性格开朗，属于话比较多的那种，讲着各种笑话。维吉妮在席间跟我聊了一些关于科西嘉的话题，如，这里有不少男子像这位老板一样，个子不高，幽默开朗，深受一些女食客的欢迎。

由于科西嘉与意大利撒丁岛的距离非常近，与意大利的历史联系也很紧密，岛上始终保留着许多意大利文化的元素。科西嘉的本土语言，据说与托斯卡纳的语言密切相关。

午餐我点的是海鲜意面，里面有大量的虾仁，异常鲜美，分量十足，努力地吃，才把它消灭干净。

古典庄园的美味和卡尔维城堡

转到 La Signoria & Spa，是另外一种风貌。这座 18 世纪热那亚时期的宅邸，那些微红墙面的幢幢建筑，在烟雨蒙蒙的上午显得更加安详，不时还可以听到几声鸡叫，烘托出这座 30000 平方米庄园的幽静。往后不远处就是科西嘉山脉，掩映在一片烟雨之中。

我的房间在二楼的尽头，要走过一段长长的露天走廊。这是一个套房，南北通透，客厅放着当地产的甜点，还有两瓶水，一瓶带气，一瓶不带气。阳台很长，放着两把躺椅。浴室面积也比较大，有一个按摩浴缸，工作人员说，这是整个酒店中唯一带按摩浴缸的房间。

大雨骤至，我便在房间慢饮、看书、上网，Wi-Fi 信号很强，躲在这科西嘉的庄

园酒店，看着雨水漫过阳台的红色地砖，突然有一种很满足的感觉——身处陌生而辽阔之地，自己的一隅天地是宁静而舒适的，随性坐卧，微凉清新的空气拂面，聆听鸟鸣。

黄昏时分，大雨初歇。走在庄园酒店的庭院，在柏树、桃金木、橘树、棕榈和松树组成的稠密林间，有几处雕塑和喷泉，一位妈妈带着一个小男孩在散步，男孩小心翼翼地将手伸进喷泉的水池中。水从雕塑顶部的华盖流下来，在裸女雕塑的身体上急速流过，保留在胯间的衣袂，也被浸染。最后，水流贴近她丰腴的腿间，奔涌而下。

晚餐时间到了。来到餐厅，几位颜值颇高的女服务生笔直地站立迎客。整个餐厅分为室内和山景两个部分。砖红墙面上挂着业主家族的几幅油画，还有随意笔触绘制的花纹图案。仔细一看，山景的这部分，就是在原来建筑的外面用铁架和玻璃增加出来的一部分，本身并不复杂，采用一种特殊结构的横梁，在暖色灯光的照射下，建筑的年代感凸显，更烘托出其优雅，这种优雅其实是依附在整个环境的古雅之上的。

晚餐的头盘我点的是意大利式蜘蛛蟹馄饨，藏红花汤。馄饨很小一个，里面裹着蜘蛛蟹肉，藏红花汤微甜。

主菜点的是香煎海鲂鱼（John Dory），配上紫色的洋蓟、普里苏图（Prisuttu）香肠和马槟榔花蕾。普里苏图是科西嘉的一种特产香肠，干燥期长达一年到一年半，海鲂鱼的新鲜口感，混着普里苏图香肠慢嚼后的醇香，产生了双倍的鲜美。

甜点选的是覆盆子布朗尼。当这份美馔端上来的时候，实在令人赞叹：整个甜点摆放成三排。一排硕大新鲜的覆盆子，一排含有圭亚那奶油的布朗尼蛋糕（Brownie），还有一排可可冰沙，看上去像一件精致的艺术品。我欣赏并犹豫几秒钟，银质勺子便在各列中来回舞动，各种美妙的味道在口腔中融合、叠加和呼应……这间餐厅曾入选法国美食 Gault & Millau 的评选。

第二天上午，天气晴好，在享用了同样丰盛的早餐之后，惬意地漫步在庄园。然后我换上浴袍，来到按摩水池（Jacuzzi），这处也是庄园的亮点之一。推门而进，里面水池的直径大约 10 米，浅绿色的水面反射着窗外的绿影。水温微凉，但过一会儿就适应了。端详着淡黄色的内墙，时光在半圆形窗户顶端静静地流走，从 18 世

纪，直到现在。

午后时分，从 La Signoria 出发，我沿着 D81 公路开始徒步，走了二四公里，左转到 N197 号公路，从这里走向卡尔维城堡。

继续走了 2 公里，从一条小路拐向海滩。很快就到了卡尔维海滩。白色的沙滩很长，绵延近 6 公里。50 多分钟后，沿着港湾，我走近了盐塔（Tour du Sel）。这座圆形的盐塔是热那亚占领时代建造的防御塔，建于 1530—1620 年间，是热那亚共和国占据期间设立的海岸防御工事的一部分，目的在于防御巴巴利（Barbary）海盗的袭击。1990 年，该塔与城堡的城墙一起，被列为法国官方历史古迹。

沿着上坡道向前，是一条商业街，里面有一些特产商店，其中的一家陈列着各种科西嘉香肠和橄榄油，有几款橄榄油的瓶子设计华丽，看上去像是香水瓶，色泽也多了些黄褐色，微妙的颜色。

我顺着石板路走进城堡。台阶的高处是圣约翰浸信会大教堂（Cathédrale St-Jean-Baptiste），里面的一个十字架被称为“基督的奇迹”（Christ des Miracles），据说，它拥有超自然的魔力。

蜿蜒的石径两旁，是精致的老房子，目前还有一些居民住在里面。我看见一座修复的热那亚总督宫殿，据传，那是克里斯托弗·哥伦布出生的地方。后来可能是出于某些考虑，他掩盖了确切的出生地，改称自己出生在热那亚，因为他出生的那个年代，卡尔维是当时热那亚帝国的一部分。一个酒吧前，有乐手轻声弹唱。每年6月份，这里都会举办爵士音乐节。

科西嘉民族博物馆也位于城堡内，保留着与这个岛屿历史和文化有关的物件。这座城堡也是“卡尔维围困”的见证者。1794年7月到8月，卡尔维被法国军队所围困，英国军队在尼尔森上将的指挥下，40天的时间持续轰炸法国军队，援救卡尔维守军，最终英军获胜。在轰击过程中，尼尔森的右眼受伤。

历史远去。由于其重要的战略位置，目前法国外籍军团的第二外籍伞兵团总部就驻扎在卡尔维城堡。

夕阳西下，徘徊在鹅卵石的小街上，在城墙边我发现一个院落里种植着大片植物，墙边竖着一面科西嘉的旗帜。沿着台阶走下去，发现这是一间制作小型刀具和工艺品的作坊。店主穿着满是灰尘的工作服从里面走出来，与我攀谈。然后给我演示一个小游戏，他拿出一个系在细绳子上的木质圆锥体，最下端是尖的。那圆锥体直径不到1厘米，就像建筑工人用来砌墙时保持垂直的圆锥体的缩小版。

他拿来一张纸，上面有顺时针和逆时针两个圆圈图案，他将圆锥体的尖头对着顺时针圆圈，静止片刻，这个圆锥体马上沿顺时针方向转动起来。然后，放在逆时针的图案上，它又按逆时针方向转动了。

他让我来试，果然也是一样的。然后，他又拿出一张斜线图案的纸，结果圆锥体就按斜线方向来回摆动。我来试一下，结果相同。

他站在门口“咕咕，咕咕”地叫着，外面的那些鸽子很快地飞到门口，他撒上一些玉米粒，鸽子一哄而上。他站在那里开心得像见到了老朋友。

Cala Rossa 的树屋

上午 10 点 30 分，我从卡尔维机场起飞，35 分钟后到达尼斯。然后转乘下午 1 点 05 分的飞机，55 分钟后飞抵科西嘉南部的费加里（Figari）机场。本来如有直飞航班的话，卡尔维到费加里只有不到半个小时的航程，现在由于客人太少，所以两地之间的航班都需要在尼斯或马赛转机。科西嘉岛的偏僻，也由此可想而知。

司机已在机场内等候。这个费加里机场同样袖珍。提取了行李，我们驱车前往科西嘉东南部海岸的韦基奥港（Porto Vecchio），大约 20 公里的路。这里被称为"科西嘉南部的珍珠"，位于岛屿东南的珍珠海岸（Côte des Nacres），是岛上的热门之地。

抵达卡拉·露萨（Cala Rossa），它位于韦基奥港海湾的北部。穿过一片林区，便来到 Grand Hôtel de Cala Rossa & Spa，服务生带着我穿过小径，来到海边，她指着不远处建在树上的一间木屋说，这就是你的房间。看上去，这间木屋离地面有 4 米多高。

走过海滨酒吧的木台，登上两段台阶，她帮我打开门。房间采用原木结构，十分宽敞，外间是起居室兼卧房，有一张宽大的床，床尾是整面玻璃墙，可以清晰地看到外面的露台和海滩，来到露台上，发现这面玻璃幕墙反射着林间深沉的树影，根本看不到房间的内景，原来，设计上采用了单向透视的玻璃。

回到房间，往里间走，是同样面积大小的洗漱间。靠玻璃幕墙是一个大浴缸，浴缸旁边有一个古旧的矮木凳。另一边是淋浴和卫生间。中央位置是盥洗盆。整个洗漱间宽敞得可以来回走上几步。

漫步在 3 公里长的私密海滩。左侧是一片礁石，沿着一座木桥走过去，可以坐在礁石边上看书休息。海面上有人在划皮划艇，还有人在划站立式桨板，桨板的前面跪着一个十三四岁的女孩，一位 40 多岁的男子戴着帽子在后面划动。他们从码头一路慢慢划来，波光粼粼，恰如一幅柔美的画。

几个孩子在沙滩上砌沙子城堡，然后放海水进城堡。黄昏之光，是那种热烈的色彩，让人心头一暖。在这片私人海滩，会感觉到那种无人打扰的暖热，可以分享

或独享。

风的低语，云的轻盈，海水的拥抱。此刻，它们都在。

晚餐时分到了。我享用着海鲈鱼，还有上佳的甜品。这里的很多蔬菜均来自酒店的菜园，厨师擅长做科西嘉热月龙虾（Cap Corse Lobster Thermidor），这是一道法国名菜——芝士焗龙虾，将奶油混合煮熟的龙虾肉、蛋黄、白兰地或干邑都塞进一个龙虾壳中，可以配上烤得焦黄的奶酪壳，选用的酱油也必须是含芥末粉的。

Thermidor 是热月，即法兰西共和历的 11 月，相当于公历 7 月 19 日到 8 月 17 日。相传这道菜是 1894 年由 Chez Marie 餐厅为支持萨杜的戏剧《热月政变》上演而发明的。由于所需的材料比较昂贵，热月龙虾一般在特殊场合才能吃到。Cap Corse 是科西嘉东北部的一个 40 公里长的半岛，那里盛产各种名贵的海鲜。

还有一道菜是科西嘉小牛排，配上塔吉亚斯卡黑橄榄（Taggiasche Olive），橄榄产自意大利利古里亚（Liguria）西部的波内特（Ponente），是一种特别的橄榄品种，腌制时使用盐和香草，浸泡 40 天左右，然后作为开胃菜或小吃，口感清香。

餐后信步走到大堂，前台后面有一块古旧的用于挂钥匙的木牌，木牌高和宽都在 2 米左右，顶端是一个小天使雕像，木牌的四周雕刻着花纹，工作人员介绍说，这块牌子至少有 100 年的历史，是科西嘉的传统装饰品。

然后在庭院内品茗休息。之后回到木屋，我开着露台的门，在涛声中安然入眠。

第二天，早餐之后来到 Clarins Spa，按摩师先带我参观了一下，在建筑中央的位置，留出一个小小的天井，有红色的墙面，里面栽种了很多植物，构成了 Spa 的视觉中心。按摩师开始给我按摩，在柔美的音乐声中，得到了一次透彻的休憩。

中午在海滨酒吧用餐。我坐在宽大的椅子上，面对着海。树影洒下来，照在食物上，半明半暗。正午的海水十分通透，一直延伸到栈桥，然后，慢慢变为淡淡的

蔚蓝色——无限接近透明的蔚蓝。

我开始在海边阅读，而后与客人们闲聊。之后去健身房运动片刻，度过了缓慢的午后时光。有这样的木屋、海滩和酒吧，我甚至不想走出去看看周边的小镇。木屋中有一本小册子，介绍了这里的概况。在离此地几公里处的 Ceccia 和 Tappa，公元前 2200 多年就有人居住，是史前人类的早期定居点。在历史上，这里先后被罗马人、摩尔人、比萨人和西班牙人等占领。1977 年，瑟纳拉里（Cenarelli）先生在这片海滩上建立起一个小旅馆，然后逐步扩大，一直到今天的规模，成为那些喜欢科西嘉的人们的心仪之地。

晚餐之后，在酒吧有 3 位男歌手现场表演复调合唱。3 个男人衣着朴素，两把吉他，他们的歌声有着动人的内涵。3 位歌手分为两个声部，每个声部各自独立，又和谐统一，形成和声关系，构成前呼后应、此起彼落的音乐效果。除了几首歌曲有固定歌词，其他多是即兴发挥。歌声里有几分忧伤，更有几分豪迈。

在科西嘉，最古老的演唱复调形式包括 Voceri，这是女性歌手追思亡者时的吟唱；还有以动物为主题的摇篮曲；也包括祝福远行的曲调。科西嘉岛的传统即兴复调声乐则可以追溯到 15 世纪，深受热那亚传统音乐的影响。这种复调声乐，曾经消失了很长一段时间，直到 20 世纪 70 年代，才重新恢复，现在已成为科西嘉民族文化的核心内容。

演唱持续了两个多小时。我走出去，轻轻掩上门，动人的歌声慢慢地消隐下去。这些歌声后面，是科西嘉古老的心跳。愿望的力量，伴随着吉他和弦的节奏，像是松林飘过的丝带，又像海面上划过的白帆，总有人会看见。

我走到海滩酒吧的木台上，微弱的灯光，将栏杆的影子投射到海面上。远处栈桥和海岸线的微弱灯光，经过我的相机长时间曝光，竟然璀璨。

在科西嘉岛的漫游，让我看到了秀丽法国另外一个神秘的部分——在地理上断开的部分，它充满令人惊叹的风景和能量。

幽居山庄

下午 5 点钟，我抵达米兰利纳特（Linate）机场，然后转乘晚上 9 点的飞机，最终到达意大利撒丁岛（Sardinia）奥尔比亚（Olbia）机场时，已是晚上 10 点 10 分。提取托运行李时，发现上面的锁被打开过，检查了包里的一只长焦镜头，还在，便没有细看，只是觉得有点奇怪。

撒丁岛是地中海的第二大岛屿，面积为 24090 平方公里。撒丁岛也曾被称为“Ichnusa”，意为“脚印”。相传，宙斯当年创造天地时，以边角余料用脚猛踩，从而形成了这座撒丁岛。

撒丁岛是一个神秘之岛，被认为是“既不像欧洲，又不像非洲”的所在。从该

岛北部开始，按逆时针方向来看，离撒丁岛最近的海岛或陆地是：科西嘉岛、普罗旺斯、巴利阿里群岛、突尼斯、西西里岛和意大利半岛。

奥尔比亚是意大利撒丁岛北部的一个城镇，人口约 5.8 万，有港口与罗马和其他一些港口相连。

在奥尔比亚机场，有一些颇具设计感的招贴和展示，其中的一幅将撒丁岛的地形做成一块饼干形状。预约的出租车已在等候我。酒店位于一个叫圣帕特雷奥（San Pantaleo）的小镇，离机场大约 25 公里。这位老司机英语不好，一路上无法更多地交流，他默默地开在寂静的公路上。在这遥远的撒丁岛。

30 多分钟后，来到 Petra Segreta Luxury Resort & Spa 大门口，我需要在与前台确认密码后才能开启大门。

车子驶入后，看见点点灯光照亮了数条小径。一位服务生已站在路旁，她带着我来到酒店的 Lounge，这里为两间式结构，内部设计沿用撒丁岛的传统形式：石墙和粗大横梁外露的房顶，有壁炉和复杂多变的墙面，并充分利用当地材料，将陶器、铲子、牛铃和剑麻的叶子等作为装饰品。墙上挂着笔法拙朴的油画，沙发为浅色调，坐上去很柔软。房间里弥漫着撒丁岛风格的音乐，茶几上放着欢迎香槟和小点心，令人舒心。

走进砖石结构的房间，南侧有一方阳台，里面放着两把躺椅，站在那里可以眺望到远处阿尔扎切纳（Arzachena）海湾的点点灯火，烘托出此处的幽静。

翌日早晨，来到餐厅用餐。餐厅分为南侧和北侧两个部分，南侧餐厅巨大的落地玻璃窗外是一片开阔的草坪，远处是海湾，舒展辽阔。餐厅里摆放着巨大的黑白摄影作品，前面一幅是海螺，盘旋上升的纹路体现一种细致的美感，这幅照片也被作为一面屏风。

我走到里间的食品台前，上面摆放着各种食物，墙面上是另外两幅摄影作品——两个女子抬起下巴的脸的局部。当把这两组作品叠合在一起观看时，会让人产生丰富的联想，仰俯之间，彼此的生命总是交缠不已，细美如螺纹。

“我爱汝心，汝怜我色。是以因缘，经百千劫，常在缠缚。”很多事情大约真似空山灵雨，一眼万年。

撒丁岛上出产一种佩科里诺·罗马诺奶酪（Pecorino Romano DOP），这是意大利

羊奶干酪。DOP（Denominazione d'Origine Protetta），意为“原产地命名保护”。根据意大利立法，这种羊奶干酪只能在撒丁岛、拉齐奥大区（Lazio）和托斯卡纳大区的格罗塞托（Grosseto）生产。初尝这种奶酪，觉得略咸，入口一段时间，会有淡淡的

鲜味袭来。

这种奶酪是意大利最古老的奶酪之一。最早是罗马周边的乡村生产的，拉丁作家瓦罗（Varro）和老普林尼（Pliny the Elder），早在2000年前就首次描述了它的生产方法。其便于长期存储的特性，使它当年用于行进中的罗马军团的食物给养，每人每天27克的奶酪，为士兵提供了一份高能量的食物补充。1884年，由于罗马市议会禁止这种奶酪的制作，一些生产商转移到撒丁岛等地。

直到今天，这种奶酪依然采用传统的方法制作：将干盐放在手上，慢慢地渗入奶酪。整个老化时间从8到12个月不等。一般可用于意面或夹在三明治中，而在每年的5月1日，罗马的一些家庭会去罗马平原旅行，通常就以这种奶酪配着新鲜蚕豆来吃。撒丁岛当地人还会建议，食用时，可以配一杯浓烈的意大利红酒或淡啤酒，以中和这种奶酪的咸味。

漫步在这50000平方米的酒店院落，满眼是地中海低矮的灌木丛和圣栎树，它们保持着原始风貌。一幢幢石屋依山而建，看上去很普通，其实在建造时，两位业主是颇费心力的。罗丝拉（Rosella）是一位建筑师，她试图在这片林地之间修造一座看起来已有些年头的民居建筑，材料上采用粗削石（Rough-hewn Stone）和原木，细节处理上又完全采用现代手法。她的先生路易基（Luigi）是一位厨师，恰好可把在美食领域的心得结合到酒店的餐饮上来，整体上追求一种“质朴的优雅”（Rustic Elegant）。

次日，一整天我在房间的阳台上看书，放空。

夜晚来临，餐厅烛光点点，窗外草坪上的射灯开启，灯光照射着石头砌成的矮墙，暖色的光与碧绿的草坪、幽蓝的远天，形成了微妙的呼应。

餐毕，我便在Lounge内休息，欣赏建筑之间的相互连接和贯通。Lounge 与餐厅之间的白墙上，开着一个半圆形的洞，用细细的红色虬枝和白色的烛台点缀着，气韵即刻生动起来。北侧的餐厅外有一个椭圆形的游泳池。这个游泳池是加热型的，中央砌了一个台子，上面有一块长约 2 米的椭圆形石头，石头一半在水下，一半在水面上，如同一个浮在泳池内的小岛，在淡蓝灯光的照射下格

外精致。

第三天下午，阳光灿烂。我到托运的行李箱中取太阳镜时，发现眼镜盒还在，里面的一副 Dior 眼镜却没有了。每次旅行都会遇到一些意想不到的事情，这次是行李被打开，眼镜没了，而一只更值钱的“大炮”镜头，却没有被偷走。

从酒店出发，我徒步 3 公里就来到圣帕特雷奥。这是一个静谧的小镇，镇中心是一座乡村教堂，对面有一家酒吧，里面的几位当地居民见到我这个东方人很是好奇，客气地请我喝上一杯，彼此聊了半天。

在酒吧老板的建议下，我来到教堂后面的小山上。山下是典型的撒丁民居。沿着山路攀到山顶，上面有几块巨石，旁边是几株 3 米多高的仙人掌。对面是岩石陡峭的山峰，下面是一排红色的屋顶。这里的静寂，似乎从未改变过。

在奥尔比亚外的几公里处，有一座佩德斯城堡（Castello di Pedes），另一个萨帕拉佐城堡（Castello di Sa Paulazza），坐落在小山之上，具有拜占庭风格。

回到酒店，躺在躺椅上，夕阳照射。遥想着奥尔比亚的历史，这个地名源于希腊语，意为“快乐之城”（Città Felice）。历史上，这里由于其肥沃的土地和连接其他地中海国家港口的贸易战略地位，曾先后被腓尼基人、罗马人和迦太基人占领。早在罗马时代，它就是一个重要的港口，但现在，它似乎与整个撒丁岛一样，对于不少人来说，是遥远而陌生的。

这里也曾被人们关注过。几年前，奥尔比亚在一次公路隧道施工过程中，在沿岸地区发现了 24 艘沉船，其中有 2 艘是尼禄（Nero）的战船，另外有 16 艘船来自公元 5 世纪。这些沉船仿佛时间之海中的碎片，让处于历史阴影中的这片土地顿时光亮起来。

将岛屿记忆置于历史的长河之中。

在时间的风暴与自然的低语里，凸现历史坚硬的脉络。终点在当下，然后沿着路途，逆转而归。

Sicilian Essence

The Secret Passions

穿越西西里：

隐秘的激情

这是我第三次来到西西里岛（Sicily）。

多年以前，我乘坐邮轮初访西西里。第二次又探访了陶尔米纳和埃特纳火山。此后一直想设计一条完整的穿越西西里的线路。第三次则依托一系列精品和艺术型酒店，终于完成了穿行西西里的“U”形线路。在这座地中海最大的海岛上，探寻一系列古镇、自然保护区和葡萄酒庄，体验深邃历史中隐秘的激情。

从巴勒莫到埃里切

设计型酒店的夜晚

飞机抵达巴勒莫国际机场的时候，已是傍晚 6 点 30 分。司机已在出站口等候着我。我们的奔驰车行驶在宽阔的高速公路上，司机介绍说，这座机场坐落在巴勒莫以西 30 公里处。

西西里岛（Sicily）是地中海最大的岛屿，面积为 25711 平方公里，也是意大利面积最大的一个大区，全岛总人口为 502.9 万。巴勒莫（Palermo）是其首府和中心商业城市，位于岛的西北端。从机场出来的一路上，满眼是盛开的南欧植物——柑

橘林和柠檬树枝繁叶茂，繁花绽放，让人想起歌德的赞美——“世界上最秀丽的伊斯兰教之城”。

一个伊斯兰教最美的地方为什么会在西西里？因为西西里位于地中海要塞，在历史上，腓尼基人、罗马人、阿拉伯人、诺尔曼人先后占据这里，12世纪末，神圣罗马帝国皇帝腓特烈二世（Frederick II）统治西西里，他身兼德意志和西西里的国王，这段时间里，西西里也迎来了其黄金时代，成为欧洲最富有的城市之一。阿拉伯人和诺尔曼人将巴勒莫视为其首都。欧洲的艺术家汇聚而来，到处弥漫着文艺气息，巴勒莫也成为国际化的都城。

腓特烈二世本身没受过系统的教育，但他可以说拉丁语、德语、法语和西西里语，后来还自学了阿拉伯语和希腊语，包括犹太社区的知识，表现出对各种文化的极大宽容。他是一个狂热的艺术和科学的赞助人，喜欢吟诗作赋，在西西里学校讲授诗歌，这些诗歌，后来对现代意大利语的形成起到积极的推动作用，曾得到文学巨匠但丁的赞美。

随后，法国的安茹家族开始统治西西里。从13世纪末开始，受西班牙阿拉贡家族和巴塞罗那王朝的长期统治。19世纪初，西西里黑手党（Sicilian Mafia）开始形成，直到今天，几乎每一个首次踏上西西里岛的人，脑海里都可能会浮现这样一个问题：现在还有黑手党吗？

我们沿着海边的公路疾驰。右侧是高耸的山峦，左侧是提尔赫尼亚海，夕阳下的巴勒莫湾呈现一派宁静的气韵。这座有着120万人口的西西里首府，是意大利第五大城市，有着2700多年的历史，是于公元前734年由腓尼基人建立的，当时取名为“齐兹”（Ziz，意为“花”）。之后，巴勒莫先后被罗马共和国、罗马帝国、拜占庭帝国所占领，后来希腊人、阿拉伯人接管了这片土地，阿拉伯人把这座城市改名为巴尔哈姆（Bal'harm），这成为如今“巴勒莫”地名的来源。

30分钟后驶入巴勒莫市区。车子拐入市中心的一片宁静社区，驶过波兰达马广场（Politeama Theatre），我们停在Plaza Opera酒店门口。

我的房间是位于酒店顶层的Agata套房。进入房间，首先是一间宽大的客厅，黄色调装饰，古典枫木家具，一张长沙发后面的墙上挂着巨幅装饰画，画面是一位穿着内衣的坐姿女子，黑白线描，只有她的一双软底鞋是红色的，画面体现一种居家的慵懒感。

往里走是卧房，一张 King Size 的大床，两盏富有设计感的灯具置于两旁，卧房的对面摆放着 50 英寸的液晶电视，在电视柜的后面，是一个玻璃浴房，有明亮的灯

光，高于卧房约 50 厘米。浴房的后面是衣帽间和盥洗室。从卧房里看，这间浴房就像一个小小的舞台，可以从容地凝视。上了几截台阶，就进入约 9 平方米的玻璃浴房，里面有一个圆形按摩浴缸。我试了一下，水流很猛烈。关闭之后，浴房内自动发出烘干的声音，暖风从几个角度吹过来，大约只有几分钟，整个浴房就烘干了。房间的整体设计颇具特色。推门而出，是一方宽大的露台，夜色中的巴勒莫尽收眼底。

当地朋友葆拉（Paola）在大堂内等着我。她从事西西里精品酒店的推广工作。她向我介绍这家酒店大堂的设计特色，细密的木质物体造型、别致的金属吊灯和装饰画等，体现出其简洁鲜明的设计理念，也使之成为巴勒莫知名的设计型酒店。

她带我去了酒店附近的一家餐厅享用晚餐。这家餐厅的店名是“Amecasa”，这

是西西里语，“Ame”的意思是“我的”，“Casa”意为“家”，餐厅的布置很简洁，食物美味且价格合理。头盘我点的是蚕豆汤，主菜是油炸鳕鱼，甜品是西西里芝士卷（Cannoli），这是一种由油炸面团做成的圆管状的西西里甜点，外形大小从手指粗细到拳头大小不等，里面装满奶油状的 Ricotta 乳清干酪，口感略甜。这种甜点来源于巴勒莫和梅西纳地区，历史上，是为每年的狂欢节（Carnevale）准备的。这家餐厅开业两年了，已成为当地文化人士聚会的一个场所。

巴勒莫汇集了各式餐厅，除了吃比萨和各种意面外，还可以品尝一种杂烩，有西西里特色的菜肴，包括金枪鱼、仙人掌果实，这种果实的味道很特别。还可以吃到名为“Antipasto della Casa”的开胃菜，大盘子里面分别摆放着帕玛火腿、萨拉米香肠、小牛肉、面包、黑橄榄，还有炖烤过的洋蓟、西葫芦、茄子和甜椒，再加上 Grana Padano 硬奶酪片（奶源来自意大利波河河谷，需要老化 9—20 个月的时间，从 1996 年起有了原产地命名保护），既有意式菜肴的鲜美，又有阿拉伯炖菜的醇香，是一种混合口味。

恬淡风景中的埃里切

次日早晨 9 点钟，享用了丰富的西西里特色甜品之后，司机已在酒店门口等着我。我们驱车前往埃里切（Erice）。车子沿着 A29 号公路一路西行，有一段是沿着海岸而行。天有点阴，远眺海岸线，有着一种疏淡的意境。

埃里切是西西里的特拉帕尼的一个古城，相传，是由希腊女神阿佛洛狄忒和布提斯的儿子建立了这座小城。总面积 47.3 平方公里，人口 28500 人。这里是分子美食爱好者的聚集地，每年都会召开一次分子美食的研讨会。

近两个小时后，车子到达埃里切的山脚。沿着盘山公路而上，我们来到埃里切的古城门口。司机告诉我，古城的海拔高度约为 750 米，夏季凉爽，这里的不少市民在山脚下也有宅子，冬天住在低处。由于埃里切特有的地貌，在城中经常会有浓雾，上一次他来时，隔着几米都看不清人。

埃里切的古城呈三角形。穿过城门（Porta Trapani），我沿着一条坡道 Via Vittorio Emanuele 上行，这也是古镇中的主干道。上午的小城没有太多的游人，十分清静。

左侧不远是基萨·马德雷（Chiesa Madre）教堂和钟楼，尽展这一古代要塞的威仪。这座教堂建于1314年，内饰在19世纪时改建为新哥特式的风格，但仍保留着16世纪时雕塑家朱利亚诺·曼奇诺（Giuliano Mancino）的大理石作品。这座钟楼最早是1282年"西西里晚祷"（Sicilian Vespers，指西西里人反抗法国人统治的武装冲突）时的瞭望塔。这场冲突在1282年复活节爆发，以反对法国出生的国王查尔斯一世的统治，查尔斯一世自1266年以来一直统治西西里王国。在一个半月内，约3000名法国男女被杀害，查尔斯国王随即失去了对西西里的控制。

在古希腊时代，埃里切被称为"埃里克斯"（Eryx），这是希腊英雄埃里克斯的名字。埃里切是由腓尼基人建立的殖民地，并在很大程度上被希腊化了，此后，它在第一次迦太基战争中被摧毁。后来，这里先后被诺尔曼人和阿拉伯人统治。1167年，诺尔曼人将此命名为圣朱利亚诺山，该称号一直延续到1934年。

走到古城的东北角，我发现了古代腓尼基人的一段城墙遗迹。转到东南方，我看见这里残存着佩波利炮台（Torretta Pepoli）和金星城堡（Castello di Venere）。金星城堡被视为埃里切古城的起源，由埃涅阿斯建造于诺尔曼人时期，其中祭坛主要被用来祭祀希腊女神阿佛洛狄忒，曾吸引了来自地中海各地的埃里切人。

相传，当时被选中祭祀的动物，都会自动走到祭坛前接受宰杀，没有一点挣扎和反抗。

临近中午，我回到主干道Via Vittorio Emanuele上，一群中学生带来欢腾的气息。来到Maira Grammatico咖啡馆的二楼平台，我点上一份Genovsei甜点，一边品尝一边眺望远处的艾加迪亚群岛（Aegadian Islands）。岛影疏淡，恰似一分恬淡的心情。

深居在巴勒莫老城区

下午3点，我离开埃里切，来到特拉帕尼（Trapani）。小城位于西西里岛西海岸，邻近埃里切，是意大利特拉帕尼地区的首府。这座城市由埃莱米安人（Elymians）建立，至今仍是一个重要的渔港，也是通往附近埃加迪岛的主要门户。这里举办的米瑞泰（Misteri）是欧洲最古老的复活节宗教活动之一，至少要持续16个小时，甚至会超过24个小时。

在特拉帕尼的海边有几处盐盆地（Salt Pans），也就是海盐的生产场地，可供参观，并有各种掺杂了草本植物的海盐出售，主要用于蔬菜沙拉的拌制。这些海盐装在玻璃瓶中，每一种都有不一样的香味，让喜欢厨艺的我爱不释手。因为对于一个厨师来说，盐是美味之源，它可以勾调和强化食材的鲜味。

回到巴勒莫。车子拐过“四首歌”（Quattro Camti）十字路口，驶过“羞耻广场”。“四首歌”的正式名称是“维格里纳广场”（Piazza Vigliena），作为向西班牙总督胡安·费尔南德斯·德维莱纳和阿斯卡隆致敬而建造的巴洛克风格广场，它建于1608年至1620年间。该广场的建成，是欧洲城市规划的第一个成功的范本。它以八廓形的设计而闻名，因为白天太阳至少照亮建筑的一个角落。在拐角处有4个凸出的17世纪建筑，每座建筑前建有喷泉，喷泉的顶部各有一座雕塑，分别代表一个季节，4座雕塑组成了四季之歌。

“普雷托利亚广场”（Piazza Pretoria）则建于16世纪末，整个广场以普雷托利亚喷泉（Fontana Pretoria）为中心，16组人类和美人鱼的裸体雕像环绕其间。1860年之后，受当时西班牙宗教裁判所的影响，这座广场被认为是腐败城市的体现，从而有了“耻辱广场”（Piazza della Vergogna）的绰号。

我们驶入一条小路，在耶稣教堂（Chiesa del Gesù）旁的一座典雅建筑前停了下来，我预订的Palazzo Brunaccini Boutique Hotel到了。

房间在二楼，里面是浅色木质家具，天花板上有传统的木质横梁。墙壁上挂着2米多宽的油画，站在露台上可以看到吉奥基督教堂。

从房间出来，我在酒店的各处细细体悟其设计。大堂摆放着西西里传统的古雅家具，架子上是西西里传统士兵木偶，墙面上挂着西西里艺术家尤根尼奥·瓦扎诺（Eugenio Vazzano）的作品，由令人惊叹的色彩与织物构成，他的作品来源于对西西里古老工艺的认知和创新，坚持当代风格的独创性。他设计制作了垫子、壁挂、窗帘和地毯，采用埃特纳火山般的炭黑色、石灰石绿色、海盐的白色、凝灰岩的米黄色，将“这些碎片”缝合在一起，让人们领悟西西里岛的优雅和高贵。

所有的织物，都是通过他的工作人员在一家建造于18世纪的西西里卡波纳塔（Caponata）古老的工厂里，经过染色、折痕完成的，表达这样一种理念：“Celebrating the past to reinvent the future with optimism.”（颂扬往昔，乐观地重塑未来。）

19 世纪至 20 世纪之间，巴勒莫作为一座独特的欧洲城市，埃内斯托·巴西尔（Ernesto Basile）和其他建筑师，打造出迷人的古镇建筑，新艺术在这里取得了良好的成果：这种风格来源于花卉造型和线条，并选择铁艺和玻璃作为材料，采用木梁天花板和宽阔明亮的玻璃墙，并通过明亮的玻璃墙来强化环境的自然光感，以此保持造型与功能之间的一致性，呈现西西里新艺术的风格。

从酒店出来，我来到耶稣教堂。教堂的正面最初展示了 16 世纪后期典型的相对节制的风格，但到了 17 世纪，开始向奢靡的巴洛克风格转换。

教堂的内殿，长 72 米、宽 42 米、高 70 米，装饰着独特的彩色大理石，穹顶有彼得罗·诺维内利（Pietro Novelli）创作的壁画。这座吉奥教堂是巴勒莫乃至整个西西里岛上最重要的巴洛克教堂之一，也被认为是巴勒莫最令人叹为观止的教堂之一，1564 年至 1578 年间由耶稣教会建造。开始时规模不大，1633 年进行扩建。在 1888 年，被列入意大利国家纪念碑名录。二战中，教堂遭一颗炸弹的轰炸而造成了部分损毁，后来又被修复。

在教堂内静坐片刻后，我回到酒店的 Ristorante Da Carlo 享用晚餐。餐厅位于巴勒莫中心，紧靠巴拉尔市场（Ballarò Market），主厨卡洛·那波里（Carlo Napoli）致力于重振古老的西西里菜系。头盘我选的是酱腌红虾，配上水牛奶酪、续随子的花芽和香蒜酱，续随子这种植物的花蕾通常用作调味品；又选了意面配茴香和腌金枪鱼籽，异常鲜美。

遥远的《豹》

我来到埃曼纽尔大街（V. Emanuele）的巴勒莫大教堂（Palermo Cathedral），前面开阔宏大，四周是微红色的城垛，远远望去宛如一座摩尔式城堡。两个哥特式拱门将教堂与钟楼连为一体。教堂中央的圆屋顶和四周建筑物上的雕刻精美绝伦。

穿过小巷，便来到帕拉蒂纳礼拜堂（Cappella Palatina）。礼拜堂门口围着一群人，看到一个巨大的气球，里面套着几十个小气球，大家的目光聚焦在一对中年人身上，他们将气球刺破，里面银白色的气球飞舞而出，欢声笑语中那对中年人拥吻在一起。问了旁边的朋友，原来他们在举行结婚 25 周年银婚纪念活动。此情长久，此景感人。

进入礼拜堂。这个礼拜堂是诺尔曼国王时期从 1130 年开始，耗时 13 年建成的。混合着拜占庭、阿拉伯与诺尔曼的多种建筑风格。抬头望去，上面是美丽的东方风格的天花板，黄蓝色调，如此明丽的镶嵌画并不多见，四周布满同样精美的雕刻，令人叹为观止。

结束了参观，我坐在街边的咖啡馆小憩。望着古雅的街道，忆起西西里也是许多经典影片的拍摄地。卢奇诺·维斯康蒂（Luchino Visconti，1906—1976）的《豹》（*Il Gattopardo*），就是影迷们喜爱的一部影片。

这部影片根据朱塞佩·托马西·迪·兰佩杜萨（Giuseppe Tomasi di Lampedusa）的同名小说改编，小说在 1958 年出版，反映了西西里岛的人们在意大利统一复兴运动（Risorgimento）中的生活，被认为是意大利现代文学最重要的作品之一。

该影片的完整版本长达 205 分钟，其中最后一场豪华舞会，以一个小时的时长来营造视觉上的震撼感，从而映衬萨里纳亲王的孤独心境。维斯康提通过萨利纳亲王家族的兴衰，表达出一种对于时间的无奈和宿命感，还有对历史的沉思……

沿着安静的街区，我来到自由大道（Via Della Liberta），这一带是巴勒莫的精品购物街，两旁有一些品牌店和八九层楼高的公寓，绿荫扑面，是热带之城独有的风情。在一家店里，我买了一条当季的皮带，灰色绒面皮，上面是规整的小方格，制作应是很费工夫的。填退税单的机器出了点问题，店员热情地让我在 VIP 区域休息，端来红色的西柚汁，盘托很精致，这些品牌店还是自有一套的。

在街上看到几家陶器店，出售西西里当地的工艺品。门口摆着不少陶瓷猫，身上有黄蓝色的花纹，尽显乖巧。往里面走，看见不少菱形的陶器面的挂钟，还有一盏台灯，灯座和灯杆是铜制件，灯罩是陶瓷的，浅蓝色的花纹，前面镂空，形似放大的金钟花，标价 75 欧元，仔细端详了一会儿，考虑到太重，只好作罢。

墙上的挂盘是最有特色的：图案是一个长着 3 条美腿的女子，妩媚的脸庞，3 条丰腴的大腿像 3 根旋转的指针，舞动着魅惑之态，4 条蛇缠绕着女子的脸庞，她的耳边长着一对蓝色的翅膀，柠檬果散落在四周。这被认为是西西里经典的挂盘，洋溢着一种诡异甚至迷幻的美感。而在门口的橱窗里，是另外一件工艺品——装扮艳丽的马儿，拖着一辆同样漂亮的马车，它从另外一个角度，散发出西西里特有的欢愉气氛。

在巴勒莫城内或郊外别墅里，还居住着一些贵族及其后代。他们不再炫耀各自

的悠闲，而是计划着将从前无人继承的酒窖或者家族农场，改造成乡村客栈或精品酒店。

在他们生活的环境中，依稀可见电影《豹》的场景，其中一座新艺术风格的山居庄园内部仿佛就是《豹》的拍摄地——门厅内，两侧墙上有一排木质龛架，其下部有点像窄窄的连排座椅，泛着质朴的光。这种特殊的室内装饰，在地中海的其他一些岛屿上也都可以看到。

会客厅内高耸的弧形顶部，从墙角线延伸出一条条支撑小梁，撑起平直的天花板，上面有着精致而优美的曲线。天花板装饰精致，隐约可以看到内部整齐的线条。古雅的蜡烛吊灯从天花板上垂下，壁炉四周有精致的铁艺装饰，墙壁上挂着几幅家族成员的油画。古典造型的餐桌上，摆放着西西里特有的陶器。

店主是一位 80 岁银发闪闪的夫人，她准备将这座庄园改建成一座私密的精品酒店，因为她实在不喜欢目前流行的商务酒店和到处人满为患的沙滩。她在说这话时，俨然一副萨里纳亲王的口气。她的眼睛晶亮，试图在一股滚滚的消费主义洪流中，费力地保持一点过去岁月的痕迹。

回到街上，一位穿着考究的老太太走过来，用英语提醒我，不要单肩背相机，最好挂在脖子上。我感激地向她致谢。这样友善的人们，给人以温暖。

蒙雷阿莱，“金色贝壳”小镇

次日清晨。站在露台上，可以看见耶稣教堂侧面的小路上有一两位早行者已骑车离家。充满人气的一天又开始了。

驱车向西南方向，我们前往蒙雷阿莱（Monreale），这是巴勒莫15公里外的小镇。镇子依加蓬特山（Monte Caputo）而建，肥沃的山谷里盛产柑橘、橄榄和杏仁，有着“金色贝壳”（La Conca d'oro）的美誉。

沿着蜿蜒的台阶，我登上了加蓬特山，一座大教堂矗立在眼前。这是糅合了阿拉伯与诺尔曼风格的蒙雷阿莱大教堂（Monreale Cathedral）。

历史上，在巴勒莫被阿拉伯人占领后，主教不得不迁到巴勒莫郊外，找到一个叫阿格哈·基里阿基（Aghia Kiriaki）村落的教堂暂时躲避，后来这里被命名为蒙雷阿莱（Monreale）。1072年，诺尔曼人征服此地。开始时，这个村落仅仅作为诺尔曼西西里国王打猎的一个营地。随着大量本笃会僧侣涌到这里，需要建立新的教堂，于是威廉二世下令建立一座大教堂，它始建于1174年，1185年完工，被称为“世界上最重要的诺尔曼风格建筑”之一，也是意大利的国家纪念馆和西西里最吸引人的景点之一。由于蒙雷阿莱处于大主教居住地的宝座位置上，这样，整个教堂也声名远播。

从西立面外观上看，该教堂采用不对称结构，双侧塔楼只有一座完成。进入教堂，廊柱和教堂的内部镶嵌着拜占庭风格的马赛克，《圣经》中的故事，栩栩如生地描绘在上面。这里共有6500平方米的马赛克，也是意大利境内最大面积的拜占庭风格的马赛克装饰，包括教堂大部分的墙面和门窗侧柱上，都覆盖着马赛克的装饰。这里还有世界上第二大的古代黄金镶嵌画（最大的保存在伊斯坦布尔的索菲亚教堂）。

教堂的中庭类似意大利的长方形教堂，尤其是当三重式唱诗班出现时，这里更像早期的教堂，如此设计在叙利亚和其他的中东国家还存留着一些。中庭的柱子用

完整而巨大的灰色花岗岩制成。拱门上有两扇巨大的天窗，透过花饰窗格，空间呈现精致感和开放感。

在右侧走廊的深处摆放着两具棺木。其中的一具浅色的石棺是威廉一世的，也就是建造者的父亲，原先石棺上还有用大理石制成的篷盖；靠外的棺木是威廉二世的，1575 年供奉。在 1811 年的一场火灾中，两具棺木均受到损坏，教堂的管风琴和樱桃木制成的唱诗班设施也都被毁坏，目前所看到的都是火灾后重修的。

教堂南侧的隐修院视野开阔，这里，新古典主义风格的廊柱（Cloister）可以称得上是精美绝伦。4 条回廊各长 47 米，228 根雕刻精致的柱子分别支撑着回廊的拱形结构，大理石柱顶雕刻有树叶图案，还有《圣经》中的场景，没有两个是相同的。这也是现存最完好的意大利回廊。法国作家莫泊桑在他的《西西里岛之旅》中曾这样描绘道："奇妙的蒙雷阿莱回廊，使人联想到优雅，让人想要永远站在那里……"

这座蒙雷阿莱大教堂，与坐落在西西里北部海岸的另外 8 座诺尔曼时代的宗教

和民间建筑，于 2015 年一起被列入《世界文化遗产名录》，理由是："建造于西西里岛的诺尔曼王国时代（1130—1194 年），融合了西方建筑与伊斯兰和拜占庭的形式，催生出新空间的概念，也见证着穆斯林、拜占庭、拉丁、犹太、伦巴第和法兰西文化的丰硕共存。"

从切法卢到阿格里真托

切法卢的午餐

翌日早晨 8 点，我离开酒店，穿过巴勒莫的古旧街道，20 多分钟后来到巴勒莫中央火车站。我要搭乘 9 点 38 分的列车，前往 70 多公里外的切法卢（Cefalù）。

车厢内没有更多的乘客，十分安静。沿着海岸线前行，树影划过，海上有船舶波动。上午 10 点 28 分，抵达切法卢火车站。然后驱车前往 Le Calette Garden & Bay 酒店，这家酒店位于切法卢古城的东部海湾，整个设计以一座游泳池为中心，几幢套房散布在绿树之间，其中一间套房的客厅里挂着一幅油画，上面是一条金枪鱼。

客厅外面是一个宽大的露台，上面有圆形的浴缸，阳光投射进来，不由让人想象在此沐浴的惬意情景。

中午在酒店的餐厅用餐，窗外是宁静的海湾。头盘我选的是 Prawns' Caesar Salad，服务生端上了 Lorenzo No.5 号橄榄油，这种产自 Nocellara 的橄榄油，被认为是西西里品质最佳的橄榄油。然后呈上的是用乳酪烤过的面包，配上番茄、马泽拉干酪、金枪鱼、洋葱、续随子、凤尾鱼和罗勒。

接着品尝两道意面，第一道是 Classic Norma，新鲜异常，满口留香；第二道是 Bucatini，配上沙丁鱼和野生的茴香。Bucatini 是一种厚实的意大利面条，中间有孔，这道意面更多体现的是酸甜口感，与第一道意面形成味觉上的差异感。主菜点的是马鲛鱼，甜点是西西里芝士卷。这样的午餐，让我回味良久。

下午 1 点 30 分，西西里当地的朋友佩佩（Peppe）前来接我。他开车带我前往切法卢老城。到达老城的入口处，一座斑驳的黄色墙面的四层建筑物矗立在左边，展示着古城的沧桑感。沿着一段台阶走下去，我来到拱形门洞的建筑前，下面是水渠，有浅浅的水流动，一股清凉意。

我沿着窄窄的 Corso Ruggero 主干道漫步，路边有人在织补渔网，工艺品店的展板上挂着各种有趣的玩意儿，不一会儿就走到了切法卢大教堂。

这座建于 1131 年的大教堂，由诺尔曼国王罗杰二世建造，风格为西西里罗马式建筑。大教堂的外部保存完好，两座坚固的四层塔楼位于大教堂门廊的两侧。门廊有 3 个拱门，建于 1400 年左右，对应内殿和两个通道。教堂顶部拜占庭风格的马赛克炫目华美。教堂的内部在 16—17 世纪进行了大规模的修复。教堂旁还有一座精致的修道院，与大教堂建于同一个年代。

从教堂出来，我们驱车来到一个高处，在此眺望整个切法卢古城和海滩，红色与黄色的屋顶构成迷人的所在。

切法卢位于西西里岛北岸，面积 65 平方公里，人口 13800 多。位于巴勒莫以东约 70 公里处。它具有中世纪特色，1131 年罗杰二世开始建造的诺尔曼大教堂给人留下深刻印象。376 米高的切法卢要塞（Rocca di Cefalù）海岬构成旧城的背景。切法卢的名字来源于希腊语“Kephaloidion”，意为“枕头”，因为海岬形似头枕。这里也是攀岩爱好者的活跃之地。

这里曾是朱塞佩·托纳多雷（Giuseppe Tornatore）的电影《天堂电影院》（*Nuovo Cinema Paradiso*）的外景地。

切法卢大约建于公元前5世纪末到4世纪初，它很可能是希腊城市希米拉（Himera）的前哨，它的名字最早出现在公元前396年希米尔科（Himilco）率领的迦太基探险队的笔记中。希米拉被毁后，这里作为难民居住地。这座古镇因处在海角顶端的战略要地而受到重视，858年，阿拉伯人占领了这座城市。1063年，诺尔曼人接管了此地，后来重建了这座古城。1861年意大利统一，切法卢成为意大利王国的一部分。

20世纪20年代，亡灵巫师阿莱斯特·克劳利（Aleister Crowley）和他的追随者安扎于此。目前，他的特莱马（Thelema）神庙已成为废墟。由于克劳利与山羊发生性关系而被判犯有不道德行为，最终被逮捕并被驱逐出境。

法瓦拉的设计型酒店

下午3点多，我们驱车南下，前往法瓦拉（Favara）。

这是西西里岛中南部的一座小城，距离阿格里真托8公里，面积81.8平方公里，人口32700多。此地以“复活节羔羊蛋糕”（The Easter Lamb）而闻名，这是一种以当地的杏仁和开心果制作的糕点。历史上，该小镇先后被罗马、拜占庭和阿拉伯人所统治，“法瓦拉”这个地名来源于阿拉伯文“Fawwāra”，意为“潺潺流水”。

傍晚时分，来到法瓦拉，入住Alba Palace Hotel。在步入这家小型精品酒店的瞬间，我就发现了它设计上有着值得关注的细部。从大门进入，前台的左侧，有一块长约3米的玻璃地面，可以透视到下层的酒窖。我的房间在二楼，进入房间，夕阳斜照进来。透过两扇高达3米的玻璃门，教堂的圆顶映入其间。一张2米宽的大床，黑色的床头靠背看上去十分舒适。走到阳台向外看，是黄色的砖石墙面，有种厚重感。卫生间与卧房以一面玻璃相隔，里面有一个浴缸，还设立了淋浴空间，站在里面刚好与大床亲密对视。此刻，教堂的钟声响起。

酒店的业主安东尼奥·阿尔巴（Antonio Alba）带领我去参观酒店。我们首先站在大门外的小街上回望夕阳中的酒店。我发现在古雅的墙面上，阳台的设计很别致，采用铁板和玻璃材料，线条流畅精致，丝毫没有现代材料带来的疏离或冷冰之感。

我们进入 Le Traveggole 餐厅，餐厅的顶棚和四周墙面均是黑色，悬挂有袖珍灯具，白色的餐布和米白色的椅子，还有桌子上的鲜花，营造出一种舞台感。餐厅对面，则是酒吧和小型阅读空间，以粗糙的墙面烘托空间的轻柔感。走到酒店南侧的户外空间，抬头观望，可以完整地理解整个酒店的设计风格：中性灰的墙面上，排列有序的蓝色窗户，凸显简洁之美。

我们走进地下一层的酒窖。安东尼奥说，在酒店建设的过程中，发现了目前酒窖所在地存在着一座美妙的地下建筑，地下通道由凝灰岩砌成，从物料上分析，应该是保存了几个世纪，里面的黑暗和寂静，似乎也将西西里的某些秘密深藏其中。

最后，我们来到酒店最大的一间套房参观，它的设计重点是一座巨大的方形按摩浴缸，浴缸的颜色可以从湖绿切换到品红色，带来一种魅惑之感。

晚餐就在那富有舞台感的餐厅享用。

次日清晨，我走出酒店，不远处就是法瓦拉广场，有当地居民在早市上买菜，人

不多，一切都是静静的。

佩佩带着我前往西西里杏仁博物馆（Sicilian Almond Museum）参观。展厅面积不大，但值得细细地观看。他介绍说，西西里岛盛产杏仁，腓尼基人在许多世纪前把杏仁带到这里。这是西西里的第一座杏仁博物馆，收藏200多种比较珍贵的杏仁品种，这里会不定期举办厨艺班，传授西西里糕点和菜肴的制作技巧。

在展板上，我读到了关于杏仁的一则爱情故事：希腊英雄阿卡玛斯（Acamas）是雅典国王特修斯（Treseus）和费德拉（Phaedra）的儿子，在前往特洛伊参战的途中，他在色雷斯（Thrace）停留，偶遇色雷斯国王的女儿菲莉斯（Phyllis），两人坠入爱河，不幸的是，他们的结局很是悲惨。菲莉斯苦等了阿卡玛斯10年的时间，但直到特洛伊战争结束，她也没等来他幸存的消息。她失去了他归来的所有希望，最后伤心离世。

女神雅典娜被这个故事所打动，她将菲莉斯的遗体送到一棵杏仁树下。后来阿卡玛斯惊闻此讯，赶赴这棵杏仁树前，紧紧地拥抱着这棵树。作为回报，菲莉斯的在天之灵让光秃的树枝上萌发出几枚新芽。从此以后，每年春季，杏仁树繁花盛开，象征他们的爱情永在。

我们前往农场文化公园（Farm Cultural Park）。走进一片古旧的民居，只见粗粝的墙面上画着一头大象，一株小树刚好长在象鼻子的位置，这样，大象仿佛要卷起小树，画面顿时生动起来。沿着小巷往里走，我看见墙面上画着一位男子的黑白头像，此刻正凝神注视着我们。其他一些民居的墙面上则画有波点图案，还有一方色块。里面的一所民居前，则摆放着一座高约 3 米的木质结构的装置作品。

这座农场文化公园开放于 2010 年，是一处比较别致的艺术画廊和展览空间。当时，一位艺术家在此地半废弃的民居中购买了几栋建筑，并彻底翻新，改建成新的空间，在此举办一些展览、放映会和研讨会，从而吸引了来自世界各地的游客，旨在拯救这个法瓦拉古老的中心，并通过艺术来赋予它新的生命。

下午 1 点，前往“土耳其台阶”（Scala dei Turchi）。我们驱车来到恩佩多克莱港（Porto Empedocle）的雷阿尔蒙特（Realmonte）海岸的一个高处，向东眺望，灰白色的悬崖层层叠叠，上面有人在走动，构成诗意的画面。

近些年，这里成为西西里南岸的一大游览热点。据说，这里的兴起，与意大利作家安德列·卡米列里（Andrea Camilleri）的侦探小说描绘过此地有关，1994 年，卡米列里出版了系列长篇小说中的第一部《水形》（*La forma dell'Acqua*），该书以脾气暴躁的蒙塔尔巴诺探长（Montalbano）为特色。后来又因改编成电视剧而火爆，而恩佩多克莱港恰好是卡米列里的家乡，此地借势，自然将“土耳其台阶”的热度提升起来；而中国旅行者喜欢这里，则是因为影片《西西里的美丽传说》曾在此取景。

这里的悬岸由灰白色的沉积岩构成。它位于两个沙质海滩之间，形成了一个楼梯形状的石灰岩层。这个“土耳其台阶”名字中的“土耳其”则源于历史上摩尔人频繁的突袭，其实这个名称似乎不太准确，似应改为“摩尔人台阶”更佳。

沿着海岸向东行驶，在一处停下车后，我继续沿着海岸行走了 10 多分钟，看见几名工人正在加固一处围栏，上面贴着告示，表明自 2018 年 1 月起，已禁止游人攀爬土耳其台阶，违反者将处以 1 万—10 万欧元的罚款。旁边还张贴着“小心岩石跌落”的警示语。

尽管如此，在我身边还是有五六位游客脱了鞋，涉水绕过围栏，走向土耳其台阶。望过去，台阶上大约有 100 位游人，并没看见有人去阻止和处罚。这种看似放任的做法似乎也反映出管理者的无奈和智慧：都处以罚款吧，估计也罚不过来；一旦有岩石跌落砸伤游客的事故发生，也赖不到管理者的头上——我们早就设立了围栏，张贴了警示招贴，这是咎由自取。

夕阳下的神殿谷

下午 3 点，我们驱车前往阿格里真托（Agrigento）的“神殿谷”（意大利语 Valle dei Templi，英语 Valley of the Temples）。这是世界上最大的考古遗址，占地 1300 公顷，于 1997 年被列入《世界文化遗产名录》。它是希腊艺术和建筑最杰出的典范之一，也是西西里岛的主要景点之一，同时还是意大利国家纪念碑。古希腊抒情诗人品达（Pindaros，约前 522—前 443）曾赞美此处是“世界绝美之都”。

入口处，已聚集了不少等待入园的游客。安检时，保安见我的专业相机上装着单脚架，特意问了旁边的一位管理人员，确认后才予放行。在意大利和希腊的不少景区，一般都禁止专业摄影设备带入。

沿着坡道前行。发现“神殿谷”中的“谷”字其实不太准确，这片遗址其实位于阿格里真托小镇外的一处山脊上，并不是在山谷里。残存的 7 座多利克风格（Doric）的古希腊建筑，至今依然表现出它在希腊艺术和文化中的杰出地位。

我们首先来到朱诺神庙（Temple of Juno），它长 38.15 米，宽 16.90 米，建于公元前 5 世纪。公元前 406 年，迦太基人烧毁了它，罗马时代曾用黏土代替大理石瓷砖部分修复。目前残存着部分前柱廊和浮雕。

穿过一片台地，上面有野花盛开。远远地，协和殿（Temple of Concordia）浮现出来。这座神殿的名字来自附近发现的一个拉丁铭文，神殿建于公元前 5 世纪，现在是神殿谷中保存最好的建筑之一，也是西西里岛上最大的多利克式建筑。由于这座神殿在公元 6 世纪时曾被作为基督教堂使用，使得神殿得以被当地人接受，并保存如此完好。

走近协和殿，围绕着它走了一圈，感受着这座希腊文明中著名建筑的宏大和精

细。这座建筑长 39.44 米，宽 16.91 米，每根多利克柱子上有 20 个凹槽和轻微的卷曲，里面分布着鼓室和牢房，保存完好。人们可以通过塔架上的楼梯到达屋顶，整个建筑的外部和内部最初都被彩色灰泥覆盖，屋顶上铺着大理石瓷砖。

在协和殿西侧的立面前，我伫立良久，体会着夕阳下这座宏伟建筑的暖意。联合国教科文组织的标志图案，即来源于这个立面，它的上面有 6 根挺拔的柱子。

沿着坡道走了大约 10 分钟，来到赫拉克勒斯神庙（Temple of Heracles）。赫拉克勒斯是古代此地最受尊敬的神之一。它建造于公元前 6 世纪，是整个神殿谷中最古老的建筑，后来被地震摧毁。1921 年，英国人亚历山大·哈德卡斯图（Alexander Hardcastle）最早发现这个神庙遗址，后经修葺，恢复了 8 根柱子。这座建筑长 67 米，宽 25.34 米，设有地下室和大祭坛。目前，当地管理局有想法将这个神殿更大规模地予以修复，毕竟，它本身的规模是如此恢宏。

走进一片土坡，这里是奥林匹亚宙斯神庙（Temple of Olympian Zeus）的遗址。它建于公元前 480 年，是为庆祝希腊城邦对迦太基人的胜利而建。地面上横置着一座拼接起来的石头人像，长约 7.75 米。这是原来宙斯神庙柱子顶部的一个石柱支撑物（Atlas）的复制品（原件被保存在博物馆）。

陪同我的当地朋友指着一张宙斯神庙的复原图，告诉我这个巨大的石像大约只占整个柱子高度的五分之一到四分之一，可以想象，当时宙斯神庙是何等宏伟。

夕阳更加醇厚。我们靠近卡斯特和波勒克斯神庙（Temple of Castor and Pollux）。它建于公元前 5 世纪中期，长 31 米，宽 13.39 米。尽管目前只剩下 4 根柱子，却被视为阿格里真托的象征。夕阳下，它傲对碧空，我徘徊许久，近距离感受着废墟的

华美。

这片奇迹之地能与世人见面，很大程度上归因于意大利考古学家多梅尼科·安东尼奥·罗纳法索·皮特拉桑塔（Domenico Antonio Lo Faso Pietrasant，1783—1863），他主持了神殿谷的挖掘和修复，在1809年至1812年间，他担任塞尔迪法尔科（Serradifalco）公爵。

历史学家分析，这片山丘是所谓的塞隆陵墓（Tomb of Theron）的所在地，面对着神殿谷，我回忆起第二次布匿战争。该战争发生于公元前218—前201年，是迦太基与罗马共和国之间的第二次重大战争，在整个地中海西部地区持续了17年的战斗，被西方史学家认为是古代历史上最伟大的战争。

公元前219年，迦太基将军汉尼拔摧毁了罗马同盟的伊比利亚城市萨根顿（Saguntum），促使罗马人在公元前218年向迦太基宣战。此后，汉尼拔的军队从伊比利亚经陆路杀入阿尔卑斯山，一路所向披靡。公元前216年，汉尼拔在意大利南部杀死和俘虏了67000多名罗马士兵，相当多的罗马人的盟友投靠了迦太基。公元前215—前210年间，迦太基的陆军和海军进攻西西里岛和撒丁岛，最终被击退。

罗马人后来采取避其主力的策略，依次夺回了所有加入迦太基的城市，并于209年占领了迦太基首都，最终导致汉尼拔失败，使迦太基成为罗马的附庸国，罗马人在此后的600年间，成为地中海区域的主导力量。

夕阳醇厚。这史诗般的往事，仿佛凝固在这片大地之上。

从神殿谷向北驱车大约3公里，来到阿格里真托古城的中心。穿过桥门（Porta di Ponte），沿着阿泰尼亚街（Via Atenea）这条中世纪的街道走，可以充分感受到古城的祥和之气。小街的尽头，有一家当地有名的冰激凌店，我坐在街边的椅子上，品尝着冰激凌，不觉遥想往事。

阿格里真托由希腊殖民者建于公元前581年左右，是当时地中海世界的都城之一，也是古希腊黄金时代的主要城市之一。

它在公元前570—前554年，曾被臭名昭著的暴君帕拉里斯（Phalaris）统治。到了公元前480年，暴君塞隆（Theron）与锡拉库萨（Syracuse）结盟，赢得了对迦太基人的希米拉战役的胜利。公元前470年，暴政被一个民主国家取代。在公元前406年之前，人口在20万—80万之间，盛极一时。目前，该城的面积为245平方公里，人口 59000 多。

阿格里真托是哲学家、政治家恩培多克勒（Empedocles，c.495—c.435 B.C）的诞生地。他是希腊苏格拉底之前的哲学家，他的哲学主要起源于 4 种经典元素的宇宙成因理论，提出了“爱和冲突的力量”，这种力量可以将元素混合和分离，同时，他还是一位素食主义者。在当时，阿格里真托是一个相当大的艺术中心。直到今天，依然可以感受到这座小城的魅力。

精美的马赛克遗址

次日上午 10 点钟，我们驱车前往皮亚扎—阿尔梅里纳（Piazza Armerina），这是西西里恩纳的一个社区，从小镇中央向西南方行驶约 3 公里，便来到罗曼娜·德尔·卡萨莱别墅（Villa Romana Del Casale），这里以保存完好的罗马帝国时代的马赛克而引人注目，尽管目前还不算太有名气。

入口处是有多个柱子的圆形广场。透过围栏，可以看到工作人员在里面清扫地面，晨光探进古雅的建筑空间。我沿着离地三四米高的参观通道缓缓前行，进入不同的房间。该处设计巧妙，通道高悬在上，可以让人清晰完整地看到每一个房间地面上的马赛克图案，又能很好地保护好地面，但由于这条通道只有 2 米宽，当一个小型的旅游团站在其中的一段，听导游讲解时，估计会将通道挤满了。

整个别墅马赛克图案的题材丰富，其中“狩猎”主题占据了相当大的比例，包括猎人用狗做各种游戏、母狮攻击猎人、小男孩猎杀一只兔子和船队在一条船上捕捞的场面，人物众多，造型生动。南侧的花园地面上则是喷泉图案，可以看到鱼群在水中游动。俄耳甫斯房间内，马赛克图案则表现了俄耳甫斯在树下弹琴，用音乐来驯服动物的情景。

步入“十少女室”（Sala delle Dieci Ragazze），只见地面上的马赛克展现的是 10 位穿着比基尼的女子（其中左上角的女子只保留了小腿的部分，这样，整个房间内完整的人像只有 9 个）分别在进行举重、铁饼投掷、跑步和球类比赛，体型修长健美。这样高度精细的比基尼马赛克，在我走遍古希腊和古罗马的遗址之后，还是第一次看到。

别墅的发掘工作始于1929年，当时意大利考古学家保罗·奥尔西（Paolo Orsi）进行了第一次专业发掘，主要的考古发现则集中在1950—1960年间，如“十少女室”就是在1959—1960年被发现的。目前，罗马大学的考古队仍在进行更深入的挖掘工作。考古发现，别墅和艺术品最早建构于公元4世纪初，整个马赛克图案超过300平方米，由于历史上这里曾发生过洪水和山体滑坡，反而将这些珍贵的装饰品留存下来。

据分析，这座别墅的主人应属于罗马帝国的上层阶级，而其中最有可能的主人

是卢修斯·阿热丢斯·瓦莱里乌斯·普罗克勒斯（Lucius Aradius Valerius Proculu），他在327—331年间任西西里岛总督，从340年起任执政官。他在320年任罗马执政官时组织的奥运会曾声名显赫。别墅内，25号走廊的马赛克“大狩猎”，还有浴室里的“马戏团运动会”描绘的图景，都印证着这一次盛会。

1997年，卡萨莱别墅被列入《世界文化遗产名录》，入选理由是：“卡萨莱别墅是罗马人对乡村开发的象征。这是西罗马帝国乡村经济赖以生存的大庄园的中心。这座别墅是同类别墅中豪华之一，尤其值得注意的是，几乎每一个房间都装饰着丰富的马赛克，它们是罗马帝国时代最好的马赛克……该别墅是罗马豪华别墅的典范，它生动地说明了该时代主要的社会和经济结构。装饰它的马赛克，其艺术品质和丰富程度都是独一无二的。”

西西里南部的巴洛克珠链

农庄里的酒店

中午时分，前往 Sicilia Outlet Village，我首先在购物村的餐厅享用午餐，然后按照自己的兴趣逛了一下品牌店。在一家意大利品牌箱包店，我发现一款当季的 20 英寸真皮登机箱，湖蓝色的小牛皮柔软且挺括，设计精密，考虑周全，分设许多功能的层面，其中包括西装放置层，里面是一个可折叠的衣袋，在衣袋的中央部分有一根软棍，这样西装折在里面不会留下折痕，连把手部分都填充了材料，把握起来很顺手。这款皮箱在其他机场的专卖店标价 870 欧元，这里打完折的价格是 460 欧元，还可退税 55 欧元。对于我这个真皮箱包控来说，这是难得遇见的一款精品，果断入手。

下午 4 点，我们驶入一处农庄，但见 Masseria Della Volpe 酒店坐落在山岗之上。柑橘园、橄榄林和成片的长豆角（Carob），构成这家酒店环境的特色，是一方静谧的遁世之处。

这里曾是 19 世纪的一家农场，后来修造了阿拉伯风格的建筑。砖红色的围墙，一道大门之后是一个院落。杏黄色的院墙旁，两个孩子奔跑在夕阳的光影之中，闲适而宁静。

拾级而上，我走到二楼，一条走廊直通我的房间。进屋收拾停当后，我开始参观酒店。酒店的主体建筑是围绕这个院子而建的。建筑材料均取自当地，如西西里瓷砖和石材，以营造一种古朴之感。电力来自太阳能，橄榄油等食材则来自附近的农庄，这实在是一家优雅的生态酒店。由于酒店高踞山顶，阳光明媚的时候能够眺望到远处的大海。

往后面走，我瞥见一个宽大的游泳池，四周是沙发和桌子。游泳池在每年凉爽的几个月里可以加热水温，以满足住客的需求。游泳池四周的草坪上摆放着吊床，人们可以在傍晚沐浴夕阳。我发现远处的草坪上似乎有一只狐狸，走近一看，原来

是用铁皮做成的装饰物，狐狸是这家酒店的吉祥物，已被纳入标志之中。

晚餐在 Ristorante Codarossa 享用。餐厅一侧粗糙的白色墙面上，挂着 3 条木雕大鱼，远看会有一种鱼在岩层中游动的奇妙之感。在另一侧的墙面上悬挂着一幅装饰画：一个男孩坐在圆球上，眺望着月亮升起。

晚餐由总经理文森佐（Vincenzo）先生作陪，享用典型的西西里风格的美馔，主菜我选的是意面，配上来自西西里北部的尼布罗迪（Nebrodi）山区的黑猪肉。

席间，说起中国的高铁，他对高铁的速度高度赞赏。他说，在西西里岛与意大利大陆之间建一座梅西纳海峡大桥，一直是他们的梦想。早在 2006 年，当地有关部门曾计划建造一座中心跨度为 3300 米的单跨悬索桥，若建成，这座桥将是世界上最长的悬索桥，可惜此项目始终未能启动。

次日，早晨风速极大，东北风时速达 32 公里。站在阳台上可以看到风云浩荡。总经理陪着我依次参观了几间特色房间，他指着房间摆设的西西里特色花盆说，这种半个脑袋的花盆叫“Testa di Moro”，直译为“摩尔人的脑袋”。他介绍了民间传说：大约在 11 世纪时，一个已有妻室的摩尔人在西西里赢得了一位姑娘的芳心。二人到一起后，有一天，摩尔人向姑娘坦白自己是有老婆的，性格刚烈的姑娘一怒之下杀死了他，并将他的头颅砍下，削掉半个天灵盖，然后放在阳台上作为花盆使用，没想到鲜花的长势良好。

后来，这种摩尔人头部的半个脑袋的陶土花盆就此流行，最开始只有摩尔男人的黑色面孔戴着头巾的造型，后来变得丰富起来，有男有女，也有不少白色、棕色面孔的花盆，在各个商店和集市中，依据花盆的精美程度不同，每只花盆上会用陶土制作出冠饰、卷发、项链、花朵、辣椒和柑橘类水果，有的还手绘上金线，呈现出华丽的效果，每只这样的花盆开价一般从 30 欧元到 300 欧元不等。这样的传说似乎传达给人们一个信息——西西里女子不能惹啊！在这里，爱恨情仇是如此浓烈。

莫迪卡，震后重生的巴洛克之苑

上午 9 点 30 分，驱车前往莫迪卡（Modica）。导游首先带我来到一个高处，在此眺望坐落在海布里山脉之间的小城。她介绍说，莫迪卡是西西里拉古萨地区（Ragusa）的一个城市，这座小城市海拔 296 米。早在新石器时代，莫迪卡就有人类居住，根据传说，罗马神话中的大力神（Hercules）创造了莫迪卡城，当时取名“莫蒂亚”（Motia）。大力神曾被派去抓捕克里特岛上的牛怪米诺陶，在这个过程中，有一位希腊女人帮助过他，后来他建立了莫迪卡作为纪念。据说，大力神在西西里一共建立了 3 座城市。

依照雅典历史学家修昔底德（Thucydides）的说法，莫迪卡整个城市大约建于公元前 1360—前 1031 年，公元前 241 年的迦太基战争之后，莫迪卡和西西里岛一起被罗马人占领。公元 845 年，莫迪卡在穆斯林征服西西里时，被阿拉伯人占领，阿拉伯人加强了其要塞，小城繁荣起来。1091 年，诺尔曼人接管了此地。1296 年，莫迪卡在恰拉蒙特（Chiaramonte）家族的统治下成为一个半独立国家，控制着西西里南部三分之一的地区，拥有自己的造币厂和其他特权。1693 年的大地震摧毁了“诺托山谷”（Val Di Noto）地区，莫迪卡也严重受损。1860 年，意大利统一后，莫迪卡是该地区的首府，1926 年被并入拉古萨。

莫迪卡被称为“巧克力和巴洛克建筑之城”，目前面积为 290 平方公里，人口 54400 多。莫迪卡曾是一座重要的古希腊和罗马城市，14 世纪达到鼎盛时期，当时，作为恰拉蒙特家族的私人领地，莫迪卡是西西里最强大的城市之一。

到了 18 世纪，文学艺术在莫迪卡盛行，涌现出不少名人，如哲学家托马索·坎培拉（Tommaso Campailla，1668—1740）、诗人吉罗拉马·洛雷菲斯·格里马尔迪

（Girolama Lorefice Grimaldi，1681—1762）。这里还设立了医学院和文学院。进入 19 世纪，封建主义被废除，莫迪卡变成一个资产阶级情调浓郁的城镇，人文荟萃，聚居着很多作家、音乐家和画家。

莫迪卡是小说家、诗人萨瓦多尔·夸西莫多（Salvatore Quasimodo，1901—1968）的诞生地。他是 20 世纪最著名的意大利诗人之一，于 1959 年获得诺贝尔文学奖，获奖词是："for his lyrical poetry, which with classical fire expresses the tragic experience of life in our own times."（因为他的抒情诗，以古典式的激情火焰，表达出我们时代的悲

剧性体验。）

导游指着密密麻麻的小城说，莫迪卡古城中心由“上城”（Modica Alta）和“下城”（Modica Bassa）组成。上城，即较古老的部分，位于岩石山丘的顶部；下城，则建在斜坡和山谷之中。

我们来到上城的圣乔治大教堂（Cathedral of San Giorgio）。这座华丽的巴洛克教堂是为供奉圣乔治于中世纪建立的。在1542年、1613年和1693年发生过3次地震，最后一次即1693年的地震特别具有破坏性，袭击了西西里岛的东南端，也就是“诺托山谷”地区。

这次灾难性的地震过后，当地政府委托西西里锡拉库萨著名的建筑师罗萨里奥·加格利亚迪（Rosario Gagliardi）进行重建设计。1738年，教堂以庄严的仪式重新揭幕。

步入教堂。它有5条过道和22根立柱，富丽堂皇。除了廊柱、浮雕和大幅珍贵的宗教题材油画外，地面上“子午线人行道”（Meridian Pavement）上画出一个标尺，这枚标尺以每年不同季节投射进教堂的阳光位置进行指示，比较精准。

我们从圣乔治大教堂前面开始，沿着300级台阶，走向下城。沿途的民居有古雅的阳台，阳台下方的支撑物上有精美的装饰花纹。我来到一家巧克力店，莫迪卡巧克力在整个西西里都很有名，以古老而原始的阿兹特克（Aztec）配方生产，还有一些独特的品种，保留着独特的可可豆香味，有肉桂、辣椒和香草口味等，我品尝了一款盐味巧克力，由于在巧克力中加入了一定比例的海盐，入口后，盐的咸味和巧克力的苦味相互勾兑，最终混合成一种奇妙的鲜味。

穿过一条繁华的小街，我来到圣彼得教堂。巨大的台阶上，雕刻着12个使徒的雕像。主立面是典型的西西里巴洛克式钟楼，高49米。教堂前的雕塑古雅精致，会让人目不转睛地看上许久。

回望莫迪卡这座陡峭的中世纪时西西里的中心城镇，还有壮观的巴洛克都城，会发现它是西西里南部最为大气的城镇之一，它的精美不是集中在某一段街道或中央广场上，而是分散在小城的各处，在熙熙攘攘的街道上，随时会有一些惊喜发现，这是一种在市井生活中包裹着的华丽。

从马尔扎梅米到诺托

中午时分，驱车前往马尔扎梅米（Marzamemi）。穿过一道拱门，我们来到一个偌大的广场。风很大，没有太多的游人。导游介绍说，这里被认为是意大利最美的20个渔村之一。每到夏季人满为患。

漫步在这座阿拉伯风格的古渔村即会发现，狭窄的小巷中，石头砌成的建筑都是青绿色的门窗，与西西里其他许多城镇不同的是，马尔扎梅米没有希腊血统，它由阿拉伯人建于10世纪，最初的名字叫“马尔萨·阿尔·哈蒙”（Marsa'al Hamen），意为“海龟鸽子港”，颇为浪漫。

中世纪时，这个天然海港非常重要。到了18世纪中叶，这里曾以盛产蓝鳍金枪鱼而闻名，如今，这个行业继续保持着手工操作，仍有少量的捕捞，还腌制凤尾鱼和金枪鱼制成的意大利香肠，这都是延续下来的悠久传统。我们在一座宽大的石砌建筑物前驻足，这是“通纳拉”（Tonnara），一座古老的金枪鱼加工场所，现在被改建成一家餐厅，还有一间套房，每年都有人在里面举办婚礼。

坐在一家咖啡馆里休憩片刻，我吃上一支格兰尼塔冰糕（Granita）。这是一种最初产自西西里岛的半冷冻甜点。目前西西里岛大部分地区都生产这种冰糕，其特点是有着粗糙、结晶的质地。它不同于冰激凌，冰激凌多有奶油感，而格兰尼塔冰糕则有更紧实的结构。这种冰糕由糖、水和多种调味品制成，调味品包括橘子、咖啡、杏仁、薄荷、柠檬汁、茉莉花、黑桑葚和野生草莓等，口味独特。

每年夏季，这里会举办露天电影放映活动，影片直接投映到广场周围建筑物的墙上，构成美妙的氛围。我想起来，这个小渔村还保留了西西里岛重要的沉船，即在附近海域发现古代沉没船只的残骸。这也应该是一些沉船爱好者们喜欢的地方吧。

我们继续驱车向北，前往文迪卡里自然保护区（Vendicari Nature Reserve）。该自然保护区于1984年正式成立，位于锡拉库萨以南，在诺托（Noto）和帕基诺（Pachino）之间，面积12.36平方公里，其中5.75平方公里受到严格保护，以观鸟活动闻名。

我们在一处滩涂前停留下来，对岸水中有几十只火烈鸟在觅食。沿着海岸线漫行，走进一片竖立着砖柱的建筑区。导游介绍说，这里也是“通纳拉”（Tonnara），建于 19 世纪下半叶，当时是为金枪鱼渔网的特许权大幅度增加而建立的捕捞设施。金枪鱼捕捞有非常古老的传统，并随着时间的推移得到了改进，直到阿拉伯人采用网墙和捕捉室的建筑形式，其设施由远离海岸的网墙和捕捉室组成，网墙约 70 米深，长度可达 3 公里，以阻断金枪鱼的行程，并通过渔船将它们驱赶进捕捉室。1914 年对此进行了彻底改造。

二战后期，在盟军登陆后，由于金枪鱼贸易的经济表现不佳，其捕捞活动暂时停止。近些年，金枪鱼捕捞得以恢复，仍然是传统西西里渔业的重要内容。

再往前走，是高耸的斯维瓦塔（Sveva Tower），高约 10 米。据推测，这座巨大的塔楼约建造于 15 世纪中叶。这一防御工事旨在防御萨拉森（Saracen）和巴巴里海盗的袭击，保护当地渔业的繁荣。大约 100 年后，这座塔在西西里总督胡安·德维加的命令下得到了扩建，当时塔楼上还装备了炮兵。它不仅是一个军事前哨和监视点，还成为一个储存空间。在此后几个世纪里，这个工事被加固和重建，直到它

采用现在的形式。斯维瓦塔一直被使用到 19 世纪，电报的发明使得可以用它调集援兵。如今，它已成为文迪卡里自然保护区最重要的标志之一。

下午 3 点钟，我们来到诺托。它坐落在伊布兰山脉脚下，从城门中走进去，科索·维托里奥·伊曼纽尔（Corso Vittorio Emanuele）是一条优雅的主街道，两旁的巴洛克建筑令人目不暇接。

诺托的面积为 550 平方公里，目前人口 23900 多，被称为“西西里巴洛克建筑之都”。这里每年举办鲜花节，2018 年的主题是“中国文化”。

导游介绍了诺托的历史。在古代，它被称为“Netum”，866 年被阿拉伯人征服，阿拉伯人把这座城市升格为该岛 3 个地区之一，也就是诺托山谷地区的首府。1091 年，它落入基督教徒之手。后来，它成为一座富有的诺尔曼城。

在 16 世纪至 17 世纪，这座城市是多位著名文化名流的故乡，包括历史学家乔瓦尼·奥里斯帕（Giovanni Aurispa，1376—1459，希腊语研究与复兴的促进者，正是由于他的努力，经典希腊的大部分知识得以传承）、法学家安德烈·巴尔巴齐奥（Andrea Barbazio）和安东尼奥·科塞托（Antonio Corsetto），以及建筑师马特奥·卡内利瓦里（Matteo Carnelivari）。

1503 年，费迪南德三世国王授予它“精巧城市”（Civitas Ingeniosa）的称号。在接下来的几个世纪里，这座城市不断扩张，建造了新的教堂和修道院。

1693 年的大地震严重损坏了诺托。震后，乔瓦尼·巴蒂斯塔·兰多利纳（Giovanni Battista Landolina）对诺托重新规划，聘请了多位建筑师进行设计，使之成为西西里巴洛克风格的杰作之城，被艺术评论家、史学家塞萨雷·布兰迪（Cesare Brandi）称为“石头花园”。

2002 年，“诺托山谷的巴洛克晚期城镇”（Late Baroque Towns of the Val di Noto）被列入《世界文化遗产名录》，包括莫迪卡、诺托在内的西西里东南部的 8 个城镇被集合到一起。这些城镇都是 1693 年地震发生后重建的，“体现出巴洛克晚期艺术在欧洲的顶峰和最后的绽放”。

震后的这些建筑大都采用凝灰岩（Soft Tufa Stone）建造，阳光下，这种石头焕发出蜂蜜般的色调。我们登上台阶，走进诺托大教堂（Noto Cathedral）。这座罗马天主教大教堂完工于 1776 年。1990 年的一次地震破坏了大教堂的结构，致使在 1996 年

3 月，教堂的部分穹顶和廊柱坍塌，经过重建后于 2007 年重新开放。

在教堂的出口处，陈列着一件装置艺术作品。蓝色和红色的木件组成一个十字架。旁边的标牌上说明，它由非洲难民的船只部件组合而成，以此引发人们对近年来欧洲难民潮的关注。

于是，历史与现实在这一刻交汇。在这座地震后建立起来并曾倒塌过的教堂里，一切预示着新生。

从埃特纳山麓到陶尔米纳

锡拉库萨之晨

清晨，离开酒店，我们沿着西西里东南部的海岸线一路向北行驶。上午 10 点抵达锡拉库萨。安静的街道上行人不多，有一条马路被警察封了起来，不知道要迎接什么人物或安排什么活动。

锡拉库萨位于爱奥尼亚海岸，于公元前 734 年由希腊殖民者建立。从公元前 480 年起，这里繁荣一时。它曾是数学家兼工程师阿基米德、剧作家埃斯库罗斯（其戏剧至今仍在巨大的圆形剧场中演出）和诗人品达居住过的城市。柏拉图在这里也生活了好几年。

锡拉库萨曾是古代地中海世界的主要城市之一，公元前 415 年的人口约为 25 万，它的面积也与雅典相当。这座城市被罗马政治家西塞罗称为“伟大的希腊城市”。

雅典、迦太基和罗马，这是古代地中海世界中的 3 座城市，它们当时都渴望像黄金时代的锡拉库萨那样繁荣。柏拉图在公元前 398 年访问西西里岛时，甚至认为锡拉库萨就是他的乌托邦社会的典范。

尽管阿基米德做出了艰苦的努力，这座城市在公元前 212 年还是被罗马人攻陷，东罗马帝国在公元 535 年占领了它，使其成为罗马共和国和拜占庭帝国的一部分。在康斯坦斯皇帝二世的统治下，从 663 年到 668 年，它一度是罗马帝国的首都。9 世纪时，阿拉伯人到来后，他们把一座辉煌的大教堂变成了一座清真寺，并将巴勒莫发展成一个人口和富裕程度超过锡拉库萨的大都市，而在那之前，锡拉库萨拥有西西里最重要城市的地位，在1000年内都没有受到挑战。

2005年，“锡拉库萨和潘塔里察的洛基墓葬遗址”（Syracuse and the Rocky Necropolis of Pantalica）被列为世界文化遗产，理由是：“为地中海文明的发展提供了一个独特的证据。”目前，锡拉库萨的面积为204.1平方公里，人口12.2万。

至今，在锡拉库萨还保留着古老的神庙、圆形剧场和城堡。沿着街道我走到港口，小憩片刻。当我再回到刚才的路口时，只见不断地有自行车运动员骑车闪过，原来，封路是为了举办小城的自行车比赛。运动员一闪而过的速度和激情，给这座安静而迟暮的古城带来了活力。

前往“眼泪女神教堂”（Santuario della Madonna delle Lacrime）。这座有着高耸的帐篷状穹顶的教堂，源于一则神奇故事。1953年8月29日至9月1日，在锡拉库萨的兰努索（Lannuso）夫妇的简陋的家中，床边供奉的圣母玛利亚雕像惊现了奇迹般的

泪痕。经过对泪液的分析，结果为真实的泪液。此事在当地激起巨大反响。

于是，当地教会开始为这座雕像设计一座庇护所，同时也是一座教堂，并在1957年采纳了两位法国建筑师的方案。这座建筑从1966年开始动工，但由于该项目的极端现代性，从一开始就充满不少争议，一些市民认为这是“钢筋混凝土的怪物”。1994年11月，由约翰·保罗二世主持，圣殿开始启用。

教堂高度达到74米，顶部是20米高的钢质皇冠。步入教堂，里面正在做礼拜。唱诗班优美的吟唱，在这座圆锥形教堂中久久回荡，产生极好的声学效果。

卡塔尼亚和埃特纳的葡萄园

中午时分，我们驱车到达卡塔尼亚（Catania）。

卡塔尼亚面积为182.9平方公里，人口约31.5万。自18世纪以来，卡塔尼亚一直是西西里岛第二大重要城市，由于受埃特纳火山的影响，卡塔尼亚多次招致熔岩流和地震的破坏。14世纪和文艺复兴时期，卡塔尼亚是意大利重要的文化、艺术和政治中心之一。1434年，西西里岛的第一所大学在此成立。丰塔罗萨机场（Fontanarossa Airport）是西西里岛东部的空中门户。

从城门进入后，不远处就是这座城市的象征——“U Liotru”雕像：一只古老的石头大象驮着一根埃及方尖碑，它由乔瓦尼·巴蒂斯塔·瓦卡里尼（Giovanni Battista Vakarini）于1736年组装。后来，传说这种大象是绝育的，卡塔尼亚的一些男人认为这侮辱了他们，为了安抚他们，瓦卡里尼只好在原来的大象雕像上配上了阴囊。

西西里人的名字“U Liotru”由赫利奥多罗斯（Heliodorus）的发音变化而来。赫利奥多罗斯曾是一位贵族，在试图变身主教失败后，当起了巫师，因此还被判了刑。赫利奥多罗斯本人是制作石像的雕刻家，相传，他曾骑着石像从卡塔尼亚前往君士坦丁堡。

我们在宽阔的街道漫步。这里的大型建筑大多建于18世纪。人头攒动，几家商店正进行推销活动，充满喧嚣之音。可能是由于城市本身的特点不够鲜明，不少游客通常不在此做更多的停留，只是把这里作为中转站。

继续西西里东部海岸的探索。下午2点，我来到阿奇雷亚莱（Acireale）。这是西西里岛东岸的一个小镇，自罗马时代以来就是温泉疗养地。阿奇雷亚莱的名字来源于阿基斯河（Acis River）。在希腊神话中，牧羊人阿基斯爱上了海中仙女嘉拉迪雅（Galatea）。

后来，阿基斯不幸去世，嘉拉迪雅的眼泪汇集成这条河。西西里最古老的艺术学院坐落于此。阿奇雷亚莱还以每年的狂欢节而闻名，届时，有经典的木乃伊花车（Papier-mâché Floats），颇具特色。小镇的面积为 39 平方公里，人口 52400 多。

来到华丽的多摩广场（Piazza del Duomo），两旁是巴洛克式建筑。圣弗内拉大教堂是巴洛克和新哥特式的奇特融合，而圣皮特罗·保罗教堂则是西西里巴洛克风格。这里拥有当地画家的杰作。市政厅的宫殿，有着精致的锻铁阳台。小镇安静，只有鸽群飞舞，看上去像一幅柔美的布景。

我们继续前行，驶入埃特纳山脉（Mt. Etna）北麓，下午 3 点 30 分抵达 Cavanera Etnea Wine Resort，这是一座古旧的建筑，周围有 11 公顷的葡萄园，接待生将

我带到二楼的客房。房间铺着传统地砖，两侧是窗户或阳台，明亮通透，可以俯瞰整齐的梯级葡萄园。一张大床有4根柱子，上面围着白色帷幕。屋顶上架着漂白的木横梁，这是当地典型的建筑特色。他指着南侧的远方说，天晴的时候，站在这里可以看到埃特纳火山的山顶。

从房间里出来，接待生陪同我参观这座有砖红色外墙的老房子。推开一道窄门，进入酒窖，光线幽暗，一台长约10米的古老的木质葡萄榨汁机引人注目，一旁摆放着一张长条古木桌子。在这里，三五好友相聚，把酒言欢，应是惬意之事。

下午4点，我沿着一条小径前往酒庄的Wine Bar品酒。这间酒吧在二楼，比较宽敞，可以容纳近百人同时品酒。我们依次品尝了4款酒，我对其中的一款餐后甜酒比较有感觉，还特地买了一瓶送给远在都灵的朋友。

黄昏时分，夕阳柔和，春天的葡萄园等待着萌发和生长，顿时产生一种淡淡的希冀。

眺望暮色中的埃特纳山脉，我忆起几年前的初春，乘坐游览车前往埃特纳火山的情景。导游是一位中年男子，他在车上介绍了埃特纳火山的基本情况：它是欧洲大陆上最高的活火山，主峰高3340米，是意大利南部阿尔卑斯山脉中最高的山峰。整个山区面积为1190平方公里，位于非洲板块和欧亚板块之间的汇聚边缘。在希腊神话中，致命的怪物提丰（Typhon）被宙斯困在这座山之中，雷神赫菲斯托斯（Hephaestus）也被压在这座山下。埃特纳火山被形象地称为“天庭之柱”（The Pillar of Heaven）。2013年它被列入《世界自然遗产名录》。

驱车行驶大约一个小时，我们来到火山口南端的萨皮恩扎避难所（Rifugio Sapienza），这是一个集散中心，也是火山喷发时的避难中心，海拔高度1910米。

从这里乘坐缆车，瞥见黑色的山坡上还有不少残雪，我们上升到2500米的缆车终点富纳维亚（Termainal Funavia），然后登上一辆特殊的四轮驱动吉普车，沿着一条从雪中铲出来的路继续向上攀登，两边堆起来的雪堆，足有四五米高。

20分钟后，我们到达2920米高的“哲学家之塔”（Torre del Filosofo），在埃特纳火山徒步，如果时间充裕，可以把1910米的萨皮恩扎避难所设定为起点，直接攀登。坡度不算太陡峭。

下了车，一股寒风扑面而来，我扣紧了冲锋衣帽子。一位专业徒步教练已等着我们了。沿着冰雪之路上坡，我们来到一个巨大的火山口，教练说，这就是2002—2003年火山大爆发的火山口，当时场面壮观，600公里外的利比亚都可以看到这里的火光。最近较大的一次喷发是在2012年2月，当时卡塔尼亚机场几次被迫关闭。

踩着黑色的火山渣，顶着寒风沿着火山口徒步，别有一番探险的感觉。俯瞰远处，是连绵的葡萄园和果园。肥沃的火山土壤为农作物提供了丰富的养分。大自然在激情喷发、摧毁一切的同时，也总是慷慨的。

我们走到巴巴加洛山（Monte Barbagallo）松软的沙质斜坡上，一些人坐在一堆火山渣中享受这种温度。我也走过去，跪在地上，将双手伸进火山灰中，顿时一股温热直抵手心，那是来自大地深处的温度。把手收回来，上面粘着一层细细的火山灰。

这里的熔岩，最早的是30万年以前的。埃特纳火山是地球上第二座比较活跃的火山，在整个欧洲，再没有更好的地方来见证和理解火山的力量了！似乎也很难找到第二处相似的地貌，来观看火山口的颜色和聆听那掠过火山堆的白雪飞舞之声。

在这片火山的顶峰区域徒步，别有一种新奇之感。大地与白雪，黑白分明，与阳光交相辉映，和谐地组成大自然的奇观。

当晚只有我一位客人在此留宿。回到房间里写作，然后入眠。一夜无梦。

陶尔米纳的历史建筑

第二天清晨，用完早餐，司机已准时在大门口等待我。从酒庄出发，行驶了大约20公里就到了陶尔米纳（Taormina）。这次是故地重返，上次我来这里是在3年前。

当地的一位朋友在希腊剧院（Teatro Greco）外等着我。这是小城中一处知名的遗址。晨光下的露天剧场座位上坐着一些游人，剧院呈半圆形，直径达109米，这是整个西西里岛第二大古老剧院，建于公元前3世纪，至今仍在使用。走到最高处的台阶上，剧院后的通道内，砖壁依然保存完好。走到右侧的尽头，一位白裙女子站在砖墙的高处拍照，她高扬着手，晨光之中，仿佛在对这座遗址进行礼赞。

陶尔米纳位于西西里岛东侧海岸线的中上部。小城面积为13平方公里，居民11000多人。自19世纪以来，这里就是一个旅游热门之地。古城区位于陶罗山（Monta Tauro）250多米高的山坡上。

科索·翁贝托一世街（Corso Umberto I）是陶尔米纳的主要商业大街，有好些大品牌和小众品牌的服装店，我略逛一圈，收获不小。这里有几家食品店，出售一种叫“马尔托拉纳水果”（Frutta della Martorana）的甜品，用杏仁和肉桂糖制成，采用逼真的彩色植物染料，做成各种各样的水果外形，口味甜中有一种磨砂感。据说这种甜品起源于巴勒莫，当时修女为了迎接大主教在复活节的到访，用这种杏仁甜品来装饰一棵只剩下树枝的果树，结果这些以假乱真的甜品深深打动了大主教。杏仁甜品，也是当地在万圣节期间放置在儿童床头柜的传统礼品。

拐入一条僻静的小街，Casa Cuseni 就到了。进入大门，里面是一座古雅的花园别墅。前厅经理弗朗西斯科（Francesco）在迎候，他带着我登上花园的平台，一座典雅的黄色建筑矗立在眼前。

我们穿过挂满油画的走廊，来到二楼的巴勃罗·毕加索套房（Pablo Picasso Suite）。推开两扇宽大的门，里面首先是一间起居室，陈列着 18 世纪的古董家具，柜子上有卡尔塔尼隆（Caltagirone）产的花饰陶器，卡尔塔尼隆是“西西里陶瓷之城”，其陶器一般采用鼠尾草绿色和黄色等典型色彩。

墙面上挂着罗伯特·霍托伦·基特森（Robert Hawthoron Kitson，1873—1947）的水彩画。推开玻璃门，外面是一方宽大的巴洛克风格的大阳台，竖立着古典雕像，陶尔米纳海湾和远处埃特纳火山的景色尽收眼底。回到房间，往里面走是卧房，有一张大床，再往里是浴室。这是整个建筑中最大的套房，面积 49 平方米。

坐在阳台的沙发上，我开始查阅罗伯特·霍托伦·基特森的传奇故事。他被称为“艺术家、赞助人和流放者”，出生在英国利兹的一个富裕家庭，他的祖父詹姆斯·基特森创办了一家机车工程公司，该公司生产的引擎曾出口世界各地。

罗伯特小时候很好动，父母经常外出，他的两个姐妹和野蛮保姆为了让他安静下来，甚至用鸦片给他下药。他在 1895 年进入剑桥学习自然科学，专攻地质研究。业余时间他喜欢绘画，师从弗兰克·布兰金爵士（Sir Frank Brangwyn，1867—1956），学习水彩画。

大学毕业后，他按照预设的路线进入家族公司，却志不在此。因他患有风湿热，医生建议他到阳光明媚的地区去过冬，再加上他从小就意识到自己是同性恋，英国社会的氛围让他窒息，因为当时人们对同性恋有着强烈的抵触情绪。在 1885

年，英国通过了《英国刑法 1885 年修正案》(即《拉布谢尔修正案》, *Labouchere Amendment*)，将“严重猥亵”定为犯罪，以起诉男性同性恋者。作家奥斯卡·王尔德据此条款被判处 2 年苦役。

罗伯特渴望逃离冬季寒冷的利兹。1899 年，父亲去世，他继承了足够的遗产，搬到了陶尔米纳，他选址在城镇上方的一块岩石上，建造了一个梯田花园，并采用当地的石头、大理石、木头和陶瓦建造了这座别墅，同时委托弗兰克·布兰金爵士装饰餐厅，负责处理家具和绘制壁画。最终，他们共同创造了一座令人惊叹的别墅。人们蜂拥而至。

此前，他在威尼斯待了很长时间，那里有他固定的贡多拉船只。他也到访过那不勒斯和拉维罗。他当时最终选择陶尔米纳定居的理由，就在于这座海滨之城正在崛起，这是欧洲贵族们梦想中的冬季度假胜地。

罗伯特在这座别墅里度过了漫长的时光。他乘火车周游欧洲，乘船前往北非、埃及和伊斯坦布尔，最远的一次则到达锡兰和印度。在陶尔米纳，人们称罗伯特为“疯狂的英国人”，因为他瘦高、蓝色的眼睛忧郁，还经常穿着色彩鲜艳的服装。

第二次世界大战爆发后，西西里岛也逐渐变成了战场。罗伯特被迫离开，回到英国。陶尔米纳在1943年7月9日遭受空袭，但这座别墅幸存下来。二战结束之后，这座别墅呼唤着罗伯特再次回到西西里。1945年3月，陶尔米纳市长邀请罗伯特以当地建筑委员会主席的身份返回，以商议重建陶尔米纳。

1946年1月罗伯特回到西西里岛。1947年9月17日，他在此别墅中去世。他的侄女达夫娜·菲尔普斯（Dafna Phelps）继承了这座别墅。别墅在1998年被宣布成为意大利国家纪念碑，同时也是一座艺术博物馆和精品酒店。

这座别墅只有5间套房。除了毕加索套房外，还有葛丽泰·嘉宝套房，这是瑞典著名女演员葛丽泰·嘉宝（Greta Garbo，1905—1990）第一次在陶尔米纳入住的房间，据说是她的至爱。

曾在此下榻的名人还包括哲学家伯特兰·罗素（Bertrand Russell，1872—1970）、诗人庞德（Ezra Pound，1885—1972）和作家D.H.劳伦斯（David Herbert Lawrence，1885—1930）。

此刻，我读完了罗伯特的故事。遥远的、在冬季经常烟雾缭绕的利兹，与眼前明媚的地中海风景，构成了一条漫长的时间线，也建立起一种奇异的联系：罗伯特在如此安谧的房子和花园中，度过了他的大部分生命，他是幸福的。如今，他在120多年前建造的别墅依然完好，房间墙面上他那精致的水彩画，让人忆起令他着迷的阳光世界——现实的，或记忆中的光明世界。

稍事休息，下午2点多钟，弗朗西斯科陪我参观博物馆的藏品。我们来到一楼的门庭，从左侧开始参观。我看见在一个金色的木龛中陈列着一部古籍，这是哥白尼介绍日心说的专著。

我们走到一个古董储物柜子前。弗朗西斯科戴上白手套，打开了柜门，只见里面整齐地摆放着一排圣诞人偶（意大利语 Presepe）。这些人偶长25厘米—35厘米，是由杰赛普·圣马提诺（Giuseppe Sanmartino，1720—1793）制作的，他是意大利洛可可时期的雕塑家。每年圣诞期间，意大利各地都会搭建耶稣诞生的微缩场景（也被称为马槽场景）。在这种特别的展览上，需要各种人偶来展现“活生生的耶稣诞生场景”。

一位助理拿出手电筒，我们在光束中仔细端详这些圣诞人偶。精美的服装逼真细腻，有丰富的层次。这些人偶大多保存完好，只有个别的会在鞋子部分有些许磨损。我问弗朗西斯科，现在还有人制作圣诞人偶吗？他说，还有的，但制作水平已不可与当时同日而语。他认为，圣诞人偶是意大利传统文化的一个部分，值得保留下去。

我们穿过会客厅，打开别墅一楼的餐厅大门。这是整个建筑中最为神秘的部分，墙面上绘制着弗兰克·布兰金爵士的一幅惊世骇俗之作《禁爱》（*Forbidden Love*）：画面上，两个男子身穿希腊式长袍，面朝一个方向前后站立，后面的男子怀中抱着一个婴儿。这是世界绘画史上首幅表达同性恋者领养孩子主题的壁画作品。自它诞生之日起，一直饱受争议。

最后回到别墅接待处办公室，柜子内摆放着在此住过的名流的黑白照片。墙面上挂着一张法官吉塞佩·纳瓦拉（Guiseppe Navarra）的照片，他是早年审判黑手党成员（Mafioso）的主将。

窗外花园里的玫瑰和紫藤在盛开，柠檬飘香。在我西西里之行的最后一站，历史、文化和残酷的政治，就在这瞬间汇集在一起，在这个阳光明媚的午后，清醒而轻声地告诉来客这座岛屿的过去与现在，还有它无法言喻的未来。

Chapter Ⅲ

Joyfulness and Arrays: From Crete to Santorini

欢愉与迷阵：从克里特到圣托里尼

在此岸与彼岸之间，那些不倦的摆渡人，怎样在星光的指引下，追寻神话与传奇，交织出稠密的航线？

这样的光年，不仅仅是星际间的距离，同时也是繁杂现实与深邃历史间的距离。

伫立在蓝色的海岸线上，一切永如初见。

自古以来，岛屿构成了文明传播的“岛链”和人类长途迁徙的天然浮桥。

原来那些岛屿是时光在水中的碎片。我不知道有多少人像我一样，热爱或者迷恋远方的那些岛屿。

现实是一条易断的索桥，岛，就是索桥通向的远方。那里仿若避难所、隐居处和天堂边缘。

Crete and Amorgos

Melancholy Land
and the Film Location of *The Big Blue*

克里特和阿莫戈斯：

忧伤的陆地或碧海蓝天

克里特岛（Crete）是米诺斯文明的诞生地。该文明被英国考古学家亚瑟·伊文思（Arthur Evans）称为“The First Link in the European Chain”（欧洲链条上的第一个环节）。

克里特岛东部的斯皮纳龙格岛（Spinalonga），曾是希腊主要的麻风病人隔离区，目前仅剩下堡垒和房屋遗迹，空旷如海，而往事丰厚。

阿莫戈斯岛（Amorgos）是吕克·贝松的影片《碧海蓝天》的外景地。这部影片不仅被潜水界奉为圭臬，而且被视为献给理想主义者的一首赞歌。

艾隆达的隐居之处

晚上 7 点，飞机降落在伊拉克里翁（Iraklion）机场。行李转盘前挤满了人，整个到达大厅像一个热闹的都会，而不像是在遥远的克里特岛（Crete）。

克里特岛人口约 62.3 万，是希腊人口最多的岛屿。克里特岛东西狭长，从东到西长约 260 公里，南北最宽处为 60 公里，最窄处只有 12 公里。海岸线长 1046 公里。克里特岛的最西端，距离希腊大陆约 160 公里。

穿过拥挤的人群我往外走去，酒店的司机已举着牌子站在出口处等候。那边准备登机的旅客在外面排着队，足有 200 多米长，这样的场景实在是比较少见的。司机说，这还不是人最多的时候。

坐上奔驰车，我舒适地靠在后背上。前往艾隆达（Elounda）的一家酒店，有近80公里的路程。车子沿着公路在丘陵间疾驰。

艾隆达是克里特岛东北部海岸的一个小渔村，人口2100人。艾隆达在历史上，曾有一段时期被威尼斯人统治。艾隆达也是克里特岛上一个高端旅游地，每年有大量宾客下榻海滨度假村。希腊前总理安德烈亚斯·帕潘德里欧（Andreas Papandreou，1919—1996），生前也曾在艾隆达度过他的暑假，而沙特阿拉伯王室的成员，则几乎每年都要造访此地。

车子到达米拉贝洛海湾（Mirabello Bay），抵达酒店。穿过一个庭院，有一片白房子浮现在灯光之中，一艘老式帆船漂浮在不远处的港湾上，看上去好似一幅布景。

酒吧的玻璃柜内，陈列着克里特人特有的黑色裙子，当地人习惯系上黑头带和腰带，穿着软底皮靴，以此保留自己独特的服饰文化。

次日上午，我就在酒店休憩。海边的小径旁，一段海岸有木质的栏杆，砖砌的椅子上摆放着厚大的软垫，上方是茂密的树枝，堤岸下面是绿松石色的海水。

顺着小道，穿行其间，感受着白屋和红花之美，那种灿烂的热情扑面而来。小道的尽头，是一座私密的礼拜堂，这家酒店的主人以他女儿的名字来给礼拜堂命名。一束阳光，照在圣像上。

在礼拜堂的对面，是一座小型画廊，里面陈列着希腊艺术家的绘画和雕塑作品，其中有一尊雕塑采用不锈钢制成，标题为《爱拥》：一位女子骑跨在男子的腿上。作者借助这种人物姿态、表情和肢体语言，传达出一种相拥相爱、相扶相携的人间深情。

第二天，我们从酒店出发，沿着海岸线行驶，艾隆达至阿吉奥斯·尼古拉奥斯（Agios Nıkolaos）公路12公里长，延伸到山顶。天气晴朗，可以眺望整个米拉贝洛海湾，包括远至克里特岛东端的景色。

这片宁静优美的私密度假胜地，也曾是解决政治冲突的地方。1984年，法国总统密特朗（François Mitterrand，1916—1996）与利比亚穆阿迈尔·卡扎菲上校（Muammar al-Gaddafi，1942—2011），曾在艾隆达的一个豪华度假村，讨论解决乍得的冲突问题。因为有着这样的历史背景，更会觉得这种静谧是深厚的。

斯皮纳龙格，沧桑小岛

下午 3 时，驱车从酒店出发，来到海边小渔村普拉卡（Plaka）。我站在岸边就可以远远地看到一座小岛，这就是斯皮纳龙格岛（Spinalonga）。这座面积只有 0.085 平方公里的袖珍小岛，却有着无数传奇往事。

我乘上一艘小船，慢慢地驶近这个岛。大约 15 分钟就到了码头，然后沿着小岛西侧的海边道路探幽。穿过一道城门，走在一条石板路上，两旁的房子已没有屋顶，阳光照射过来，别具深幽之美。

遥想它的故事。早先，斯皮纳龙格岛并不是一个孤岛，它是与相邻的半岛连接的，威尼斯人占领该地区后，在 1526 年挖断了连接部分，由此形成了一个小岛，目的是为了建造堡垒和强化保护，进行海岸防御。因为当时这个小岛的位置刚好处在俄劳斯（Olous）港口的入口处。

俄劳斯和周边的地区，由于地中海阿拉伯海盗的袭击，人口减少。到了 15 世纪中期，俄劳斯一直很冷清，直到威尼斯人开始在浅咸的海湾水域建造盐田，这里才逐渐热闹起来。随后，该地区获得了商业价值，逐步成为聚居地。为了防范奥斯曼人的进攻，加上连续的海盗袭击，迫使威尼斯人要在这个小岛设防。

根据威尼斯的文献记载，该岛的名字起源于希腊语“στην Ελούντα”，意思是“到艾隆达去”。威尼斯人不太明白这个意思，就自行用威尼斯语取了个名字，把它称为“Spinalunga”，其中“Spina”的意思是“Thorn”（刺），“Lunga”的意思是“Long”（长），慢慢地就演变为“Spinalonga”，这个名称也逐渐被当地人所接受了。

前面不远处是一道“但丁之门”（Dante's Gate），朝向海面，波光粼粼，开阔的小鹅卵石海滩和浅海水域清澈透明。在旁边的一间屋子里，陈列着展板、针筒和生锈的便盘等物品。展板上介绍，从1903年到1957年间，这里成立了一个麻风病人隔离区（Leper Colony），这是欧洲最后一个著名的麻风村，集中了当时全希腊的麻风病患者。

在以前，麻风病（Leprosy）曾是一种令人谈虎色变的疾病。病变一般从手和腿开始，最后导致整个身体的恶化，对面部的损伤尤为严重，经常会造成鼻子和耳朵溃烂，直至缺损，给患者带来巨大的恐惧。由于感染病菌后，有着长达2—30年的潜伏期，使得人们对这种病症更加恐惧，从而疏远麻风病患者。

根据当时的医师笔记记载，在隔离区，他们有食物、水和医疗保障。以前，克里特岛的麻风病人都没有这样的条件，大多数只能远离文明，居住在洞穴中。在这个隔离区建立的54年里，先后大约有400名患者住在里面，他们一样有着繁忙的世俗生活，相互串门聊天，还会养一些母鸡或猫狗。

岛上也有几位牧师。他们除了在葬礼上默诵外，也会在这里主持婚礼。一些男女患者因为同病相怜，互生恋情而结婚，他们的孩子就出生在这里。那些年，大约有20个婴儿出生。他们中的不少人从生到死就在这个岛上。整个小岛就像一个隐秘而被遗忘的世界，人们在此平静地忍受着巨大的个人痛苦。

生命渐渐远离。岛上最后的居民是一位牧师，于1962年离开了这座小岛。

按照希腊东正教会的宗教传统，麻风病人的入葬时间必须要有死后40天、6个月、1年、3年或5年的间隔。其他几个麻风村分别在罗马尼亚、西班牙和拉脱维亚。直到2002年，欧洲还保留着几家检疫所。

我沿着海边的道路继续探寻。海边有残存的矮墙。1578年，威尼斯人指派工程师杰尼斯·布雷萨尼（Genese Bressani）筹划设计防御工事。他在岛的北部和南部的最高点兴建碉堡，同时强化海岸的防御，以防止任何敌对势力登陆。

1579 年，克里特岛的长官卢卡·米歇尔（Luca Michiel），为防御工事奠基。到了 1584 年，威尼斯人意识到沿海防御工事很容易被敌人从附近的山上攻击，于是决定在山顶修建新的防御工事，以加强防卫，这样，威尼斯人的火炮就有了更大的进攻范围，从而将斯皮纳龙格岛建设成一座坚不可摧的海上要塞。

我从小岛的北面一直走到南面，一座圆形堡垒矗立在眼前，看见墙体上有特殊的徽记。我继续沿着蜿蜒的山路，走进堡垒的内部，看见里面的直径约有 50 米，相当宽敞。

海风很大，我坐在堡垒边缘的一块石头上，望着夕阳中的堡垒，继续回忆着它的故事。经过 1645 年至 1669 年的克里特战争（The Cretan War），克里特岛易手奥斯曼帝国，但斯皮纳龙格岛在很长的时间里，一直还被威尼斯人掌控。岛上的这 3 座堡垒保护了威尼斯的贸易航线，提供了军事基地。许多基督徒曾躲在这些堡垒中以逃避奥斯曼人的迫害。

奥斯曼帝国（The Ottoman Empire）是一个曾经横贯欧亚非大陆的帝国，从 1299 年一直延续到 1922 年。1453 年，奥斯曼人占领了君士坦丁堡，结束了拜占庭帝国的统治。16—17 世纪，在苏莱曼（Suleiman）统治的鼎盛时期，奥斯曼帝国是一个多语种的跨越东南欧、西亚、高加索、北非和非洲之角的庞大帝国，面积达到 227 万平方公里。

而威尼斯共和国（Repubblica di Venezia）位于现在的意大利东北部的潟湖区域，存在时间从 7 世纪一直到 1797 年。尽管它有着漫长的战争时段，但这个共和国的声誉主要基于它作为一个经济和贸易大国的地位，它的政治制度在 18 世纪启蒙了欧洲哲学家，让—雅克·卢梭（Jean-Jacques Rousseau，1712—1778）在 1743 年作为法国驻威尼斯大使，在对威尼斯的政体考察后，发表了《社会契约论》。

直到 1715 年，威尼斯人在最后的奥斯曼—威尼斯战争（Ottoman-Venetian War）中战败，奥斯曼人终于占领了这座神奇的小岛，接管了最后的威尼斯堡垒和军事工事，抹去了威尼斯人最后的痕迹。

具有讽刺意味的是，在奥斯曼占领的末期，这座小岛是不少奥斯曼家庭躲避基督徒报复的避难所。在 1878 年克里特起义期间，只有斯皮纳龙格岛没有被克里特岛的基督教徒攻占。1881年之后，1112名奥斯曼人还形成了自己的社区，直到1903年，最后一个奥斯曼人离开这座沧桑小岛。

离开堡垒，我沿着小岛的山脊继续在顶部探索。这里视野开阔，不时有帆船在海面驶过。海域也适合戴水肺浮潜，在海底会发现以前的道路、廊柱和马赛克的图案。

影像与文学中的斯皮纳龙格

这座小岛曾给人们带来很多艺术灵感。1968年，著名导演沃纳·赫尔佐格（Werner Herzog，1942— ），在这个小岛拍摄了两天，然后剪辑成13分钟的实验短片《最后的话》（*Last Words*），作为他“生命迹象”系列的一个部分。

这部短片讲述了斯皮纳龙格岛上一个男人的故事。他拒绝离开这个小岛，后来被强行离开，移居克里特岛，以在酒吧演奏竖琴为生。影片的叙事风格非常别致，一般影片的长镜头中，大多数人物会反复说着一些台词，但从岛上来的这个男人只是反复解释说，他拒绝去说，哪怕就一个字。在这种述说和拒绝之间，构成一种奇特的趣味，历史的诡异与个人命运的玄妙，似乎就隐藏在这种说与不说之间。

赫尔佐格后来回忆起当时在克里特岛的拍摄，整个岛上到处竖立着希腊式的风车，大约有1万座，颇为壮观，呈现一种异域之美，但这些风车在此后的几十年时间里，基本消失殆尽。

1977年，英国BBC电视系列片《谁付船费？》（*Who Pays the Ferryman?*）中，曾摄入斯皮纳龙格岛。这个标题来源于一种古老的宗教习俗，在死者火葬前，要将硬币放入死者口中，这样就可以支付给船夫船费，摆渡去阴间。该片讲述了一名参加第二次世界大战的士兵，在战后回到克里特岛，做起了造船生意，也赚取了一些股票利润，生活很有起色，但他发现，过去的鬼魂似乎一直尾随着他，让他生病，并威胁着他目前的幸福。

这部电视片主要在艾隆达和斯皮纳龙格岛拍摄，片中的主题曲由雅尼斯·马可波洛斯（Yannis Markopoulos）作曲，在当时的英国很流行，也使得斯皮纳龙格这个

偏远的小岛，成为旅人关注的热点，而这部配乐专辑以及相关的书籍，至今还可以在克里特岛上找到。

2005 年，英国女作家维多利亚·希斯洛普（Victoria Hislop），以这段历史为背景创作了小说《岛》（*The Island*）。

我忆起，2007 年初，希斯洛普在完成《岛》后，在克里特的一家旅馆内，拜会了一位名叫马诺利·方窦拉克斯（Manoli Foundoulakis）的麻风病幸存者，尽管从对方的脸部可以看出患病的痕迹，但仍不难发现，这是一位英俊的老年男子。

他们一起喝酒，希斯洛普借助词典，用希腊语艰难地与马诺利交谈，发现他虽经历了苦难，却从不自我怜悯，对生活充满了热忱。马诺利有着很好的演讲才能，兴致所至时会背诵起爱情史诗《埃罗托克里托斯》（*Erotokritos*），该诗由诗人科纳罗斯（Kornaros）在 17 世纪早期创作于克里特，整个诗篇共有 10012 行，赞颂了爱情、友谊与勇气，是希腊文艺复兴时期的文学典范，也是克里特岛最重要的文学作品。

诗人科纳罗斯在希腊，相当于莎士比亚在英国的地位。后来，几位克里特音乐家为这组史诗配上部分音乐，诗音合璧，给听众以极大的感染力。

2010 年 5 月，马诺利在 87 岁时去世。希斯洛普为此感慨道："The timelessness of the village in which he lived and the calmness with which we always talked made me feel that Manoli had all the time in the world. I felt that he would live forever: there seemed no reason for him not to, after all the physical and emotional assaults that he had survived."（他曾平静生活的永恒村庄，我们总是谈论起来，让我觉得马诺利拥有世界上的全部时间。我觉得他将永远活下去：没有任何理由让他消失，在经受所有的身体和情感的撞击之后，他活着。）

从某种意义上来说，这个神奇的袖珍小岛，也是永恒之岛，因为它承载了太多的苦难，传递着坚韧与不屈。

下午 6 点多，结束了在这座小岛两个多小时的漫游。我从码头坐船离开，夕阳下，堡垒和小岛焕发出一种凝重之美。在西侧的海面上，一艘小船上空无一人，与空旷的小岛遥相呼应。而这种空旷之下，正是丰厚如土的往事。

克诺索斯的传说

第三天清晨，我乘坐出租车前往克诺索斯（Knossos）。进入遗址，前面是一座85米高的克哈拉（Kephala）小山，在显眼处竖立着一尊雕塑，他就是遗址的发现者亚瑟·约翰·伊文思爵士（Sir Arthur John Evans）。在20世纪的最初几年，这座宫殿的挖掘和部分恢复工作就是在他的指导下进行的。随着挖掘工作的深入，宫殿的规模远远超过了他最初的想象，发现了两块古老的泥板，上面有象形文字，被他称为“线性文字A”和“线性文字B”，并将这种文明命名为“米诺斯文明”（Minoan Civilization）。米诺斯文明是公元前27世纪到公元前15世纪出现在克里特岛的青铜器文明。

根据荷马史诗《奥德赛》的记载，当时克里特岛的国王米诺斯（Minos）统治着这片土地，他持有代表人间和神间双重权力的双斧头，他渐渐变得狂妄自大，不再对诸神顶礼膜拜，海神波塞冬（Poseidon）送给米诺斯国王一头海中的大白公牛，让米诺斯国王杀掉这头牛来供奉自己，并许诺这样会使米诺斯国王增加更多的荣耀，但米诺斯国王换了一头其他的牛来祭祀，此事让波塞冬极为气愤，于是决定对米诺斯国王进行惩罚。

他设下计谋，让米诺斯国王的妻子帕西法尔（Pasiphae）患上恋兽癖，再做成一头木质的奶牛，让帕西法尔藏在里面，然后诱使大白公牛与木奶牛交配，从而使帕西法尔怀孕，并产下一个牛首人身的牛怪米诺陶（Minotaur）。

为了遮丑，米诺斯将这头牛怪关在一座迷宫中，迷宫的墙上刻上了双斧头标记。后来，米诺斯的儿子安德洛吉亚斯（Androgeos）到雅典参加体育竞赛获胜，雅典国王埃勾斯（Aegeus）送他去斗牛，导致安德洛吉亚斯死亡。盛怒之下，米诺斯率领舰队一举攻下雅典，命令雅典人每9年选送7对童男童女，供凶残的牛怪享用。

在几次进贡后，雅典王子特修斯（Theseus）也被作为供奉食物带到了克里特。米诺斯国王最疼爱的女儿阿里阿德涅（Ariadne）对英俊的特修斯一见倾心，以特修斯带她回雅典结婚为条件，帮助他打败牛怪米诺陶。在特修斯进入迷宫时，阿里阿德涅交给了他一把尖刀和一个亚麻线球，让他一边走一边解开。经过一番恶战，特修斯终于杀死了牛怪，并依靠线团的指引顺利走出迷宫，最后，他和阿里阿德涅逃离了克里特岛，远离了她那愤怒不已的父亲。

在很长的一段时间内，人们一直把它当成传说和故事，直到 20 世纪初，亚瑟的这次考古，才发现这个宫殿是确实存在的。

考古学家亚瑟的传奇

1851 年 7 月，亚瑟·约翰·伊文思（Arthur John Evans）诞生在英国的纳什米尔斯（Nash Mills），他的父亲是约翰·伊文思（John Evans），母亲哈里特·安·迪金森（Harriet Ann Dickinson）是约翰的老板之女。亚瑟的外公拥有一家造纸厂。亚瑟父亲的家族成员大多受过良好的教育，思想活跃。亚瑟的祖父，曾是一所文法学校的校长。亚瑟父亲懂拉丁语，经常会引用经典作家的语句。他还是英国皇家学会会员，1892 年，被维多利亚女王封为爵士。父亲对亚瑟的职业生涯起到了耳濡目染的作用，而整个家族的精神支撑和财力援助，也使他成功挖掘了克诺索斯遗址，并提出“米诺斯文明”的概念。

1865 年，14 岁的他进入哈罗公学（Harrow School），担任过校刊的共同主编，还和同学参与自然历史竞赛。亚瑟患有近视，但他不肯戴眼镜。由于他对细部的观察能力高于常人，这也使得他容易去发现被忽视的东西，但稍远的景物就变得模糊，后来，他不得不带上一根甘蔗去探索周围的环境。

亚瑟后来像一个私人探险家，闯过巴尔干半岛，还做过记者，报道巴尔干的政治冲突，但他最终回到了考古事业中。1884 年，在他 33 岁时，被任命为阿什莫林博物馆（Ashmolean Museum）的管理员。

1894 年，克里特岛引起了他的兴趣，克诺索斯当时已是考古界谈论的话题，各国考古学家云集在克诺索斯。那时奥斯曼帝国统治着克里特，鼓励外国人来申请挖掘。克里特人害怕奥斯曼人将出土文物搬到伊斯坦布尔，想出的拖延办法就是要求挖掘人所需的设备必须在克里特购买，且价格昂贵，没人能确定是否值得这样去做。

在那个时代，德国考古学家海因里希·谢里曼（Heinrich Schliemann，1822—1890）与亚瑟一样，是研究青铜时代爱琴文明的先驱，同时也是一个富商。谢里曼从小喜欢历史，在 8 岁时就声称，他有一天会去挖掘特洛伊城。后来他真的挖掘了特洛伊遗址，并发现了迈锡尼遗址，定义了“迈锡尼文明”。再后来，他在美国靠黄金生意发了财，最终弃商回归儿时的梦想，但他在挖掘克诺索斯的问题上一直犹豫，于 1890 年放弃了商谈价格，那一年的 12 月，他在那不勒斯抱憾离世，后来被葬入雅典第一公墓。他的陵墓形似一座小型神庙，而他在雅典市中心富丽堂皇的私宅，后来则成为雅典古钱币博物馆。

从这两位著名考古学家的身上，似乎让人们对财富与考古有了更多的认知。通常人们只会觉得考古是一项单调乏味的工作，殊不知，在他们成功的背后，同样需要巨大的财力支撑，每当发现隐藏的财富，首先需要拥有去挖掘的资本。

在抵达伊拉克利翁后，亚瑟终于想出了一个绝佳的解决办法，就是设立一笔勘探资金，由于遗址的业主不需要出售这片土地给任何人，因为谁也买不起，但他们可以出售一笔基金，亚瑟购买了其中的四分之一。当时克里特岛的政治局势十分动荡。1898 年 9 月，奥斯曼军队最后退出了克里特岛。亚瑟以《曼彻斯特卫报》记者的身份回到克里特，以大量的报道推进岛上的事务。1899 年，岛上的基督徒和穆斯林组成了联合政府，克里特岛成为一个受保护的共和国。

此时，奥斯曼时代的限令已被废除，其他考古学家都急于获得挖掘许可，但他们很快就发现，亚瑟使用勘查基金，已经垄断了挖掘，他付清了土地的债务，雇用了两个工头和 32 个挖掘工，从 1900 年 3 月起，在开满鲜花的小山上开始挖掘。

几个月之后，他们发现了米诺斯宫殿的一部分，这里大约有 1300 个房间，其中一些是工匠的作坊和食品加工中心，还有一个宗教和行政中心。在对陶瓷的分析和地层学研究的基础上，亚瑟得出结论——克里特岛，与考古学家海因里希在迈锡尼所发现的文明不同，是另一个文明的存在。

1903 年，大部分宫殿遗址已被挖掘出来，宫殿的墙壁描绘着不少公牛，由此可见，克里特文明崇拜公牛。到 1905 年完成了整个挖掘，宫殿遗址展现在世人面前，从而在全球引起轰动。

如果说，海因里希·谢里曼对迈锡尼文明的发现，将古希腊的文明史向前推进了 1000 年的话，那么，米诺斯王宫的发现，再次将欧洲文明的起源提早了整整 1000 年。这些考古研究证实，米诺斯文明始于公元前 2600 多年前，那时，克里特岛已开始孕育爱琴海的古代文明，而整个欧洲文明也是在此基础上得以发展的。

亚瑟在发掘出克诺索斯宫殿后，在整个东地中海追踪“米诺斯文明”的发展轨迹。1911 年，他因在考古学尤其在发掘克诺索斯上的成就，被授予爵位。他主持的阿什莫林博物馆，成为在希腊之外拥有米诺斯文明最多藏品的博物馆。

1941 年 7 月，他在牛津附近的寓所去世，结束了传奇的一生，享年 90 岁。他的遗产房子，至今仍被童子军使用。

华丽的迷宫

克诺索斯宫殿建于公元前 1700—前 1400 年，平面基本呈方形，每边长度约

160 米，贯穿着不同长短和方向的走廊，这座巨大的迷宫总面积约为 2.4 万平方米，主要由王宫、神庙、剧院和仓库等组成，采用先进的建筑技术，其中的一部分建到了四五层楼高。

漫步其间，会发现这是一座色彩绚丽的迷宫。墙上和人行道涂上浅红色，颜料来自红赭石。壁画颜色丰富，颜料均来自天然材料，如赤铁矿等。装饰图案包括人物、神话中的生物、现实存在的动物、岩石和植被等，题材广泛。

往前行进，即见到遗址中最高的建筑，其结构复杂，最下面的一层位于地下，是有许多廊柱支撑的大厅，由于采光设计合理，光线依然充足，红与黑的柱子给人以奢华之感。这种柱子与希腊其他地域的柱子有着明显不同的结构，其他柱式一般是顶部较小、底部较大，而米诺斯柱却是底部较小，顶部宽大，被涂成红色，矗立在圆形的石基上，弥漫着一种独特的气息。

走到女王宫殿（Queen's Megaron），墙面上方是一幅宽约 3 米、高 1 米的壁画，在黄色的底色上绘制了 5 条蓝色的海豚，栩栩如生。旁边女王的浴室，还保留着她曾用过的浴缸，它连着加热系统，也可以淋浴，并通过一个水壶冲洗马桶。在其他房间也有类似的卫浴冲水设备。

宫殿中，给排水系统也十分先进，至少有 3 个单独管理系统，包括一个净水系统、一个净水内循环系统和一个废水排水系统。渡槽从 10 公里外的山间引来泉水，通过喷泉和水龙头流出，水龙头是用绳封住的。整个通风系统的设计，则依据它踞于山顶的位置，海风吹来，在宫殿的柱廊间形成空气对流。

走过中庭，来到米诺斯宫殿的中心，即王座室（Throne Room）。亚瑟确定在房间内有一个宝座建在靠近北墙的位置，三面长凳环墙，有一个浴缸对着宝座，推断这里应是一个举行净化仪式的地方。

朱红色的壁画上，两个格里芬（Griffin）面对宝座蹲坐着。格里芬是希腊神话中一种狮身鹫首的怪兽。

走到王座室的二楼，一幅《牛背上的杂技表演》的复制壁画引人入胜，蓝色的底色上，一个人在牛背上做杂技表演，微妙的色彩、生动自由的姿态，令人对那个灿烂的文明时代遥想良多。这幅壁画的原作陈列在伊拉克利翁考古博物馆。

西侧，是一排仓库，里面摆放着一些高约 2 米、名为“Pithoi”的黏土容器，由

此推算，当时在宫殿中居住的人数众多。容器表面的装饰美观豪华、风格独特。据考古发现，容器里面分别存放着食油、谷物、鱼类、豆类和橄榄。“Pithoi”黏土容器设计巧妙，上面有一些隐秘的小孔，据分析，是用来储存金子等财宝的。在这里还发现了榨油机和酒窖，由此推断，许多食品都是在宫殿里加工的，可见当时这里已是功能完备的居住社区。

克诺索斯是克里特岛上最大的青铜时代考古遗址，同时也被认为是欧洲最古老的城市雏形，即传说中米诺斯王的王宫。克诺索斯内没有发现军事设施，既没有防御工事，也不存在武器，展现了一个久远的和平时代的风貌。

走在宫殿边的树林中，微风拂面，眺望高处建筑上的游人，夕阳将他们的头发染成金黄色。一对恋人站在城墙的边缘上拥吻，光线刚好给他们勾勒出美妙的光边，也为这座本已十分浪漫的宫殿，增加几许温情。

爱琴海：波浪起伏的海

此刻，我眺望着爱琴海。

爱琴海的英语为“The Aegean Sea”，希腊语是“Αιγαίο Πέλαγος”。爱琴海是地中海的一部分，位于巴尔干半岛南部和小亚细亚半岛之间，南北长610公里，东西宽300公里，面积21.4万平方公里，最大深度为3543米。

爱琴海的东北部经达达尼尔海峡与马尔马拉海相连，并且是连接黑海与地中海的唯一航道。

关于爱琴海名称的起源有多种解释：一种观点认为是源于古爱琴城（Greek Town of Aegae）的名称；一种观点认为是由于一位名叫爱琴（Aegea）的女王死于海中；还有的认为是源于一个叫“Aigaion”的古老的百臂巨人；而最令人感伤的是源于特修斯王子的父王埃勾斯（Aegeus）的传说，他误以为特修斯死了，于是心碎跳海自尽。

从词源来分析，爱琴海的名称可能来源于“αἶγες”，意思是“波浪”，而“αἰγιαλός”，意为“波浪起伏的海”。

爱琴海是两个古老文明的发源地，即克里特岛的米诺斯文明（The Minoans Civilization）和伯罗奔尼撒半岛的迈锡尼文明（The Mycenean Civilization）。爱琴海是民主的发源地，也是地中海东部各种文明融汇之处。

爱琴海海岸线非常曲折，港湾众多，共有大小约2500个岛屿，其中227个岛屿有人居住。爱琴海的岛屿可以划分为7个岛屿或群岛：东北爱琴群岛（Northeastern Aegean Islands）、埃维亚岛（Euboea）、北斯波拉泽斯群岛（Northern Sporades）、基克拉泽斯群岛（Cyclades）、萨罗尼克群岛（Saronic Islands）、多德卡尼斯群岛（Dodecanese）和克里特岛（Crete），其中，克里特岛面积最大（8336平方公里），其次是埃维亚岛（3655平方公里），东北爱琴群岛中的莱斯博斯岛居于第三位（1632平方公里）。

爱琴海有很多岛屿或岛链，实际上这是陆地山脉的延伸。其中一条从伯罗奔尼撒半岛，经克里特岛至罗德岛（Rhodes），正是这条岛链将爱琴海和地中海分开，

同时也将爱琴海与利比亚海（The Libyan Sea）分割开来。

希腊是全球人均寿命最高的国家，平均寿命为 80.3 岁，高于经合组织（OECD）平均水平的 79.5 岁。伊卡里亚岛（Icaria）上 90 多岁的老人占世界上的比例最高，约有 33% 的居民年龄高于 90 岁。

希腊旅游业是国民收入的支柱产业，约占国内生产总值的 16%。

Chora 村落里的山居时光

乘船抵达卡塔朴拉（Katápola）港口的时候，已是黄昏。

阿莫戈斯岛（Amorgos）是希腊基克拉泽斯群岛最东端的岛屿，有两个天然海港——中部的卡塔朴拉和北部的埃杰阿里（Aigiali）。

阿莫戈斯岛上有 3 个独立的古代小镇保存至今。在小岛南侧的 Arkesini 村落周围，有城墙和塔楼。古墓、石器、铭文、花瓶和其他文物，都印证了阿莫戈斯的古代文明。通过对墓葬的发掘研究，证明阿莫戈斯岛在公元前 3200—前 2000 年，在基克拉泽斯文明（Cycladic Civilisation）的第一个时期，就有人居住在此。大约在公元前 630 年，诗人色蒙尼达斯（Semonides）引导着萨摩斯人（Samian），在阿莫戈斯岛建立了殖民地。

随着时间的流逝，这个岛的名字改为“Amolgon”和“Amourgon”等多个名字。公元 5 世纪后，可以从西奥多主教（Bishop Theodore）在君士坦丁堡签署的文件中发现“Amoulgos”这个名字。该岛在 1566—1829 年奥斯曼帝国统治期间，被称为“Yamurgi”。1953 年 7 月，岛上发生里氏 7.5 级地震，造成 53 人死亡。

阿莫戈斯岛上没有机场，需先飞到附近的纳克索斯岛或者帕罗斯岛的机场，然后转乘渡轮，再到该岛。

大约 10 分钟后，到达岛上的中心村落霍拉（Chora）。希腊一些岛屿的中心城镇，都被称为“Chora”，意为“首府”。沿着台阶，我走进一个布满白房子的村落，路旁繁花盛开。来到旅馆，里面大约有 20 个房间，这已是村落中最大的旅馆了。房间不大，推门出去，就是一个平台，地势比较高，隔着树丛，可以感受到山居时光的闲适。

从旅馆出来，沿着蜿蜒的小道行走，前面是一座白色的小教堂。向右拐去，就到了一个小小的广场，有几家咖啡店，当地老人闲坐在鲜花盛开的白房子前。广场的空地上，竖立着两座雕塑，应该是岛上的著名人物。站在广场上，向东张望，是一座小山，上面有几座风车，透过我的长焦镜头，可以看到一位摄像师正在风车下拿着专业摄像机拍摄落日。

从广场往东走的这条小路，就是村落中的主干道，两旁多是餐厅，蓝色的小桌子摆在白色的小路两旁，使得路更狭窄了，但人们的距离更近了。一路走过去，我不时地和坐在那里歇息的人们聊上几句。他们看到我，也会主动微笑和我打招呼，一派和谐。

路旁还有几家店面。有一家开在二楼，我沿着窄窄的石板台阶而上，走进这家店，里面的货品以服装为主。老板是一位 50 多岁的中年人，见到我很热情。他说，到这个岛上来的中国人极少，我应该是这个季节中来的第一个。商店内挂着各式厚棉衣，他解释说，岛上到了冬天还是很寒冷的，北风非常强劲。

闲聊间，来了一位熟客，跟老板攀谈起来。我看他有点面熟，见他把摄像机放在门口的小阳台上，就问他刚才是不是在山顶拍摄，他点点头。大家闲聊起来。他说他在希腊国家电视台工作了23年，最近被解雇了。阿莫戈斯岛是他妻子的老家，他就决定回他老丈人家休息一段时间，每天都会出来拍摄。

他说："我这是在为自己拍。"

我点点头。在他的脸上可以看到失业者内心的焦灼，但感觉他也在慢慢地平复。在这样的小岛上，他总会找到生存之道的。

顺着这条小路继续向前。前面是一段比较幽黑的小路，穿过去，便回到光亮之处。有几个孩子从高地上爬下来，看到我拿着相机，停了停，有点羞涩地站住，然后继续跑进旁边的一条小巷子里。

走到小路的尽头，有一间餐厅在岔道旁的高地上。走进去，食客已有不少。落座后点餐，我选了一份土炖大虾，然后慢慢地等候。半个多小时后，一盘大虾上来了，五六只，每只都有近20厘米长，配上炖菜，美味无比。这一餐9欧元。

餐毕，站在餐厅的阳台上，眺望暮色中的霍拉小镇，它自然纯朴，没有精致的建筑，却有着一种独特的魅力，幽静怡人。

悬崖上的修道院

次日上午。我乘坐出租车，向东北方向即小岛东侧的海边驶去。不久就看到帕纳吉亚·霍佐维奥蒂萨修道院（Panagia Hozoviotissa）高悬在绝壁中。在山脚下停车后，我攀登了大约一刻钟，一座壮观的修道院矗立在眼前。

走进并不宽敞的入口，首先进入一间更衣室。参观者必须穿着得体才能进入。男士必须穿长裤，女士需穿长裙或非露背上衣。

沿着陡峭的台阶，我登上了一间圣像室，墙上挂着希腊东正教的圣像和壁画。再登上一层，就到了修道院正殿。镶满宝石的宗教圣器悬挂在上方，四面墙壁上挂着壁画，让人顿生敬意。我跟一位年轻的修道士轻声地聊起这座修道院。他说，这里可以追溯到公元1017年，属于希腊早期的一座修道院。

他感叹道，现在一般人走上来都气喘吁吁，遥想当年，人们在建造这座修道院时，那才不容易呢！他带我走到外面的平台上，海湾深旷明净。

继续登楼，我来到一间休息室。穿着黑色长袍的中年修道士端来一小杯红酒，品尝一下，甜香醇厚，这种古老的叫“Psimeni Raki”的葡萄酒是修道院自己酿制的。在整个希腊，只有这个岛还在酿造这种古老的葡萄酒，酒中包含天然草药、肉桂、康乃馨和蜂蜜等成分。这种葡萄酒一般是为当地的节庆准备的。

这位修道士还给我端来了一碟叫“Amorgiano Pasteli”的芝麻软糖，采用阿莫戈斯传统配方，用糖和蜂蜜制成的，有一种醇香的口感和风味。

希腊的修道院在希腊历史上的不同时期，对自己的民族文化有着神奇的保护作用，尤其是保留了希腊语——在长达近400年的奥斯曼帝国统治时期，被禁止说希腊语，全民要说奥斯曼语。当时，正是在修道院内秘密地开设希腊语学校，才使希腊语得以保留下来。希腊的不少传统文化，也是通过一代又一代的修道士的努力才得以留存。在今天的许多修道院还保存着古代手稿，传承着古代酿酒和传统的奶酪制作工艺，并传授宗教画的技巧。

《碧海蓝天》的外景地

下午时分，驱车来到阿吉阿·安娜（Agia Anna）海滩，宁静的海滩上只有极少的几个人在游泳，爱琴海的海水清澈见底。这里被称为“The Big Blue”海滩，因为吕克·贝松（Luc Besson，1959—）的影片《碧海蓝天》（*The Big Blue*）曾在此取景，该片在潜水界被奉为经典。

吕克·贝松在开拍前，一直无法确定由谁来扮演主角贾可·马约尔（Jacques Mayol），甚至一度想由自己来演主角，直到后来有人建议启用让—马可·巴赫（Jean-

Marc Barr)。贝松在影片中仅仅客串了一个潜水员。《碧海蓝天》是 20 世纪 80 年代最成功的一部法国电影，仅在法国就售出了 919 万张票，并在法国持续上映了一年。1989 年，这部电影获得法国国家电影学院的学院奖。

该片根据潜水冠军贾可·马约尔和恩佐·马约尔卡——在电影中改名为“恩佐·莫利纳利”（Enzo Molinari，由让·雷诺扮演）的真实故事改编而成，但现实生活中，并没有影片中的相互竞争场面。

影片中，他们从小就是好友，从孩提时代起就喜欢相互竞争，两人挑战收集海底的硬币。贾可在海滩旁往水里扔了一枚硬币，恩佐很快就潜入海中，用手指将那枚硬币捡了回来。后来，贾可的父亲去礁石潜水，他的呼吸装置和钢丝绳被卡在岩石间，贾可只能眼睁睁地看着父亲离世。

成人之后，他们在西西里的陶尔米纳（Taormina）小镇，一同参加世界自由潜水锦标赛，进行最后的竞争。恩佐打破了贾可的纪录，贾可又一次下潜，到达400英尺（121.9米）的深度，再次刷新了世界纪录。此时，恩佐试图再次打破贾可的世界纪录，现场的医学博士阻止了他的行为，因为潜水到400英尺以下水压太大。但恩佐依然下潜，结果发生了险情。此时贾可立即潜入深海去营救，但恩佐还是不幸丧生。

恩佐曾告诉过贾可，400英尺的大海深处，就是最大的安身之处。贾可尊重恩佐的遗愿，让恩佐的身体漂浮在400英尺的深海中。而后，贾可从水中被救出。

之后，悲痛万分的贾可恶梦不断。在一个月朗之夜，离别了他的女友（已怀上他的孩子），一条海豚跳跃起来，他一个人向着大海深处潜去……

这部电影一直被誉为“美丽和宁静之作”。影片的主人公不断渴望潜入海洋的更深之处，从而缔造自己完整的生命。在这一过程中，不时会与爱情和家庭相冲突，随之而来的死亡危险，也像一股强大的暗流，潜伏在大海的某一深处。影片中碧蓝的大海和深刻的哲理，荡气回肠。

漫步在山间，我的周围是繁盛的植物，这都是地中海乡村的典型植物，包括香桃木（Myrtle）、百里香（Thyme）、风铃草（Campanula）和水仙花（Daffodil），微波细浪，混合成一股奇妙的花香。此刻，从北边吹来的海风凉爽无比。在希腊神话中，香桃木被尊为爱神阿佛洛狄忒的圣花。长久以来，希腊的新娘们都喜欢佩戴香桃木花叶编织的婚冠。

这是一片还没被旅游人潮更多污染的自然之地，素色如锦，野性而甜美。

见过爱琴海的人，最蓝的蓝，便刻到生命里。

Naxos, Paros and Mykonos

The Pure Essence of Aegean Sea

纳克索斯、帕罗斯和米克诺斯：

蓝色“风之岛”

纳克索斯岛（Naxos）是爱琴海基克拉泽斯群岛中最大的岛屿，也是古老的基克拉泽斯文化中心。

帕罗斯岛（Paros）是基克拉泽斯群岛中第四大岛屿，曾是白色大理石的盛产地。这种大理石有着非常雅致的纹理，让人浮想联翩。

米克诺斯岛（Mykonos），基克拉泽斯群岛中的一座小岛，几乎成为“蓝色爱琴海”的代名词。

纳克索斯，阿波罗神庙和情爱传说

黄昏时分，渡轮抵达纳克索斯岛（Naxos）霍拉镇（Chora）港口。码头区平坦开阔，彰显一座大岛的风范。驱车前往预订的酒店，它位于港口后的小丘之上。在旅馆 Lounge 内，我品尝着当地的特色饮料和小食，欣赏海边的阿波罗神庙（Apollo

Temple）遗址，它在夕阳中呈现出绝佳的光影效果。

纳克索斯岛，面积为 429 平方公里，人口 18000 多。这里是古老的基克拉泽斯文化中心。

稍后离开酒店，我沿着小路朝着阿波罗神庙一路疾走。路上一干人也在往神庙方向赶。这座神庙是纳克索斯岛的地标，建于公元前 6 世纪，被用来供奉艺术之神阿波罗。目前整个遗址只剩下一座巨大的入口，用大理石筑成，被称为“Portara”，意为“巨大之门”。

大约一刻钟，我终于赶在日落之前来到这座巨门前，此刻，夕阳刚好停留在门框的 C 位，人们静静伫立，欣赏着壮美的一幕。

然后，我从阿波罗神庙沿着港前的道路漫步。华灯初上，路旁皆是餐厅和手表店，展示着这座基克拉泽斯群岛中最大岛屿的繁华。从路旁众多的餐厅中，我找到当地朋友推荐的 Meze 餐厅，坐下来，准备享受当地的海鲜。

我很早就了解，纳克索斯是基克拉泽斯群岛中最富饶的一座岛屿，岛上有充足的水源，并不像其他岛屿那样缺水。远处的宙斯山（Mount Zeus）云雾缭绕，山高 1003 米，是基克拉泽斯群岛的最高峰。丰沛的降水有利于各种蔬菜、水果的种植，以及牛群的饲养，从而使得该岛成为基克拉泽斯群岛中自给自足的岛屿。在希腊，纳克索斯岛盛产的土豆也很有名气。

餐厅人气很旺，在等菜的当口，我读起一本希腊神话之书。在希腊神话中，宙斯在年轻时就曾居住在这里山上的洞穴中。

另外一个传说令人感慨。不久前，我刚在克里特岛上的克诺索斯宫殿，聆听了特修斯的故事。他与阿里阿德涅一起逃离克里特岛。两人来到了纳克索斯岛，不料，特修斯竟背弃了他当初的承诺，把阿里阿德涅一个人撇在了这里，自己独自离去。

当时，酒神狄俄尼索斯（Dionysus）是这个岛上的保护神。他是宙斯的私生子，在岛上邂逅了阿里阿德涅，立刻坠入爱河，但阿里阿德涅最终无法忍受与特修斯的分离，最后出现了两种结局：根据雅典人的传说，一种是她饮恨自尽；另一种说法是她升天成仙。这个神话，被音乐家理查德·施特劳斯（Richard Strauss，1864—1949）写进他的歌剧《纳克索斯的阿里阿德涅》（*Ariadne auf Naxos*）中。

而宙斯在岛上，爱上了凡人塞墨勒（Semele）。塞墨勒怀孕后，被宙斯的妻子赫

拉发觉了，她设下一个计谋，让塞墨勒告诉宙斯，说想看看宙斯的本来面目。宙斯只好显出了他本来雷神的模样，塞墨勒是一个凡人，这样便立刻被雷电劈死了。宙斯忙从浑身是火的塞墨勒腹中，抢出了尚未足月的胎儿。为了不让赫拉发现，宙斯将胎儿缝在自己的大腿间孕育，直到出生。

还有一个神话也与这座岛有关：说的是两个巨人兄弟奥突斯（Otus）和厄菲阿尔特斯（Ephialtes），也曾出现在纳克索斯岛上。当时狩猎女神阿尔忒弥斯（Artemis）买了岛上的一座城池，然后做了奥突斯的情人。

月夜城堡的布祖基琴声

从港口区，我沿着小径走向纳克索斯城堡。夜色中，灯光映射下的城堡更加壮观。这座城堡是纳克索斯重要建筑。作为爱琴海中心的中世纪古城，承载着纳克索斯岛的沧桑历史。

远在公元前 8 世纪到公元前 7 世纪，纳克索斯岛的商业就在整个基克拉泽斯群岛占主导地位。公元前 476 年，纳克索斯岛是第一个试图从提洛同盟（Delian League）离开的城邦，雅典方面迅速否定了这种做法，并将岛上所有海军的船只撤离，以摆脱纳克索斯的控制。雅典还要求，未来纳克索斯的所有付款，需以黄金的形式支付，而不是以军事援助的形式。这样等于把纳克索斯排除在外，但还是能从纳克索斯那里获得进贡。

大约公元前 500 年，纳克索斯成为全希腊海岛中的最繁荣之地。公元前 502 年，爆发了希腊和波斯之间的希波战争。在 9 世纪，纳克索斯岛如同其他的爱琴海岛屿一样，被拜占庭帝国统治。

此后，威尼斯人马可·萨诺度（Marco Sanudo）占领了这座岛，并很快侵占了基克拉泽斯群岛的其他岛屿，当时只有纳克索斯岛在反对萨诺度，一些来自热那亚的海盗占领了这座城堡，萨诺度的军队把他们的厨房都烧毁了，以示背水一战，最后，海盗们在长达 5 周的围攻后投降。

这样，纳克索斯岛成为萨诺度的地盘，他把整个群岛变为一个公国，纳克索斯就成为纳克索斯公国（Duchy of Naxos），当时一共有 21 位公爵，统治了群岛整整两个朝代，一直延续到 1566 年，此后，威尼斯人还继续统治零散的爱琴海岛屿，直至 1714 年。在威尼斯人占领期间，他们还从阿波罗神庙的遗址上搬来大理石部件，来加固这座城堡。

漫步城堡，感觉它像一个巨大的迷宫。从 1207 年起，就有居民生活在这里，如今，酒吧、餐厅和画廊密布，与城堡古老的建筑巧妙地融合，洋溢着浓烈的时尚气息。一家画廊里陈列着希腊当代艺术家的绘画、雕塑和装置作品，画廊每天晚上 11

点钟才打烊，以迎合这里丰富的夜生活节奏。

这里的考古学博物馆（The Archeological Museum），展出了公元前4000年到公元6世纪期间，岛上发掘出的各种艺术品和工具。博物馆所在的建筑物，是建于17世纪的贸易学校校舍。民间收藏博物馆（The Folk Museum Collection），坐落在岛上中世纪的老市场旁，陈列着纳克索斯的传统物品。

走过一道城门，我来到威尼斯博物馆（The Venetian Museum）。这座古宅原来属于德拉·瑞卡（Della Rocca）和巴柔兹（Barozzi）家族，始建于1207年。后来改为博物馆，在各个展厅内，陈列着岛上在威尼斯统治期间的文物，流泻着一种奢靡的华丽之风，同时又结合了纳克索斯岛的淳朴和灿烂，引人入胜。

博物馆的后面是一个私密花园。此时是希腊布祖基琴之夜，刚好在举办一场庭院音乐会，乐器有希腊传统的布祖基琴（Bouzouki）、钢琴和吉他。布祖基琴，状似意大利的曼陀铃，琴颈较长，乐声清脆，优美而带有一丝慵懒。此时演奏的是

Rebetiko 风格的曲目，这是第一次与第二次世界大战之间，在雅典的穷人区、希腊的其他城市以及小亚细亚地区流行的一种音乐形式，带有明显的拜占庭式印记，可以说是希腊民间音乐的代表。

如同其他一些城市亚文化的音乐形式，像蓝调、探戈和弗拉门科一样，Rebetiko 通常反映的也是边缘亚文化阶层生活的严酷，与希腊人密切相关的主题：战争、死亡、悲伤、流亡、情欲、异国情调和母亲的身影等，可以说是希腊人的心灵之声。

音乐会上，歌手还演唱了 Smyrneiko 和 Laïkó，前者来自小亚细亚民谣，后者是希腊民歌，而舞蹈则有 Hasapiko（从君士坦丁堡传来的希腊民间舞蹈，因最开始是屠夫们闲暇时在酒吧跳的，所以也称屠夫舞）、Zeibekiko（这种舞蹈源自纪念希腊之神，表演自由而幽默），还有 Syrtaki 和 Zorbas 等民间曲调。

庭院中，人们手持香槟酒杯，静静地欣赏。月光朗照，激越的琴声回荡在古堡，弥散在蓝色的爱琴海上。

隐居在帕罗斯岛

抵达帕罗斯岛（Paros）码头时，已是下午 2 点。我预定的酒店位于东北角的纳乌萨小镇（Naoussa）附近。

帕罗斯岛面积为165平方公里，从东北到西南的最大长度21公里，最大宽度16公里。该岛的形状呈胖梨形，它在雅典比雷埃夫斯港东南方向161公里处，位于纳克索斯岛的西部，两岛相隔约8公里。在帕罗斯岛的西南方向是安提帕罗斯岛（Antiparos），两岛之间的距离不到2公里。岛上人口13700多。

半个多小时后，我们的车子驶进一个村落，大门后掩映着白色的建筑。我的Aurora套房位于主建筑的二楼，房间以白色系、浅灰色和赭石色作为主色调，内有一张大床，墙面上挂着用当地细麻绳编织的挂毯，桌子上有一碟当地产的奶酪片和曲奇饼。推开房门，宽阔的阳台上有两把躺椅，阳光照在身上，暖意融融。

休息片刻，我在酒店的各处参观。在主建筑后面，依次排列着若干独栋别墅，这座一共有着33间客房的酒店，与帕罗斯岛上的白色建筑风格相呼应，采用传统的建筑技术，如拱门、混凝土柱和厚砌墙体，形成传统样式的建筑空间，有用天然石材建造的水池，营造出一种丰富多变的视觉效果和低调的豪华感。

酒店陈列着当代希腊和欧洲设计师的艺术品，还摆放着几尊产自马拉喀什的陶艺作品，具有现代设计美感，酒店的业主想借此来激发人们与这些业已优化的设计作品彼此对话，让酒店成为安谧的居所和比较理想的避风港。酒店的名称“Parīlio”由“Paros”和“Ilios”希腊单词组合而成，“Ilios”意为“太阳”，所以整个“Parīlio”的意思即为“帕罗斯的阳光”。

我注意到，在入口处的墙面上镌刻着一行小字：“Cycladic Light Simplicity”，它表明一种美学上的追求，即求简练，求轻奢，其中更多的奥妙，在我居住下来的一段时间里，才慢慢地被全部感知。

晚上7时，在酒店一楼的餐厅享用晚餐。头盘是圣托里尼风格的蚕豆馅饼，配以水煮鸡蛋、香肠和新鲜的希腊松露。主菜是慢炖海鲷鱼段（Bream），加上柠檬叶和帕罗斯传统鹰嘴豆炖烤。甜点是烤奶酪蛋糕，佐以马古里奶酪（Manouri Cheese）、蜂蜜味冰激凌和干无花果。马古里奶酪是希腊的一种半软的乳清奶酪（Whey Cheese），其生产历史可以追溯到拜占庭时期，制作时在绵羊奶或山羊奶的乳清中加入奶油，不加盐，口感丝质光滑。整个晚餐皆清爽，体现了希腊海岛菜肴的特色。

次日早晨，我在鸟鸣声中醒来。首先来到二楼的平台上，看阳光一点点照亮村落，然后，在酒店的别墅区感受阳光分分秒秒的变化，别墅白色外墙上的影子也随着变化，同时水池中光点的位置也在慢慢移动，有一种动感之美。

早餐过后，我在房间的阳台上晒日光浴。中午时分，来到泳池旁的Pool Bar用膳。点了一份超级沙拉，里面有腌制三文鱼、藜麦、蔓越莓、杏仁和柑橘。阳光透过顶棚上的网罩照射下来，在餐桌上形成一些明亮的光斑。环顾四周，看似简洁的建筑设计，其实都是为了最大限度地容纳大自然本身的精彩：窗外村落景色已美，设计无须过度用力。

餐后，我上网阅读记者对这家酒店的业主卡利亚与安东尼斯·埃利奥普洛斯（Kalia & Antonis Eliopoulos）的一篇访谈，其中他们不吝对于帕罗斯岛上自然环境和历史文化遗产的热爱和赞美，并这样来解释“Cycladic Simplicity”——岛上的明亮、平静、温暖和无忧无虑的一种生活状态。这或许也是他们自己家族酒店所追求的理念吧。

下午3点，我从酒店出发，徒步2.6公里来到纳乌萨小镇。走过一座小桥，到达小镇最热闹的部分。海边有一座小教堂，在30多米开外的海中，残存着一座威尼斯堡垒遗址。广场上餐厅和小酒馆密布，侍者在从容地布置餐具。这个季节游人不多，镇上颇为安静。

帕罗斯岛有许多海滩，岛的北边是纳乌萨湾和阿古萨（Agoussa），海水清澈。这里在古代就很繁荣。在岛屿东南侧，有 Chrissí Aktí（希腊语 Χρυσή Ακτή，意为“金色沙滩”）和皮索·利瓦迪（Piso Livadi）海滩，还有多利奥斯（Drios）港口。在该岛受奥斯曼统治的长达280多年的时间里，奥斯曼的舰队每年都穿过爱琴海到这里停泊，而西海岸的 Agia Irini 是天体海滩。在帕罗斯和纳克索斯岛之间的海峡，由于强风，使之成为一处冲浪之地。

白色大理石的盛产地

来到帕里基亚（Parikia）港口。这里人们生活闲适，我看见一座传统风车，它采用基克拉泽斯设计，矗立在码头的出口处。几位游人闲散地坐在风车四周的平台上。一个安静祥和的小岛即刻浮现出来。

漫步其间，所见皆是白房子。房屋在建造和装饰上，延续着传统的基克拉泽斯风格：平屋顶，白色的墙面、蓝色的门和百叶窗。迷离的葡萄藤阴影，映衬着院子中的橘树和石榴树，相得益彰。海边一块巨大的岩石旁，残存着一处中世纪的城堡遗址，散落着残缺的廊柱和石头浮雕。

小镇上，有一座最重要的 Panagia Ekatontapiliani 主教堂（意为“百门教堂”），是爱琴海岛屿上最著名的圣母朝拜教堂，这里每年都举办盛大的圣母升天节。教堂始建于公元 326 年。公元 391 年，罗马皇帝君士坦丁大帝的母亲——圣海伦（Saint Helen）前来朝拜后，扩大了其规模。主教堂旁有两个相邻的礼拜堂和小教堂，采用早期的建筑形式，也有十字形的洗礼堂。

坐在海边的咖啡厅里，我遥想着岛上的往事。相传，公元前 1000 多年，阿卡迪亚人（Arcadian）在领袖帕罗斯（Paros）的带领下移居此岛，这便是岛名的由来。后来该岛成为爱奥尼亚人的殖民地，在那段时间，岛上经济繁荣。在希波战争前，帕罗斯岛主要依赖纳克索斯。公元前 477 —前 404 年，提洛同盟期间，帕罗斯岛作为成员，每年为以雅典为主的海军联盟输送 30 名士兵，这意味着帕罗斯岛在当时也属

于爱琴海诸岛中最富有的岛屿之一了。

后来，帕罗斯成为罗马帝国的一部分；再后来，被拜占庭帝国占领。1204 年，君士坦丁堡被占领后，许多原来属于拜占庭的领土纷纷瓦解。帕罗斯被威尼斯人占领，成为群岛公国中的一部分。

1537 年，帕罗斯岛被奥斯曼帝国占领。1821 年，帕罗斯岛独立，成为希腊的一部分。希腊的民族女英雄曼托·马芙罗格努（Manto Mavrogenous），曾资助和参与独立战争。她的房子位于帕里基亚百门教堂附近，如今已成为一座历史纪念馆。

帕罗斯大理石呈白色或半透明状，有着绮丽的纹理，曾是岛上的主要财富来源。从公元前 6 世纪开始出口，被多位知名的古希腊雕刻家如普拉克西特利斯（Praxiteles）雕琢。巴黎罗浮宫《米洛斯的维纳斯》（*Venus of Milos*）雕像的原石材即来

自这里，所罗门修造宫殿的优质大理石也产于此。岛上的大理石采石场位于北部山脉的玛瑞西（Marathi），一些古老的采石隧道至今仍保存完好。目前的开采已采用新工艺，但不再有大批量的出口，开采权已收归国有，且主要用于考古文物的修复。

帕罗斯岛的中部有一个重要的村落莱弗克斯（Lefkes）。莱弗克斯距离帕里基亚 10 公里的路程。村中密布着狭窄的石板小路，白房子旁繁花盛开。在 19 世纪末，莱弗克斯曾一度是纳克索斯岛的中心村落，直到 1912 年。村子以前的伊利亚（Iria）名称，也是纳克索斯岛的古老名字，原先由一系列的村子组成，后来在 1912 年进行合并。20 世纪 70 年代，一些村落开始都市化建设，许多居民移居到了雅典，旅游业变成了支柱产业，好在莱弗克斯还保留着传统的街区和建筑，算是当地政府改革的一个成功试点。

如今，帕罗斯岛还是一个未受旅游潮更多破坏的安静海岛。希腊诗人乔治·塞费里斯（Giorgos Seferis，1900—1971，1963 年诺贝尔文学奖获得者）曾这样描绘帕罗斯岛："其缓缓起伏的风景、拙朴的海滩、迷人的村庄和古老的宝藏，都是所有希腊岛屿中最可爱的。"

沿着海边一条幽静小路，我来到一家小酒馆。二楼阳台外是满枝满树的一种叫“Voukamvilia”的紫色花朵，将整个院子覆盖，但听有人在下面走过说话，却不见人影。

走下楼梯，来到院落，地面上铺散着这种紫花，见到一朵紫花落在一枚黄叶之上。几只猫静静地卧在花丛中，一切皆有诗意。

伫立着，我聆听花瓣坠落时发出的极细微的声音。

以旅行的方式重返青春

搭乘渡轮从帕罗斯岛前往米克诺斯岛（Mykonos，一些国内旅行者习惯将该岛简称为“米岛”）。在爱琴海上，两艘渡轮相遇的时候，船体与船体之间快速交会，庞大的体积令人敬畏，船尾拖出的巨大水花散逸飞溅。

我像在梦想之船上，触摸清澈与蔚蓝，聆听恋人絮语。很多时候，此岸与彼岸之间都有我们不能舍弃的东西，我们要在它们之间不停地摆渡。每一座海岛都有它独特的传说与文化，每一次摆渡，都会发现新的角度，遇见新的旅人。

下午 3 点 30 分，渡轮抵达米岛码头。下船与上船的两股人流，烘托出这个时尚

之岛的人气。来自酒店的工作人员举着牌子，已迎候在码头的出口。

1999 年，我首次来到米岛。记得满载游人的渡轮已经启航，空旷的码头上一对恋人还在等待。那位女子坐在灯柱的基石上，点燃一支烟，优雅地看着巨大的轮船甲板上的人群，而那位男士却面露一丝焦虑，好像在征求女子的意见。他们的身边放着几只大皮箱，让人想起迁徙的意义和面对迁徙的不同姿态。

这对等待启航的恋人被我的相机定格。他们的身影发出来自青春期的追问——他们的远方在哪里？我们的远方又在哪里？

能够回答这两个问题的时机，均需等待。只有当你站在时间的彼岸时，才能看清自己的来路与归途。

对于每一次旅行，都有出发和抵达的期待。这种抵达之谜，相对于其他秘密而言，更加令人渴望破解。抵达与出发，本身就构成了果与因。最难的是抵达，从幻想地到目的地之间，总是隔着不远不近的距离。

近几年，随着去往爱琴海那些岛屿的次数更加频密，我设计了更为便捷的线路。一般我会选乘夜班飞机，从上海出发，飞到阿姆斯特丹、维也纳或伊斯坦布尔，这样经过大约 10—11 个小时的飞行，于次日清晨便到达欧洲。每年的 5—9 月，也就是海岛旅行的旺季，一般从上述机场到爱琴海的多个岛屿都会有直达航班，这样，我可以在中午时分赶到岛上，开始享受魅蓝之境。

我将这条线路称为“夜琴海”航线，即经过一夜的飞行，在第二天的上午或中午就抵达向往的岛屿。这个航线的难点在于，至今从上海还没有直飞雅典的航班，而如果先飞到欧洲其他各大航空枢纽，转飞雅典，再转机去岛屿的话，中转的时间会略长，一般要在次日下午或晚间才能上岛，这样颇为舟车劳顿。节省掉经停雅典的一段，是省时省力之道。

爱琴海的那些岛屿，相隔的距离远近不一，我会采用飞机加渡轮的方式灵活穿行。这种恣意畅游爱琴海海岛的旅行方式，被形象地称为“跳岛”（Island Hopping），而希腊当地人，不少家庭都会开着车，拖着游艇，搭乘渡轮，从一个小岛奔向另一个小岛，充分享受爱琴海的阳光与海水，这便是希腊人的“跳岛”。

在爱琴海各岛屿之间，有多家渡轮公司经营渡轮，其中有几家的渡轮比较准时，另外一家公司的渡轮比较小型，时间段也不错，船舱的座椅都是真皮的，只是迟到现象比较普遍，经常会迟到一个多小时，会让等在码头接站的司机来电话催问不停。

对于村上春树的拥趸来说，米岛也是他们的神往之地。村上春树的《挪威的森林》是于 1986 年 12 月在米岛开始起笔的，然后在雅典完成了小说的前半部分。他当时在岛上住的低档旅馆里连一张桌子也没有。他每天要钻进嘈杂的小酒馆，一边用微型收录机放着音乐，一边写作。很多读者在阅读这部小说时，尚在青葱岁月，爱的激情和追忆，便与希腊的这座岛屿产生了密不可分的联系。

重返青春。以旅行或文学的方式。

我的思绪回到现在的米岛。听说我首次来这里是在 1999 年，这位司机说，你现在要去的这家酒店的所在地，当时还是一片山丘。我们驱车向南行驶了 30 分钟，来到埃里亚海滩（Elia Beach），司机朝着山丘顶部开去。坡度很陡，最后来到我预订的 Myconian Utopia Resort 酒店。

进入大堂，下午 4 点钟的阳光透过落地玻璃窗，投射在那些根雕制成的定制家具上，泛着淡黄色的木质之光。还有一些标志性的铁艺设计作品陈列。窗外的爱琴海闪耀着绿松石般的色调，养心养眼。

办理好入住手续，工作人员带我去房间。登上电梯，再转乘一部电梯，然后沿着一条走廊来到酒店的最高处。走进 762 房间，这是间尊贵海景房，里面赫然放置着一个黑色的浴缸。一张 King Size 的大床上有一条用树枝编成的装饰带，看上去颇为精致，还摆放着一只用针织材料制成的白色大龙虾，十分应景。

书桌上放着一瓶 Muscat de Lemnos，洗漱间的洗漱用品摆成两排，分别是 Prija 和 Molton Brown 品牌的。收拾停当，我开始在酒店各处参观，一边沿着走廊前行，一边观察结构。走廊的上面排列着细细的白色木杆，晴天时，不时变化着位置的阳光，会在两边的白墙上形成不同的光影效果；雨天时的雨水，都会打湿走廊，所以在地面上修筑了微凸结构，以防雨天路滑。

此后的某一天夜里下起小雨，第二天去吃早餐时，我看见工作人员正在清理地面上的水迹。尽管可能有如此的麻烦，但这种气韵贯通的设计依然是可圈可点的。整个酒店只有 29 个普通房间、5 间套房和 2 座别墅，均采用“环境友好”的建筑形式，尤其是套房和别墅都采用当地的石材和木材等建筑材料。

米克诺斯岛是希腊基克拉泽斯群岛中的一座岛屿，位于蒂诺斯岛（Tinos）、锡罗斯岛（Syros）、帕罗斯岛和纳克索斯岛之间，于雅典东南方向 150 公里处。岛上面积为 85.5 平方公里，最高点海拔 341 米，常住居民 1 万多人。大多数米克诺斯岛的居民生活在西海岸的米克诺斯镇。

在希腊神话中，米克诺斯岛是宙斯（Zeus）与巨人泰坦（Titans）拼斗的地方。米克诺斯岛早期的居民是古埃及人、腓尼基人、克里特人和爱奥尼亚人。

在古代，由于米克诺斯岛距离人口高度密集的提洛岛（Delos），只有约8公里的距离，故为其供应大部分生活用品，同时这里也是提洛岛居民出行的门户，十分重要。

米克诺斯岛主要由花岗岩构成，还有一些优质黏土和重晶石。岛上没有经年的河流，只有几条季节性河流，其中两条已被改造成水库。饮用水主要依靠海水淡化和少量的天然淡水，以满足当地人口和游客的需要。

晚上7点30分，来到Pavilion餐厅享用晚餐。餐厅给我预留了户外露台的位子。在我的右下方是游泳池和酒吧区，四周烛光摇曳，与不远处村镇的灯光交相辉映，构成浪漫的画面。

头盘我选择传统的米科尼亚熏猪肉，配菜是橙子和薄荷酱、茴香和凉拌菜丝，接着奉上的是爱琴海鱼汤，主菜是海鲈鱼配野菜、波托贝洛蘑菇（Portobello Mushroom）奶油、马铃薯面疙瘩，里面添加了自制的草本植物。波托贝洛蘑菇也被称为褐蘑菇，作为配菜被广泛采用。席间，有一位乐手吹奏黑管，雅乐助兴。

次日，一整天我待在酒店，品茗、阅读，看阳光在依岩面而建的酒店中微妙地变幻，挑高的空间和柔美的光线让人迷醉。

从希腊式风车到Paraportiani白教堂

第三天，我乘坐酒店的Shuttle Bus，前往米克诺斯镇（Mykonos Town）。几年没来，这里基本上仍是旧貌。沿着小巷，漫步在米岛稠密的商业区。我来到马托基亚尼街（Matogianni），一座建筑有着高高的白色廊柱，外面是铁艺栏杆，有一种互相渗透的平衡。这里面有一家买手店，在店内我发现了一种棉麻质地的西装背心，是意大利的一个品牌，其中一件是白色的，正面是网格状编织材料，后背是白色麻料，一件衣服具有两种肌理效果，上身试穿比较有型，价格在95欧元，果断入手。

这条街是米岛上最主要的购物大街，店铺密集，服装款式都是休闲风，以适应在多风的夏季穿搭。在一两家买手店，也有高端男装，羊绒面料，做工不错，但都是超大码，应是给有肚腩的人穿的，价格在 2500 欧元以上，即使买回来找裁缝去改，也还是有点麻烦。

走到这条街的尽头，转到埃诺普伦·迪纳梅翁街（Enoplon Dynameon），这里有很多表店。小街北侧，一座白色的房子，外面盛开着九重葛，红白映衬着一家专卖店的橱窗，门口有两把白色的椅子，靠垫也是白色的，透出一种闲适的气氛。这是该品牌在希腊包括爱琴海岛屿上唯一的店，走进去，东西不算多，尤其是新品很少。这里的营业时间很长，每周 7 天，从上午 10 点营业到晚上 10 点。

走进小威尼斯（Little Venice）。这里有一家二手皮具店，里面陈列着二手包和皮具。陈列台上放着一款棕色真皮皮箱，沉甸甸的，很有质感，价格 1500 欧元，考虑到自重大，不太实用，加上不久前在西西里岛刚买了一款皮箱，遂作罢。

现在登机手提行李都控制在6公斤之内，商务舱也只能携带2件随身行李，所以只能选最轻便的包，我的摄影器材精简后也要10多公斤重，这种皮箱不大适宜托运，极易损坏，大多数情况下也只能作为装饰品摆放在家中。我一直钟情携带那种古旧的棕色箱包出行，却很少有机会能够如愿，多年前在佛罗伦萨买的一款真皮箱至今很少派上用场。那个优雅的皮质年代，可能真的已经远去了。

店内还挂着一件西装衣套，内置两个精致的衣架，开价2500多欧元，估计这样的衣架面世已有10年以上，因为这些年该品牌没出过这种衣套，不过带着出去旅行，还是有点太招摇了。

店内还有不少坤包。这家店刚开几个月。老板是两兄弟，曾在瑞士的法语区生活过，我便用法语跟他们闲聊，当说到中国女孩是奢侈品的主力军时，哥哥说，是的，但她们不会来买二手货。

嗯，这是一个问题。我说。看着这家店的面积很大，位置也上佳，但就是没什么客人进来，他们应该很落寞。

黄昏时分，暖光西照。这个名为“小威尼斯”的海湾，是岛上欣赏落日的佳处，可以惬意地欣赏海湾对面的5座风车。米克诺斯岛的风车最早出现在16世纪，是岛上知名的一处地标。临海堤岸摆满了餐桌，建在海边礁石上的一排房子则大多改为咖啡馆。

帕拉波尔提亚尼教堂（Church of Paraportiani）是米克诺斯岛上最为著名的教堂，也是希腊知名的建筑之一。这个名字意味着“内在的”或“次要的门”，教堂周围被中世纪的石墙围绕，使人印象深刻。

教堂始建于1425年，直到17世纪才竣工。这座白教堂实际上是和另外的Saint Estathios、Saint Sozon、Saints Anargyroi和Saint Anastasia等4座小教堂连在一起的，从而构成米岛最上镜的教堂。

对面的一幢白房子是一间咖啡屋，有极好的视野和情致。夕阳朗照，坐在窗口的一位女士金发闪烁，与同伴欢笑不止。外面，沿着墙壁摆放着一排座椅，可以倚靠着白墙，眺望海面金色的反光。

一对新人在教堂前拍婚纱照。从雅典请来的一位摄影师挺有经验，他让这对新人相拥，脸靠近脸无限接近，但不要吻上去，他要拍摄两个人投在白墙上的影子。这时，走来一群南亚游客，见到新人纷纷要上去合影，把这对新人弄得像明星似的。

记得上次来米岛时，黄昏的小丘上，一只鹈鹕在夕阳的暖光中漫步，一些旅人发现后，纷纷围住这个“明星”拍个不停。50年来，鹈鹕彼德（Petros the Pelican）一直被作为岛上的官方吉祥物，给旅客带来欢乐。现在这只鹈鹕应该是鹈鹕彼德四世了。关于鹈鹕彼德，有不少趣闻，比如，它喜欢傍晚在小威尼斯一带的餐厅转悠，有时会堵在某一家的门口不让客人进，除非你给它点吃的才会让道。

而这只鹈鹕只是懒懒地在晒着太阳。终于，它张开了翅膀，伸展开来有2米宽，在教堂的映衬下尤为动人，只是它右侧的翅膀缺了一块，似乎有伤，人群中立刻有人替它惋惜。后来它慢慢地爬下小丘，最后一段离地面有点高，它犹豫了一下，然后跳下去，仿佛是一个持重的中年人。最后，它摇摇摆摆地向旁边的小巷走去，不少人还在追拍。

米克诺斯岛也出现在一些电影和音乐专题片里。影片《我盛大的希腊婚礼》（*My Big Fat Greek Wedding*，2002）中，波托卡洛斯（Portokalos）一家就来自米克诺斯岛。

马芙罗格努的米岛情缘

在小镇北侧的曼托·马芙罗格努广场上（Platia Manto Mavrogenous），竖立着曼托·马芙罗格努（Manto Mavrogenous）塑像。她是希腊独立战争时期一个富有的女人，也是一位女英雄，她把自己所有的财富都捐献出来。在她的鼓励下，她的欧洲朋友也纷纷捐钱捐枪。

她1796年诞生于的里雅斯特。当时这座城市属于奥匈帝国，现在则属于意大利。她的父亲是基克拉泽斯一个著名家族的后代，也是长期旅居国外的富商，她的母亲来自米岛，会讲多种语言。她父亲的叔父尼古拉斯·马夫罗根斯（Nicholas Mavrogenes），曾陪伴奥斯曼帝国的瓦拉奇亚（Wallachia）王子出游。

马芙罗格努从小在奢华的生活和宽松自由的环境中长大。作为有着贵族血统的漂亮女子，她在的里雅斯特的一所大学里学习古希腊哲学和历史，会讲流利的法语、意大利语和土耳其语。在她成长的时代，希腊尚处于奥斯曼帝国的统治下，1814年，一些仁人志士在敖德萨组织起名为“友谊社”（Filiki Eteria）的秘密团体。这是希腊的一些爱国者组成的秘密联盟，旨在从奥斯曼帝国的统治下解放希腊，并在19世纪建立一个现代希腊共和国。

马芙罗格努的父亲是其中的成员。她被启蒙运动的理想滋养，获得了欧洲革命的思维方式和行动方式，这与她同龄的希腊本土女孩大相径庭。

1809年，她们全家搬到帕罗斯岛，筹划希腊革命。她的父亲开始赞助这些尝试暴动的领导人，而她则充满激情地向欧洲同胞谈论希腊的独立运动，并在她的社交圈中传播同情和支持国家独立的精神。

1818年，她的父亲去世后，她和母亲搬到蒂诺斯岛与亲戚住在一起。在那里，她们迎来了希腊革命的突破。1821年12月，她来到米岛，鼓动米岛当地的领袖人物加入独立运动。她自费装备了两条战舰，并支付当地士兵的训练费用，向敢于侵扰米岛和周边岛屿的海盗开战。1822年10月，在她的领导下，米岛人击退了来犯的奥斯曼人。她还在伯罗奔尼撒半岛战役中，武装了一支150人的部队，并对萨摩斯岛

提供经济支持，当时该岛正受到奥斯曼人的威胁，她接济那些士兵和他们的家庭。后来，她又派出 50 名士兵到伯罗奔尼撒参战。

1822 年，她派出一支由 6 艘战船和 16 个连队（每支连队有 50 名士兵）组成的舰队，去参加克利斯托斯（Karystos）战斗。当奥斯曼人的舰队出现在基克拉泽斯群岛时，她回到蒂诺斯岛，变卖首饰，组建了一支 200 人的作战部队参战。

为了策划武装活动，她 1823 年来到纳夫普利翁（Nafplio），离开她的家人，这种做法甚至不被她的妈妈所理解。后来，她与希腊独立战争的英雄德米特里奥斯·伊普西兰蒂斯（Demetrius Ypsilantis，1793—1832）邂逅，德米特里奥斯是友谊社领导人亚历山大·伊普西兰蒂斯（Alexander Ypsilantis，1792—1828）的弟弟，他也为希腊独立运动做斗争。1821 年 3 月 25 日，德米特里奥斯宣布独立战争开始的日子，后来成为希腊独立日。

马芙罗格努和德米特里奥斯很快订婚，她的美丽和勇敢也被欧洲人所知晓，她当时给巴黎妇女写信，呼吁她们站在希腊人民的一边——"The Greeks, born to be liberal, will owe their independence only to themselves. So I don't ask your intervention to force your compatriots to help us. But only to change the idea of sending help to our enemies. The war spreads the horrible death..."（希腊人，天而自由，将把独立还给他们自己，所以我不要求你强迫同胞来帮助我们，但只需改变向敌人提供援助的想法。战争在传播可怕的死亡……）

不幸的是，那年 5 月她的家被烧毁，财产被盗。在与德米特里奥斯的这段恋情中，马芙罗格努无意隐瞒了他们的关系，激起了当时社会保守道德势力的反对，一时流言四起，为了平息事态，德米特里奥斯出走，并答应一旦条件改善就娶她，但最终并未兑现。

当时希腊的政敌纷纷反对他们成婚，因为这种联姻将意味着两个支持俄罗斯的强大家庭的结盟，其中，政敌约安尼斯·科莱蒂斯（Ioannis Koletis）密谋反对她，散布关于她和另外的男子有染的谣言，并试图把她送回蒂诺斯岛。最终，马芙罗格努和德米特里奥斯不得不解除婚约。

作为功勋卓著的希腊军事领袖，1829 年 9 月，德米特里奥斯成功地迫使奥斯曼指挥官阿斯兰·贝（Aslan Bey）在佩特拉山口（The Pass of Petra）签署投降书，从而缓解了战争的敌对程度。1832 年 1 月 3 日，他在维也纳英年早逝，饱受孤立和挫折的马芙罗格努只得回到米岛，在此撰写回忆录。

希腊独立战争结束后，她被授予"荣誉中将"军衔。1840 年，她搬到帕罗斯岛上居住。1848 年 7 月在该岛去世。为了希腊独立战争，她捐献了毕生所有的财富，最终生活在贫困和被遗忘之中。

为了纪念她，米岛人以她的名字命名小镇的中央广场，竖立了她的半身像。帕罗斯岛的中心小镇帕里基亚的主广场，也以她的名字命名。1971 年，希腊拍摄了传记影片《曼托·马芙罗格努》(*Manto Mavrogenous*)，该片由科斯塔斯·卡拉吉安尼斯（Kostas Karagiannis）执导，珍妮·卡莱齐（Jenny Karezi）主演。

在希腊加入欧元区之前，2 元德克马（Drachmas）硬币的背面铭刻着马芙罗格努的肖像。1999 年我第一次来米岛时，希腊还在使用这种硬币。我至今保留着几枚 2 元德克马硬币，它们常常会令我忆起这位传奇女子的一生。

白色上的白色

几天之后，我转到 Myconian Ambassador 酒店。这是另外一种设计风格的酒店，我住的 216 房间属于 White Bliss Room 房型，高踞于一块岩石之上，拉开露台的门，有开阔的视野，正对着普拉提斯・亚洛斯（Platis Yialos）海滩。这天，海风极大，吹得房间台阶两旁的树枝剧烈地颤动。

上次入住这里是在 2013 年。酒店在 2015 年由设计师加拉尔・马哈茂德（Galal Mahmoud）重新设计并装修。目前采用了更为简洁的设计风格，以白色作为最基本的内饰色调，如，在走廊的转角处摆放着白色的瓦罐，体现出“白色上的白色”的微妙效果。走进电梯，到达第三层后，再换乘另一部电梯到达 6 楼，经过一片卵石和仙人掌交织的平台，宽大的院落中摆放着白色和黑色的国际象棋模型棋子，很有装饰感。

次日上午，从酒店出来，我沿着小径漫步，走不远就到了一个小丘之上。站在一处天台上，向右侧眺望，下面就是帕瑟罗（Psarou）海滩。这是一些名流比较喜欢的一处海滩，比起为人熟知的两个天体海滩——天堂海滩（Paradise Beach）和超级天堂海滩（Super Paradise Beach），这里要安静许多，也更富有品位。海滩上摆放着日光浴床和遮阳伞，来游泳和晒日光浴的以中年人为多，也有一些年轻的富豪带着他们性感的女伴，其中有不少是希腊本国的度假者。

救生员坐在海滩的高亭子上，注视着海滩，给人一种安全感。这里不是传说中的裸体海滩，但如果愿意的话，袒露也无人见怪。毕竟它掩藏在山坳的深处，很少有人会到这里。海滩周围有一些高档餐馆、酒吧和迷你市场。岛上有 10 多个海滩，大都集中在南部和东部，各具特色，可以有不同的选择。

晚上 8 点，我来到酒店的 Efisia 餐厅，这间餐厅沿着游泳池呈 L 形分布，领位员带我走到一个紧靠着泳池的座位，池中幽蓝色的灯光成为美妙的背景。

头盘我选的是煎章鱼，配红色水果酱和酸奶油，接下来的鱼汤，其原始食谱来自阿索斯山修道院，主菜是烤爱琴海鳕鱼和鱿鱼，佐以阿丽达凯法利尼亚（Aliada Kefalonias）大蒜、橄榄油、柠檬和塞法利尼亚（Cephalonia）土豆泥。这一餐是希腊各

地农产品的优选集合。

静待片刻，甜点端了上来：柠檬——酸橙慕斯，配上糖渍的覆盆子，酸橙果冻和粉红色葡萄柚冰沙，口味鲜美，具有鲜明的希腊特色。酒店与本地农户和渔民建立了长达两代人的密切联系，每天从陆地和海上收获有机农产品和鱼类，其芳香草本植物，如鼠尾草、百里香和迷迭香，都是专门为餐厅种植的，即使是食盐，也是其他岛出产的“花盐”（Fleur de Sel）。正是其所有饮食理念都源自当地的美食文化，才使之长期制胜。

次日清晨，在餐厅享用早餐。餐台上摆满丰富的传统美食，包括当地制作的酸奶和野生蜂蜜。

上午时分，风速减缓。走到阳台上，普拉提斯·亚洛斯海滩就在直线距离不到 100 米的地方，海滩上兴奋的人群发出的欢声笑语清晰地传到耳畔。沙滩上波光闪耀，洋溢着独有的爱琴海气息。

聆听爱琴海的传奇

入住米岛之行的第三家酒店——Myconian Korali，尽管从接待处到房间只有几十米的距离，酒店方还是精心地安排了电瓶车，方便客人出行。来到我的 501 房间，这属于 Oria Superior Room，带有私人泳池。

阳光通透的午后，我在酒店的一个屋顶平台上歇息。我查阅了米岛的发展历史：在 20 世纪 50 年代，米岛还处于一种原始状态，交易采用以货易货的经济模式。人们用自制的奶酪、香肠、腌鱼来换取一些进口食品，如糖、面粉、咖啡和意大利面，当时香烟也奇货可居。到了 20 世纪 60 年代，由于一些名流要搭乘游艇前往距米岛不远的提洛岛，这样才会在米岛停留几天，如此带动米岛的经济逐步发展起来。

晚上 7 点 30 分，在 Baos 餐厅用膳。这个餐厅的命名来源于海面上不远处的一个袖珍小岛“Baos”。岛上有一个小教堂。在餐厅的入口处摆放着两排座椅，有红色和黄色的靠垫，后面的墙面砌出半圆形拱门，看得出黄色是这家酒店的主导色系。餐厅旁边是 Kitrino Bar，“Kitrino”源自“Kίτρινο”，这个希腊语单词的意思就是“黄”。

晚餐的头盘我选的是柑橘腌制的扇贝、海胆，还有来自希腊西南部迈索隆吉翁（Messolonghi）的腌制鱼子酱，主菜是羊腰、希腊烩菜和 Arseniko 奶酪。

希腊烩菜通常包括土豆、茄子和西葫芦，配以新鲜药草，炖成地中海风味的素食菜肴，而 Arseniko 是纳克索斯岛一种风味独特的奶酪，由山羊奶制成，因为制作时没有煮沸，所以许多酶仍然有活性，因此也被当地牧羊人称为“活奶酪”。每隔 2—3 个月奶酪就会老化，气味也更醇香，味道会随之改变，回味中略带酸味，类似酸奶。

最后的甜点是藏红花冻糕，佐以巧克力奶油、蜂蜜、金橘和杏仁，这些美味，让人充分感受到希腊式的甜蜜。

回到酒店。夜床已开好，枕头上放着一个香袋，上面写着“Aromatherapy under your pillow”，我将这个小香袋放在枕头下，让香气缓缓上传、助眠。20 年来，我不断地造访爱琴海众多的岛屿，对这座米岛则情有独钟，更喜欢在岛上夜读的感觉。

> 我曾有幸认识一位在爱琴海克里特岛生活的长者伊欧格斯（Iorgos）。他从青年时代就继承祖业，游历四海，讲述故事。他对希腊神话耳熟能详，常常远赴偏远的山村，为村民背诵《伊利亚特》，甚至是《奥德赛》的某一章节。
>
> 他那颤动的嘴唇带着我沿着历史的长河回溯。我听到他极富感染力的语调，仿佛看到了荷马生动的脸庞。
>
> 语言和文字——是人类的真正宝藏……人们最有力的联系方式是聆听对方。这地中海的特质与橄榄枝一样珍贵。

我读到过这样一段关于希腊的文字，记忆尤深。聆听，然后叙说。

衣云淡卷，春水晓渡。去看那些岛屿的惊奇与伟岸。

时光与海岸。

Delos and Santorini

Mystical Ecstasy

and the Splendid Light

提洛岛和圣托里尼：

神秘狂喜与至美之光

提洛岛（Delos）是神话中艺术之神阿波罗出生的岛屿，位于基克拉泽斯群岛的中心，曾是爱琴海的商业和宗教中心，留存的灿烂文化和欢愉的生活方式，让人叹为观止。

圣托里尼岛（Santorini）是爱琴海上的度假胜地，曾被知名旅游杂志列入“顶级海岛排名”，还曾被BBC评为“世界最美之岛”（The World's Best Island）。

宙斯的外遇与漂浮之岛

早晨，我从米克诺斯岛帕拉波尔提亚尼教堂附近的码头，乘船前往提洛岛。船上已坐满游人，朝着米克诺斯西南方向驶去。一个小时后抵达提洛岛。

基克拉泽斯群岛（Cyclades）的意思是“环形”，提洛岛位于这个环形群岛的中心。由于这个岛屿的位置很容易牵制到其他岛屿，所以一直以来就是必争之地，也成为雅典控制爱琴海制海权的基地。

提洛岛主要供奉阿波罗，这是希腊众神中十分重要的神祇。提洛岛是在爱琴海世界发现的第一重要遗址，引起考古学家的广泛关注。提洛岛对希腊罗马时期的建筑和纪念碑的发展曾产生了相当大的影响。

提洛岛南北方向长 5 公里，东西方向最宽处为 1.3 公里，面积为 3.5 平方公里。岛上没有任何旅游住宿设施。

我从码头进入提洛岛的遗址。很快就到了阿波罗神庙（Sanctuary of Apollo）遗址，整个神庙已不复存在，只剩下基座部分。金库遗址（Treasuries）就在阿波罗神庙的北侧。公元前 478 年，波斯战争中雅典率领的各个城邦国家获胜，战后为了防止波斯军队的反扑，这些城邦国家成立了提洛同盟（Delian League），联盟的金库就放在提洛岛上。阿波罗神庙就是在那个时期兴建的，当时资金宽裕，但到了公元前 454 年，金库搬移到雅典后资金缺乏，建造曾一度中断。

往西北方向，不远处矗立着 5 只石狮子，这就是提洛狮子（The Terrace of the Lions），这些是公元前 600 年，纳克索斯岛人献给阿波罗的供奉品，最初估计有 9—12 只，咆哮的大理石狮守护着神路。这些狮子仿佛埃及狮身人面像，守护着纪念碑大道。目前户外的这几只石狮子都是复制品，原作收藏在不远处的提洛博物馆。

其中有一只石狮子正对着威尼斯广场（Agora of the Italians）。公元前 2 世纪时，住在这里的意大利人在这个区域开设了不少店铺。从现在的房屋残留痕迹来看，当时排列密集，可以一窥那时的热闹景象。

往西北方向行走，就到了圣湖（Sacred Lake）。根据神话，这里就是勒托（Leto）

生下阿波罗的地方。勒托被认为是暗夜女神和哺育之神。

相传，宙斯（Zeus）瞒着妻子赫拉（Hera）有过多次出轨行为。本来赫拉就是一位保守的女神，当她得知宙斯使勒托怀孕的消息后十分生气，加上当时神预言说，勒托的孩子会比其他的孩子都要聪明能干，赫拉于是下令全国，包括陆地和海岛，都不准提供场地给勒托生产。勒托的肚子一天天大了起来，她为了躲避赫拉，不断地寻找一个可以生孩子的地方。最终，勒托发现了这个贫瘠的提洛小岛，四周被天鹅包围着，但这个岛漂浮在爱琴海中，没有连接到海底，这样她也无法生产。

无奈之下，宙斯只好用 4 根柱子把提洛岛固定起来，以使勒托能产下孩子。勒托在一株棕榈树下，首先生下了狩猎女神阿尔忒弥斯（Artemis），然后娩出艺术之神阿波罗（Apollo）。

现在圣湖已没有水。1924 年，该湖由于蚊子传播疟疾而被填埋。

提洛盛宴，酒神的狂喜

往东北方向走，就是狄俄尼索斯圣域（Sanctuary of Dionysus），这里也被称为“斯托瓦迪翁”（Stoivadeion）。

该圣域有两大支柱，南北一边一根，其中一根高 2 米、宽 60 厘米的方形石柱的柱身上雕刻着浮雕。柱子的顶端矗立着一座雕塑，是两只鼓胀的睾丸和一截昂立的玉茎。

初看这座雕塑时，有点看不出是来自人体的哪个部位，细看才发现其隐秘的出处。这是酒神狄俄尼索斯的象征，表现他生命力的强盛和情欲的狂喜。

“在古代雅典，并没有出现过这样超大的阳具遗迹。它们今天仍然屹立在现代游客的喜悦和困惑之中。”曾有一位学者这样说道。

南侧柱子上还装饰着酒神浮雕，上面刻有一些文字，标明它建于提洛盛宴的活动中。大约在公元前 300 年，由一位名叫卡里斯蒂奥斯（Karystios）的提洛岛人建造，用来庆祝一场成功的戏剧表演。

从公元前 7 世纪起，提洛岛成为希腊的朝拜中心，每隔 4 年，在 5 月间举办的提洛盛宴，包括体操、马术、音乐、舞蹈、戏剧和宴会等内容，是整个希腊的一大节庆。

不远处是提洛博物馆。入口处竖立着阿波罗的白色雕塑，往里走，右侧一个展厅门口牵起隔离的绳子，里面摆放着 5 只提洛狮子原作。这些镇岛之宝，只能让人远远地观看。左侧的展厅，陈列着一幅马赛克镶拼画：狄俄尼索斯长着翅膀，骑在一只脖子上戴着项链的老虎身上，华丽精致。老虎一直被当代艺术家如萨尔瓦多·达利（Salvador Dalí）视为性和欲望的象征。

沿着山路向东北继续探索。我来到叙利亚人的神庙（Sanctuary of Syruan Gods）。提洛岛作为国际化的商港曾繁荣一时，当时不少意大利、叙利亚和埃及的富商都纷纷前来进行贸易活动，它的旁边就是伊西斯神庙（Temple of Isis），整个神庙的基本

结构保存完好，正面的4根柱子雕刻精美。

靠着神庙的石壁，我眺望整个提洛岛，令世人惊叹的一片遗址铺展在爱琴海蓝色的背景前。遥想岛上的历史，从古老石屋的调查发现，最早的居民，可能是一些被克里特国王米诺斯驱逐的海盗。

岛上不具备生产食物的能力，也没有木材。有限的生活用水，还是利用水箱或水井收集到的。在公元前166年，罗马人将提洛岛转换为自由港，其原因是当时的罗马竞争目标是罗德岛，他们需要减少对罗德岛贸易的依赖。后来，这里成为奴隶贸易中心，一些意大利商人多前来购买奴隶或被抓捕的其他国家的海盗。

公元前88年，提洛岛被罗马人的死敌小亚细亚人——庞图斯的米思里达茨六世（Mithridates VI of Pontus）的军队攻占，杀死了大约2万名罗马人和意大利人。公元前69年，又受到海盗一次毁灭性的打击。到了公元前1世纪末叶，航海贸易路线被迫改变了。提洛岛的位置被意大利坎帕尼亚地区的普托利（Puteoli）所取代，作为宗教中心的影响力也随之减弱了。

从公元6世纪起，提洛岛先后被拜占庭帝国、斯拉夫人、撒拉森人（Saracen，狭义的萨拉森人指中世纪流窜在地中海的阿拉伯海盗，广义上则指中古时代所有的阿拉伯人）、威尼斯人和奥斯曼帝国占领，渐渐变成一个采石场。最终，由于提洛岛没有原住民，也不能自给自足，最后，变为一个无人居住的荒岛。

自1872年起，雅典法国学校（École française d'Athènes）的师生开始挖掘该岛，发现建筑物的复杂程度，可与希腊德尔斐（Delphi）和奥林匹亚相媲美。

1990年，联合国教科文组织将整个提洛岛列入《世界文化遗产名录》，入选理由是："根据希腊神话，阿波罗就出生在基克拉泽斯群岛中的这座小岛上。阿波罗神殿吸引了希腊各地的朝圣者，提洛岛也曾是一个繁荣的贸易港。从公元前3000年到古基督教时代，岛上留下了持续发展的文明痕迹。该遗址非常广泛和丰富，呈现出一个伟大的世界性的地中海港口的形象。"整个考察工作至今还在继续。

漫步在提洛岛上，随处可见精致的遗迹。距离伊西斯神庙南侧的海豚之家（House of the Dolphins）里，有着精美的骑海豚的马赛克壁画，附近可以看到公元前4世纪—前3世纪建造的古代剧院遗址。酒神之家（House of Dionysus）建于公元前3世纪—前2世纪，是一座豪华私人宅邸，中庭还残留着5.8米高的柱子，保留着精美的马赛克地砖，狄俄尼索斯骑在老虎身上的画就来源于此。赫拉神庙（Temple of Hera）约建于公元前500年，它重建在一个更早的赫拉神庙遗址上，而提洛会堂（Delos Synagogue），则是至今已知最古老的犹太会堂。

蓝天澄净，遗址美轮美奂。这些残存的珍藏，以爱琴海文明的独特魅力，见证着这个世界曾经的辉煌。

游艇上的私密航行

中午时分，抵达圣托里尼岛（Santorini）的阿蒂尼奥斯（Athinios）码头。下船的人流汹涌，码头上人头攒动。

我入住的Kirini Suites & Spa酒店的帅哥经理已站在码头等候。我们驱车从码头顺着盘山公路慢慢攀升，岩石高耸的悬崖和环抱着的爱琴海，以全景映入眼帘。

经过大约40分钟的穿行，到达位于伊亚小镇的酒店。走进一个白净素雅的庭院，进入大堂，里面有一间专业的Spa用品展示厅，陈列着各种用品，体现了其专业酒店的特色。

沿着白色通道下去，来到Spa区域，这里静谧宜人，墙面和灯光的设计充满地中海特色。继续沿着台阶走向客房区，此时，碧蓝的爱琴海铺展在面前，整个21间客房皆嵌在悬崖中，沿着陡峭的山坡依次向下排列，面朝大海，向阳花开。顺着白色的台阶向下走去，天地间那一片蓝与白，瞬间有些炫目，恍若仙境。这是圣托里尼的正午。

房间的结构如同连排别墅，小径上连着木栅栏的小门，推门而入，房间的下面就是一方游泳池，房间前面有一个庭院，放置着躺椅，坐下来，可以尽享这一片蔚蓝。

圣托里尼岛又称锡拉岛（Thira），在希腊大陆东南约200公里处，是基克拉泽斯群岛最南端的火山岛，面积约73平方公里，人口有15550人。全岛有12个村落，其中首府是费拉（Firá），还包括伊亚（Oία）和皮尔戈斯（Pyrgos）等。圣托里尼的主要产业是旅游，特别是在每年夏季，游人络绎不绝，来寻找心中的那一片蓝。

下午 3 点，驱车穿过整个海岛，我来到圣岛南端弗利哈达（Vlychada）码头。由于火山口的深度约 400 米，这样大船也可以停泊在海湾。岛上的主要港口是阿蒂尼奥斯码头，弗利哈达属于比较新的游艇码头。

高耸的悬崖下，码头停泊着游艇。我登上一艘亚特兰蒂斯号（*S/Y Atlantis*）游艇。这是一个 42 英尺长的双体游艇，建造于 2010 年。船长马诺利斯（Manolis）很有范儿，他有着 30 年的航海经验。

游艇启航。可以清晰地看到不远处的黑沙滩，它是由于火山喷发形成的。碧净的海水、高达 300 米的悬崖，游艇就穿行在这个“世界上伟大的奇观”之间。

这是一次私密的航行，船上只有 8 位乘客。我光着脚走在游艇上，然后在前部的软垫上舒适地斜躺，看着海水从脚旁的防护网下奔流而过，感觉离爱琴海的距离超近。

游艇驶过 Kokkini 红沙滩和 Aspri 白沙滩，在一处海湾停泊，人们可以下水游泳，潜入深蓝。

一个小时后，继续航行。驶过白色的灯塔，感觉身体飘荡在海天之间，柔曼舒缓，这是在爱琴海上的一次抒情而惬意的穿越。

海水无限接近透明的蓝。结束畅游的人们在甲板上休憩。我的左侧是来自罗马尼亚康斯坦萨（Constanta）的一对恋人，男生一家经营着一个赌场，女生是一位律

师。我们聊起东欧剧变。历史不远，今天的一些罗马尼亚人百感交集，或早已遗忘。

前方不远处是浮出海面的小岛，同样是那种坠落的蓝。

阳光西斜，工作人员在船舱内忙着晚餐，煎起了大虾和香肠，阵阵香味是无法抵挡的诱惑。海上夕阳渐渐沉落，餐桌上已摆好晚餐，浓重的夕阳透过舷窗照在上面，色香味俱全。而我把这餐当作下午茶，稍晚回酒店后，还有更丰盛的晚宴等着我品尝。

餐后，我在甲板上欣赏落日。爱琴海的落日是辉煌的，每一个瞬间都金贵。直到落日坠入大海，天边彩霞满天。

回到码头已是晚上 8 点多钟了。

驱车回到酒店。晚上 9 点 30 分，我沿着小径，向下走过游泳池，来到“白色洞穴餐厅”（The White Cave Dinner Restaurant），它靠着悬崖边的白色围墙。这里最多能摆放 4 桌，而今晚只有我这一桌。烛光明灭，映衬着悬崖下面的深碧之海和远处白

房子的人间烟火。

今晚提供的是 7 道菜式的晚宴。第一道是烟熏干贝，配花椰菜和柠檬马槟榔，再配上 Atlantis Argirou 葡萄酒，味道清香，像是美食协奏曲的引子。

第二道是章鱼酱配番茄，配有阿西尔蒂科（Assyrtico）白葡萄酒，味道有点浓烈。这种葡萄原产于圣托里尼岛，被认为是希腊最具代表性的葡萄品种，该品种能在炎热的气候条件下保持较高的酸度，带有柑橘和柠檬之味。

在当地的一家葡萄酒网站上，以一个特别的词“Minerally”来形容这款酒，但要准确地将这个词的含义翻译出来却不容易。因为任何一位葡萄酒爱好者都会问：“嗯？你的意思是说，它的味道像岩石或有着矿物质的香味？”

该网站解释说，这种矿物性正是这款白葡萄酒的美味之源，是一种“鲜味”（Umami），也可以称为第五种味道，既不甜、酸，也不咸和苦。

这款酒中的柠檬味道热情、活泼又清爽，与之对应的是一种滑石或黏土之味，有点类似香烟盒的味道。这是一种奇妙的组合。

或者打一个比方来说明这个问题，有几款香水以木质的芳香而闻名，那么，这款白葡萄酒所携带的，正是一种大地的淡淡芳香。

接着上来的是芒果冰沙。配上芒果茉莉冰沙和薄荷鱼子酱，中和一下以上口味。

第四道是鹌鹑和奶油豆白汁浓汤，配上 Vinsanto 红葡萄酒，甜美酣畅。

接着是黑安古斯（Black Angus）、鹅肝汉堡和甜菜，配上 Maurotragano Sigala 葡萄酒，味蕾会有满足之感。然后，用一种叫 Strawberry Collada 的餐点，再次调剂一下。

最后上来的是巧克力慕斯加上橄榄油、摩卡冰激凌，配上 Visanto Sigala 葡萄酒，然后以一盘花色小蛋糕（Mignardise）完美收局。整个晚餐充分利用爱琴海的食材，并与岛上自产的葡萄酒比较完美地搭配。分量也刚刚好，妙不可言。

锡拉古城

第二天上午，驱车来到锡拉古城（Ancient Thera）。这是一座小山上的城市遗址。从卡马利（Kamari）沿着陡峭的山路，我登上了369米高的梅萨武诺山（Mesa Vouno）。

大约在公元前9世纪，多利安（Dorian）殖民者以其首领特拉斯（Theras）的名字，在此建立了一个新的城镇，被称为“锡拉古城”。

多利安人起源于希腊北部和西北部，即现在的马其顿（Macedonia）和埃皮鲁斯（Epirus）地区。他们从公元前1100年前后，开始向南横扫希腊中部，征服了伯罗奔尼撒人，然后，进入南部爱琴海地区。这些多利安人的重大技术创新是铸造铁刀剑。多利安人席卷了已经开始衰落的米诺斯文明的区域，使该地区陷入黑暗时代。希腊的城邦国家在3个世纪后才开始出现。

多利安民族对后来希腊艺术的发展产生了深远的影响。事实上，希腊艺术和建筑从5世纪开始取得的成就，很多就源于多立克风格（Doric，其特点是克制、力量和纪念性）与爱奥尼风格（Ionian，特色是绮丽、优雅和华美）的融合。庞大的多立克柱式（Doric Order）建筑就诞生在爱琴海南部多利安人口稠密的城市。希腊悲剧中的合唱歌词也是多利安人的发明。

从1895年起，德国考古学家弗里德里希·希勒·冯·盖尔特林根（Friedrich Hiller von Gaertringen，1864—1947）对此进行了系统的研究，一直发掘到1904年。后来在1961—1982年间，以及1990—1994年间，又有考古人员进行持续考察，挖掘工作有助于对爱琴海南部历史更精确的认识。

这座古城位于基克拉泽斯群岛南部边缘，后来挖掘收集到的760枚硬币证实，在公元前6世纪，小镇就与雅典、希腊西部科林斯（Corinth）和东部的罗德岛（Rhodes）有着贸易往来。

公元前4世纪下半叶，托勒密（Ptolemies）舰队驻扎在整个爱琴海领域。托勒密王朝统治埃及近3个世纪（前305—前30），最终败给了罗马人。

当时，锡拉古城的战略地位也被托勒密舰队重视，在此配置了守备舰队。该舰队的军官还对古城进行了设计重建。公元前 145 年左右，舰队撤走。在拜占庭时期，这里曾作为一个教区被频繁提及；到了 5 世纪，它是圣托里尼岛上唯一的古城。公元 726 年，圣托里尼岛发生了一次火山喷发，不久之后，古城废弃。

我沿着古城遗址的道路前行。有一条主干道近 800 米长，宽 2 米—4 米，向东南方向延伸，这里还包含一些规模较大的建筑物，如商店、剧院、神庙和住宅等，构成了完整的城市格局。

有一条小路通向高高山坡上的小镇中心。我沿着山脊上去，靠近海岸有一座广场，长约 100 米，宽 17 米—30 米。剧院建在斜坡下方，估算座位可容纳 1500 人，这已超过小镇自身的需求，因此，推测当时的表演吸引了邻近岛屿的观众。

居住区则位于广场对面剧院的低坡上，房屋多属二层结构，海景房建筑均采用当地的石灰石，木材极少会被使用。院子里有水箱提供生活用水。在这座古城遗址中还发现了大量的地下井，说明当时整个古城都在寻找水源。

在高地的东端，面向大海的位置是一些公用设施。斯大教堂（Stoa Basilica）的列柱廊遗址，有一座巨大的门廊，占地大约 450 平方米，屋顶由一排 10 个多立克柱子支撑，这里是公共生活的中心。在小镇制高点的尽头是一幢建筑，被认为是当时舰队司令部所在地，而隔壁院子里的建筑物，可能是一座小型体育馆。古城南部的“神市场”（Market of Gods）是当时最重要的礼拜场所，岩石上残留着一些铭文，保留着爱琴海最古老的希腊字母。

小镇山下的卡马利是一片墓地，其历史几乎与古城一样久远。锡拉古城的港口位于今天的佩里萨（Perissa）附近。

正午时分，透过锡拉古城遗址的建筑物，眺望到不远处的蔚蓝大海，一架飞机在海边的跑道上降落，晴光遐迩，万物有灵。

大宅传奇

驱车前往岛上的皮尔戈斯（Pyrgos）村落。我在一处小广场前停下来，一位牵驴人走过来，将我的行李放在驴背上，然后我们沿着迷宫般的小巷，穿行在白房子之

间，最后在一座雅致的庭院前停下来。铁艺的栏杆，富有年代感的精致建筑，Zannos Melathron 到了，这是此行我在圣托里尼的第二个下榻之处。

皮尔戈斯小村位于圣托里尼岛的最高处，我住的酒店依岩石而建，曾是本地船东的产业，建有多间拱顶房屋和别墅。走进大宅，迎面墙面上绘制着古雅的壁画，往左走，就是酒店的会所，这里有一种隐匿的和谐：拱形的房间、古雅的壁龛、高高的天花板、柔和的灯光，还摆放着一架天文望远镜。窗外，几步之遥，是一座蓝顶白教堂。酒店的四周是葡萄园。

我住的套房，层高大约 7 米，客厅约 40 平方米，家具是古希腊风格。有两间卧室，其中一间需要顺楼梯而上，两间卧室都连着大理石浴室，水龙头是黄铜材料的。由于整个房间的空间太大，所以安装了 4 部空调。

晚上，天台上烛光摇曳，眺望岛上的远景，错落有致的白房子与闪烁迷离的灯光交织在一起，构成现实版的童话世界，令人不饮自醉。

而宅邸的故事颇为传奇：迈克尔・赞诺斯（Michael Zannos）是圣托里尼岛上一位富有的船东，女儿埃鲁利亚（Eroulia）与他的船队队长尼古拉·索罗托斯（Nicolaos Sorotos）结婚。这座约建于 1870 年的大宅就是她的嫁妆，且仅仅是嫁妆的第十三部分。

圣托里尼岛上两个家族的强强联合，在这座大宅中延续着新的传奇。这对夫妇很快有了第一个孩子，是一个女孩，取名为玛尼娅（Mania）。她的笑声让这座大宅中第一次有了孩子的声音，她喜欢在迷宫般的房间中跑来跑去，还喜欢隐在厚重的木门和优雅的家具后面玩捉迷藏。

玛尼娅长大后接受了严格的礼仪训练，在岛上的中心小镇费拉的法国学校学弹钢琴，会说3种语言，她后来嫁给了一位在希腊皇宫里工作的医生 A. 提斯瓦迪斯（A. Tsividis）。她跟随丈夫去了雅典，每年夏天都会回来住住。

后来，玛尼娅继承了这座富于魅力的宅邸，装饰精美的房间里经常举办晚会，庭院里摆满食物和饮料，其乐融融。客人们站在阳台上，就可以欣赏到绝美日落。这里像是圣托里尼一个上流社会的聚会场所。到了 1918 年前后，这里开始萧条，有一种说法是，在当时的战争大浪潮中，他们一些不适应的亲戚被连根拔起。后来，到了第二次世界大战时期，玛尼娅的生活也有了一些困顿。

玛尼娅后来将这座大宅传给她的儿子康斯坦丁诺斯（Constantinos）。康斯坦丁诺斯最终决定将这一独特的建筑改建成一间精品酒店。当时请来了设计师吉安尼斯·采克莱尼斯（Giannis Tseklenis），对所有套房和公共区域进行装修。经过一个多世纪，房子均未遭破坏，大宅依然保留着它的豪华气派。昨天的遗产，变为今天的现实生活。

距 Zannos 酒店不到 20 米的地方有两家咖啡馆，其中一家在白色的小巷内，店老板是一位从保加利亚来的女士，已开了 14 年，她喜欢这种村落生活。下午，常会有一些喜欢探幽的游客前来，感受村落的质朴。

另一家咖啡馆在半山腰，可以眺望到落日，再往上走到山顶，有一座废弃的威尼斯风格城堡。皮尔戈斯小村恰似圣托里尼的心脏，有种南部岛上原汁原味的民风，给人以源于广博自然的温存与恬静。

晚上 9 点多钟游人散尽，当地的居民便会坐在一起喝茶，细声交谈，斑驳的灯光透着树干，照在白色的墙面上，形成暗幽的影子。他们都没注意到我这位旅行者手中的相机。

综观这个世界级的度假胜地，它与当地人的生活并不是隔绝的，而是紧密相连。正是这种纯朴的民俗，成为圣托里尼独特之美的源泉。

首府费拉和伊亚的落日

次日下午 3 时，一位文雅漂亮的希腊姑娘在酒店大堂等着我。她叫尼可莱妲（Nikoletta），是我这次的私人导游。我在她的陪同下，前往费拉（Firá）。这个地名的“Fi”的发音要足够长。“费拉”其实是该岛古代名称“锡拉”的不同发音。

尼可莱妲从小就生活在圣托里尼，自然对这里的一切如数家珍。费拉小镇修建在圣托里尼岛西部边缘 300 多米高的火山边上，火山口下的爱琴海波光粼粼，密布的餐厅和酒吧有着极好的视野。看过有着精美壁画的白教堂（White Orthodox Cathedral），我沿着火山口边缘的阿吉欧·米纳步道（Agiou Mina）来到驴马站的终点，通往斯卡拉码头（Skala Port）的 588 级台阶的终点，几位牵驴人在等待乘客。

斯卡拉码头也被称为旧港，以前从旧港上岛，唯一的交通工具就是驴子，尤其是搬运行李，因为这588级台阶每一级都很高，呈Z字形盘旋而上，走起来比较费力。

现在旧港改为供邮轮使用的专用码头。大型邮轮不能直接靠岸，需要通过小艇将客人送到码头。从码头可以骑驴，沿着石阶而上，这是一种别致的体验。也可以乘坐缆车上去。

驴子成为岛上一种特殊的交通工具。自从前些年缆车修好后，骑驴的生意自然少了许多，但也有一些人专门来体验骑驴上山的感觉。

我们转入埃里特罗·斯塔夫伦（Eritrou Stavrou）大街。这是费拉最为繁华的大街，靠近悬崖一侧的矮墙边，有一对新人在拍婚纱照，下午的街道上人还不多，静谧悠然。

费拉是一个传统居民点，漫步其间，多有悠闲气息。可以看到从圣岛南部的阿克罗蒂里角（Cape Akrotiri），到北部尼古拉斯角（Cape Ag. Nikolaos）18公里漫长的

海岸线，而潟湖中央的内阿·卡梅尼（Nea Kameni，意为“新燃烧之岛”）和帕利亚·卡梅尼（Palea Kameni，意为“旧燃烧之岛”）两座火山小岛则清晰可见，几艘邮轮停泊在内阿·卡梅尼岛和费拉之间的海面上。

前面右侧，是圣托里尼考古博物馆（Santorini Archeological Museum），这是镇上的一个主要博物馆，还有一个是史前博物馆（Museum of Prehistoric Thera），在白教堂的东南角。左侧是缆车站。

现在是时候去探索圣托里尼最上镜的一座小镇了。伊亚，是圣托里尼西北端的一个小城。人口 1545 人，面积 19.4 平方公里。它之前的名称为“Α πάνω Μεριά”，意为“上侧”（Upper Side）。伊亚在 19 世纪末期和 20 世纪初就达到繁荣的顶峰，经济繁荣的原因基于其商船在地中海东部的贸易，尤其连接起埃及亚历山大到俄罗斯的航路。这个村落很富裕，不少房子都是二层结构。

伊亚小镇在罗马帝国和拜占庭帝国统治前就已开始形成，1207 年，马可·萨诺度创立了纳克索斯公国（The Duchy of Naxos），划归圣托里尼岛为其所统治。

1537 年，奥斯曼海军首领海雷丁帕夏·巴巴罗萨（Hayreddin Barbarossa）征服了爱琴海诸岛，受治于苏丹塞利姆二世（Selim II），但直到 1566 年，圣托里尼仍然属于克里斯波家族（Crispo），然后由约瑟夫·纳西（Joseph Nasi）接管。1579 年，约瑟夫死后，才由奥斯曼帝国统治。

到了 1890 年，伊亚已有 2500 名居民和大约 130 艘帆船，当地优质的葡萄酒随着这些商船出口到法国等地，但蒸汽船时代的到来给这里的帆船航运带来了灾难。20 世纪初，由于战争、经济萧条和鱼类资源的过度捕捞，这里的经济衰退了。

1956 年 7 月发生的一场 7.8 级地震，给小镇造成极大的破坏。当时地震的震中位于圣托里尼北部海岸。地震之后，大量人口涌出，到了 1977 年，只剩下 306 名居民。村落改建为一个旅游小镇，找到了新的生存之道，这里夏天总是挤满了游人。

伊亚地处火山口形成的北部边缘，延伸大约 2 公里。整个小镇充溢着田园情调，甚至带有童话色彩。镇子最繁华之处建立在火山口陡峭的斜坡上，布满餐厅和礼品店。

伊亚小镇是岛上最古老的居住区之一。从对面的内阿·卡梅尼岛看过来，整个小镇形似“鹰巢”。它坐落在岛的北端，距离费拉 11 公里。费拉交通总站有巴士直达，也可以坐出租车。由于黄昏时刻游人都在往伊亚聚集，叫车会比较困难。环岛的轮船可以在伊亚或费拉启航。

织造厂附近的海事博物馆（Maritime Museum），建于悬崖顶端的 19 世纪的大屋内，陈列着古代航海图、船只模型、船员的箱子和许多信件，这里有纺织品可供选购。集市上则可以买到蜂蜜和葡萄酒。

伊亚的建筑特色是基克拉泽斯群岛典型的白房子，在火山口边缘，大都直接建在石壁旁边，有些被作为船员的窑洞，中间留着狭窄的小巷，不远处是帕纳吉亚·普拉萨尼教堂（The Church of Panagia Platsani）。19 世纪末，一些富有的船主开始建造新古典主义风格的豪宅，这些豪宅渐渐地替代了以前那些简陋的屋子。

1976 年，该小镇被列入希腊国家旅游组织传统民居的保护与发展计划。在 15 年的时间里，该计划保护和恢复了一些希腊传统建筑，并找到了新的用途。

在火山口边缘，一些简单的海员房屋被改造成客栈、酒店和餐馆。其中船长大屋（Captain's Houses），更是改建顺利。早在 19 世纪初，船长大屋就占据着伊亚的最佳位置。1864 年，威尼斯文艺复兴风格的二层房子，原来属于西古拉斯·萨里斯（Sigouras Sarris）家庭，在 2002 年，改成“1864 船长温泉别墅”，原始结构都保存着。所有船长大屋都具有很高的拱形天花板和进口木质地板，外部以手工雕刻的火山石和大理石装饰，具有上佳景观。另一处是位于小镇主干道旁的“Oia 1800”，在 1986 年，由建筑师洛尼斯·扎盖利迪斯（Loannis Zaggelidis）改建成了餐厅。

由于这些改造工作，希腊国家旅游组织在 1979 年获得了欧洲遗产奖（Europa Nostra Prize，“Europa Nostra”为意大利语，直译为“我们的欧洲”。该奖项是由欧盟委员会发起的欧洲最负盛名的文化遗产奖。）同时，小镇社区与雅典大学和塞萨洛尼基大学的地质学家分析了该地区的地质、地基的稳定性，采取限制建设规模的方法，将未来地震的风险降至最小化。

1981 年，电影《夏日恋人》（*Summer Lovers*）在圣托里尼岛拍摄，该片由兰达尔·克莱泽（Randal Kleiser）导演，彼得·加拉格尔（Peter Gallagher）和达里尔·汉娜（Daryl Hannah）等主演。该片讲述了迈克尔和凯西，这对相识 10 年刚从大学毕业的情侣，到希腊海岛来度假发生的故事。从未有过其他女人的迈克尔，在阿克罗蒂里遗址，邂逅了在这里从事挖掘工作的法国考古学者丽娜，顿生情愫。然后，3 个人纠葛，上演了一出三人行的故事。

伊亚是《夏日恋人》的拍摄中心。片中迈克尔和凯西就住在伊亚别墅。这座别墅在 1987 年被一对夫妇买下后，将其改建成一间礼品店，名字就叫“Summer Lovers”。伊亚也曾出现在电影《古墓丽影》（*Tomb Raider: The Cradle of Life*）的开篇场景中，该片主演是安吉丽娜·朱莉。

2007 年，英国女作家路易丝·坎德利希（Louise Candlish）的小说《因为失去你》（*Since I Don't Have You*），就写作于伊亚和伦敦两地。

我沿着一条小径来到中心广场，白身蓝顶的帕纳吉亚·普拉萨尼教堂的结构很复杂。这座教堂的边缘有凹道，地面上有水槽，以便收集雨水，当然也很美观。白色可以形成有效的白光透视和优雅之感。史学家的另外一个解释是，在奥斯曼帝国统治希腊期间，他们不允许希腊人悬挂白旗，希腊人便以此方式来进行反抗。

在不远处的悬崖边上，密布着传统的基克拉泽斯风格的房屋和窑洞，复杂而迷人。这些紧挨着火山口建立的“悬崖屋”（Cliff House）采用充气浮石作为原材料，能保持冬暖夏凉。

世上最美的日落在伊亚。夕阳落到海平面的几秒钟内，白房子上会染上五光十色的绚丽颜色。日暮的宁静，给人一分巨大的平和。在这里观赏夕阳，有不少绝佳位置：一些人喜欢挤在一个火山口边缘的小丘观景台上面欣赏，更多的人则骑坐在台阶的石头栏杆上，直到太阳消失在海平面。每到旅游旺季更是人头攒动。

小镇的最高点是龙萨堡垒（Fort Londsa）。这座荒废的城堡曾是威尼斯人统治时期阿吉里（Argyri）家族的私宅所在地。站在里面，可以一览小岛的全貌，包括岛上古老的风车。

我们沿着陡峭的300多级台阶而下，来到阿穆迪（Ammoudi）渔村。日落酒馆（Sunset Tavern）给我们预留了最好的位置，餐桌摆放在海边堤坝的边缘，坐下去，脚下就是清澈的海水。

天气晴朗，圆圆的太阳接近海平面时，没有片朵云彩遮挡，一艘帆船定格在不远处的海面上，至美迷幻。

晚餐的前菜是当地的蚕豆和圣女果香菜，充满地中海特色；最后的甜点是果仁蜜酥饼（Baklava），有层层酥皮，上面浇着蜂蜜，里面有切碎的开心果和胡桃，香味诱人，甜美入口，喜爱有加。这种甜点是阿拉伯一些国家，包括以前奥斯曼帝国的一种美食，由此可见圣托里尼被占领的200多年间，各国在食物上的相互影响。

这里保持着一个天然渔村的淳朴。临行时，餐厅老板热情地让我们看烤炉上正在烤制的鱼，香味袭人，颜色也诱人。

沿着海滩漫步，北边鳞次栉比的餐厅和酒馆里坐满了人，欢快而不喧闹，实在是一种上佳境界。

阿克罗蒂里：失落的极乐世界

第三天早晨，尼可莱姐照常等候在大堂。我们驱车前往位于岛西南侧的阿克罗蒂里遗址（Akrotiri）。

我们来到一个巨大篷顶下的空间，公元前1500年的一次火山爆发后凝固的小镇展现在眼前。

尽管目前只有这个小镇南端的一部分被发现，但它揭示了多层次的建筑结构，街道广场旁的围墙高达8米，那些整齐的墙体和精美的壁画都在表明，这里曾是商人的仓库或者织布车间。青铜时代的文明在公元前2000—前1580年达到鼎盛。

阿克罗蒂里房屋的主要结构，有一部分为三层楼。它的街道、广场和墙壁都保

存在火山灰层中，说明这里曾是一个较大的城镇。许多房屋的石头楼梯仍然完好无损，房间内摆放着大量陶罐（Pithoi）和陶器。当时发现的壁画依然保留其原有的丰富色彩。从那些绘画作品来看，当时的居民显然受过较好的教育，同时也相对富裕。

尼可莱妲指向远处的一个门廊，那里有一个高约40厘米的石凳，石凳中间有条槽，她问，那是什么？我想了一下也想不出。她说，是抽水马桶。

在旁边，可见复杂的供水管道。这种管道还是双系统的，可以供应冷热水。热水来源于地热，因为这里靠近火山。由此可见，该镇已有一个高度发达的给排水系统，说明古老的公用事业在这个小镇已很完备。

人们在阿克罗蒂里发现了一些壁画，内容与宗教或神话基本无关，表现的多是生活场景。如其中的一幅壁画，描绘了“藏红花采集者”（Saffron-Gatherers），人们把藏红花雄蕊递向一位坐着的夫人或是女神。藏红花有许多药用价值，其中包括可以缓解痛经。

另一幅是有关渔民的壁画，他赤裸着红色的身体，手里拎着两串鱼，蓝色与黄色相间的颜色，气氛轻松，形态生动。还有一幅壁画，是跳跃的海豚伴随着行进的船队。在其他壁画里，波光粼粼中，女人们戴着斗篷，一派祥和图景。

从地图上可以看出，圣托里尼由于一次巨大的火山爆发，摧毁了以前的单个海岛，整个岛变成了月牙形。不完整的火山口，慢慢演变成一个巨大的潟湖，周长约 60 公里，三面是高约 300 米的陡峭悬崖。潟湖从西南、西北两个方向流入爱琴海。

这里曾是南方爱琴海火山带最活跃的中心。火山带大约 500 公里长，20 公里—40 公里宽，该地区火山在三四百万年前首次喷发，在大约 200 万年前开始恢复，阿克罗蒂里遗迹就是被火山熔岩覆盖和挤压形成的，成为岛上一个重要的考古遗址。

阿克罗蒂里考古发现，人类聚落的古老标志是在新石器时代晚期，大约公元前 4000 年或更早一些，但在大约公元前 2000—前 1650 年，阿克罗蒂里已发展成青铜时代的爱琴海主要港口，连接着克里特岛、土耳其、塞浦路斯、叙利亚、埃及和希腊大陆。

从 1967 年起，在教授斯皮里登・马里纳托斯（Spyridon Marinatos）的主持下，开始发掘阿克罗蒂里遗址，这是在克里特岛之外，圣托里尼最著名的米诺斯文明遗址。

考古学家在对照阿克罗蒂里的壁画和柏拉图对亚特兰蒂斯的描述后，认为两者十分相似，这里很可能就是那个失落的极乐世界。

这座保存完好的古城遗址，往往会让人联想到意大利庞贝古城。2005 年 9 月，原来树冠覆盖的废墟发生倒塌事故，造成 1 名游客死亡，超过 7 人受伤，遗址被关闭了将近 7 年，而后，搭建了一个新的遮阳顶盖，于 2012 年 4 月重新开放。

葡萄酒博物馆

我们继续驱车，前往岛屿中部的葡萄酒博物馆。我看着地里，问尼可莱姐，这里有野生动物吗？

她说，很少，只有少量野兔子，还有极少的无毒蛇。因为它们没东西吃。

她指着前面路上的一辆槽罐车，说，这就是运送水的车辆。

圣托里尼岛上没有河流，十分干旱。当地人采用屋顶蓄水池收集雨水，并发掘一些小的泉眼。海水淡化厂提供非饮用水，用槽罐车送到居民家。每年的春季中期至中秋会下点儿雨，清晨的雾在地面上凝结成露珠，很多植物都依靠这很少的水分生存。

从 17 世纪起就开始酿酒的酒窖“Volcan Wines”，现在已成为葡萄酒博物馆（Wine Museum）。我们进入博物馆后，进入深 8 米、长 300 米的通道，有一个迷宫般的空间，陈列着榨汁机、酒樽和其他采摘葡萄的工具，展现了岛上葡萄酒的酿造历史和酿造方法的变迁，并以各种雕塑人物，再现不同季节的劳动场面，生动有趣。这也是希腊唯一的一座葡萄酒博物馆。

由于其生态环境和气候，尤其受益于火山灰土壤，圣托里尼拥有独特且珍贵的农产品。这里的番茄比较有名，尤其是艳红的圣女果，清甜可口。岛上一种叫“Katsoúni”的大黄瓜，在绿色渐黄时摘下，味道清甜，类似西瓜。而最重要的，要数葡萄栽培和葡萄酒的酿制了。

岛上葡萄酒的酿制基本上是家庭作坊式的，规模小且持续发展。葡萄品种基于本土的阿西尔蒂科，配合爱琴海的另外两个葡萄品种——阿西丽（Athiri）和艾达尼（Aidani）。由于葡萄园火山土壤的良好排水和化学成分，葡萄藤普遍年份很长，且抗蚜，即使 19 世纪末根瘤蚜大疫情发作，这些葡萄藤也不需要更换，主要以吸收露水作为水源。为了防风，栽培人往往把葡萄枝弯成篮子形状，以使葡萄在内侧安全生长。

坐在葡萄酒博物馆中，我慢慢地品味各种美酒。首先品尝的是岛上出产的白葡萄酒，有一种微妙的乳香。然后，倒上小半杯 Vinsanto，琥珀般的红葡萄酒，轻摇慢抿，有种柑橘的香气，暗合着葡萄干、无花果和蜂蜜茶的感觉，入口纯甜而不腻，似乎是我喝过的最香甜的红酒。Vinsanto 意大利语意为“圣酒”，也是岛上葡萄酒中的精品，在美酒界也颇有名气。这种酒采用阿西尔蒂科、阿西丽和艾达尼 3 种葡萄，置入橡木桶贮存至少 2 年，顶级的特酿（The Top Cuvées）则需要贮存 20—25 年之久。

岛上的葡萄酒生产都是标准化的，受到“Vinsanto”和“Santorini”优质原产地命名保护（OPAP），而在圣托里尼当一个酿酒师则是不容易的，炎热和干燥的条件下使得土壤的生产力非常低，每英亩的产量只相当于法国的 10%—20% 的收益率。

圣托里尼的传统建筑，与基克拉泽斯群岛其他地方类似，即低层的立方体房屋，由当地石头砌成，外观刷上白粉。这种火山喷发后形成的充气浮石有良好的绝缘性能，住在里面冬暖夏凉，尤其适于葡萄酒的窖藏。

结束了参观，在返回地面的台阶两侧，悬挂着有关圣岛的黑白历史照片，其中一张帕利亚・卡梅尼岛的照片上，印有希腊著名诗人奥德修斯・埃里蒂斯（Odysseas Elytis，1911—1996）《圣托里尼颂歌》（*Ode to Santorini*）中的诗句——

Out of the bowels of the thunder you came
Shuddering with the irresolute clouds
Storms of bitterness, tempered, arrogant
...
Where hope is carved out of the deep secrets of your heart
With fire, with lava, with smoke
With words that illumine the infinite
You brought forth the voice of the day
...
You felt the joy of creation
You surged into the world, firstborn,
Born into the purple, risen majestic from the foam.

这首诗记录了那次巨大的火山爆发，还有自然的神奇伟力，诗人表达出“在希望中，雕出你内心深处的秘密 / 伴随着熔岩、火与烟 / 话语，照亮无垠 / 你带来了一天的声音”的含义。

下午 4 点，我们前往圣托里尼东南的佩里沃洛斯（Perivolos）海滩。先来到风神海滩酒吧（Anemos Lounge Beach Bar），白色的网状顶棚，阳光在餐桌上留下了优美的图案，但又不过分晒人。我坐在如一张床宽的椅子上，舒适地靠在靠垫上，享用下午茶。点了一份 Gyros with Pita Bread，“Gyros”的本意是“陀螺”，这份美食是将牛肉、羊肉或鸡肉、洋葱，配上迷迭香、莳萝和牛至（Marjoram），在托盘中摆出陀螺一般规整的造型。皮塔饼（Pita Bread）则是中东和地中海地区的一种传统面食，在烤制时面团会鼓起来，形成中空，也被称为“口袋饼”。

席间，我和尼可莱妲聊起希腊电影大师西奥·安哲罗普洛斯（Theo Angelopoulos，1935—2012）的《永恒和一日》（*Eternity and a Day*）和《哭泣的草原》（*The Weeping Meadow*）等经典作品，还有他因为车祸、被一名骑摩托车的警察撞伤而不幸离世的往事。记得他曾说过：“我喜爱旅行，却是为了对归乡的渴望。”还记得在《永恒和一日》的片尾，回答明天会持续多久时说：“明天比永远多一天。”

尼可莱姐说起自己当导游的经历。她的本科和研究生都是在雅典大学学习德语，但毕业后很难找到工作，因为一般学校都不开设德语专业课，除非当私人教师，可现在经济低迷，没有几个家庭会请得起德语教师。

一个偶然的机会，经别人点拨，说可以改行当导游。于是，她进入一所导游学校学习。毕业实习是在全希腊进行100多天的考察，走遍了各大重要景区，这让她更加热爱希腊灿烂的文化。她现在是圣托里尼岛上22个执照导游之一，会英、德、西班牙语，每年夏天都十分忙碌。由于她家里有房子在岛上，这样她也不用去租房，收入颇丰，日子过得也很滋润。

我们的邻桌是一对来自希腊北部城市塞萨洛尼基（Thessaloniki）的夫妇，他们来度假一周。在爱琴海岛屿上，有相当多游客来自希腊本土，人们动辄有一两周的休假，轻松怡然，看不到多少欧债危机的影响，是真正的国穷民富。

不远处就是岛上最著名的佩里萨海滩（Perissa），它与佩里沃洛斯海滩连为一体，黑沙海滩绵延7公里。从这里吹拂而过的强劲海风有一个专门的名字，叫“Meltemia”。放在桌子上的镜头，落上了一些极细的沙粒。海滩上的沙子的颜色取决于它的地质层以及凝固熔岩的颜色，于是形成了红沙滩、黑沙滩和白沙滩。由于吸热效应，深色海滩的水明显比较暖和。

日光冗长，圣托里尼在暖意的吹拂下愈发迷人。严酷的自然环境，造就的却是一座真正的人间天堂。

Chapter Ⅳ

The Passionate Poetry:
From Lesbos to Rhodes

炙热的诗情：从莱斯博斯到罗德岛

这是一次沿着爱琴海东线的穿越之旅。

飞抵莱斯博斯岛（Lesbos）。这里是古希腊女诗人萨福和当代希腊诗人奥德修斯·埃里蒂斯的故乡。

然后南下，来到希俄斯岛（Chios）。该岛因盛产乳香，也被称为“乳香之岛”。

继续向南，飞到萨摩斯岛（Samos），这里是数学家和哲学家毕达哥拉斯的诞生地。

接着，抵达科斯岛（Kos）和帕特莫斯岛（Patmos）。最后到达罗德岛（Rhodes），它被誉为“玫瑰与太阳之岛”。

哪里是我们的彼岸？

每一个海岛都有自己独特的文化，每一次摆渡，都会发现新的角度。我们就像在爱琴海的梦想之船上，遇见，或离散。

Lesbos and Chios

The Poetic Era and Meditation

莱斯博斯和希俄斯岛：

诗情与幽思

莱斯博斯岛（Lesbos），又被称为莱斯沃斯岛（Lesvos），为希腊第三大岛屿。古希腊时代，女抒情诗人萨福居住于此，柏拉图称她“冰雪聪明”和“第十女神”。

希俄斯岛（Chios）是爱琴海第五大海岛。早在公元前8世纪，诗人荷马就居住于此，他的史诗《伊利亚特》和《奥德赛》，带领人们沿着历史的长河回溯。在大航海时代，探险家哥伦布曾在此居住2年。

米蒂利尼的黄昏

在爱琴海上空，向东北方向飞行，抵达莱斯博斯岛（Lesbos）上空时已是黄昏。机翼下曲折的海岸线、险峻的山峦、岸边的建筑和整个岛屿的纵深感，让人感觉到这是一个面积相当大的爱琴海之岛。极目远眺，岛上一片苍翠，所以，该岛也被称为“翡翠岛”。

莱斯博斯岛的形状大致为三角形。1100 多万棵橄榄树，连同其他果树覆盖全岛百分之四十的面积；地中海松树、栗树和橡树，覆盖着其他百分之二十的面积，绿意盎然。

抵达米蒂利尼（Mytilene）机场。在机场主建筑物上，有希腊文和英文两行文

字，英文是“Mytilene Airport Odysseas Elytis”，Odysseas Elytis（奥德修斯·埃里蒂斯）是1979年诺贝尔文学奖的获得者。我一直很喜欢他的诗句：“我将我的生命带到这么远……”

看到以他的名字命名的机场，我即刻想起，埃里蒂斯于1911年11月2日出生在克里特岛的伊拉克利翁，他的父母是莱斯博斯岛上富有的肥皂制造商，莱斯博斯岛属于他的故乡。年轻时，他为了使自己的诗歌创作远离家族生意，遂放弃了家族的姓氏，虚拟了一个姓氏“Elytis”，这个姓来源于复合词“Ellas”，而“Ellas”则分别与“Elpidha”（意为“希望”）、“Eleftheria”（意为“自由”）和“Eleni”（希腊神话中的一个人名，美而性感）有关。

我搭乘出租车前往岛上的中心城镇米蒂利尼。米蒂利尼是位于岛上最东南侧的小镇，面积107.4平方公里，人口约3.6万。整个莱斯博斯岛的人口为11.4万。

大约五六公里的距离，就来到一个U形的海湾，司机介绍说，这就是米蒂利尼的中央地带。车子开进海湾边的一条安静的小路，在一个庭院前停下来，司机说，这就是你预订的Theofilos Padadise酒店，岛上最好的酒店。

走进大堂，整个设计是希腊古典风格。工作人员带领我沿着楼梯而上，我的房间在最高处。打开门，是一间面积很大的阁楼房间，有一扇天窗，夕阳正照在床上，古典风格的铁床，有着高高的栏杆，中央还有一个精美的黄铜装饰。

房间内布置着书桌和餐桌，餐桌旁有一个黄铜的桶。我问她这是做什么的。她告诉我这是冬天用的炭盆，因为冬天岛上的风很大，还是有些寒意的。

漫步在酒店的庭院，花圃内姹紫嫣红。走出酒店，我沿着另一条小街穿行，墙面上有大型装饰画，两个黑衣黑帽、分别戴着红色和黄色面巾的人中间站着一个女子，表情肃然。这种强烈对比的风格，体现出岛上文化的自由和开放。

穿过一条小巷，我来到U形海湾。这里的建筑大多是新古典主义风格，几家希腊酒馆（Taverna）连成一片。每一家里面都坐满了人，以20多岁的年轻人为主。他们戴着墨镜，沐浴在异常强烈的夕阳之中，高谈阔论。

这种小酒馆，营业时间通常是从晚上8点到24点之后，提供希腊菜和葡萄酒，也包括地产的茴香酒（Ouzo），喝茴香酒一般会配上一种叫作梅泽斯（Mazes）的开胃菜（通常由小鱼、薯条、橄榄和羊乳酪等构成），茴香酒有点类似苦艾酒，但口感更顺滑。在杰克·凯鲁亚克（Jack Kerouac，1922—1969）的自传体小说《在路上》（*On the Road*）中，曾提到过茴香酒。

海湾的顶端，是萨福（Sappho）广场。广场东侧的位置上，矗立着萨福塑像，她面带微笑，左手持一把七弦琴。

萨福出生于公元前630年至前612年间，逝世于公元前570年前后，她是公元前6世纪后期这个岛上乃至整个希腊十分活跃的女诗人。当时，米蒂利尼的一些上等家庭的女士经常参加社交聚会，跳舞、唱歌、写诗和吟诗是其中的主要内容。当时一些殷实人家还会把家里的女儿，送到萨福这里来学习技艺。

萨福总共只留下约100首诗歌，后人从这些诗歌中，窥见了当时希腊人的恣意生活和豪迈风情，令人感慨不已。她是同性恋者，“Lesbian”这个单词，最初的意思是“莱斯博斯风格的”。她出生于岛上的埃雷索斯（Eresos）小镇，至今经常会有人专程去那里拜访。

米蒂利尼建于公元前11世纪。《荷马史诗》中有记载，在公元前1054年，米蒂利尼的港口长700米，宽30米，已具有相当的规模。

公元前79年，莱斯博斯岛被罗马人占领。公元56年，使徒圣保罗在他的第三次传教之旅的回程中，于此经停。802年，拜占庭皇后艾琳（Irene）被放逐到此，并死于此地。后来，君士坦丁堡女皇佐伊（Zoe）被她的第二任丈夫刺瞎眼睛后，放逐到米蒂利尼，直到1042年她丈夫去世后才得以重新回朝。

到了12世纪，该岛成为威尼斯人频繁掠夺的目标，1198年，他们获得了港口贸易权。1354年，它被热那亚人所获。1462年，被奥斯曼帝国征服，直到1912年，在第一次巴尔干战争中，才重新回到希腊的怀抱。

许多名人曾在这里生活过。亚里士多德在公元前337—前335年，在岛上住过2年时间，开始了系统的生态调查。哲学家伊壁鸠鲁也曾在此小居。

诗歌之岛，从萨福到埃里蒂斯

闲坐在房间里，忆起曾读过一本《萨福诗集》，在许多年前就让我知道了这位传奇的女诗人，泛黄的书页上留存着时光的痕迹。

此刻，我查阅着英文版萨福诗歌。曾有评论认为："She has the ability to stand aloof and judge critically her own ecstasies and grief, and her emotions lose nothing of their force by being recollected in tranquility."（她有能力保持超然，评判自己的狂喜与悲伤，她在平静中追忆韵事，丝毫没有失去任何力量。）

相传，萨福经常在莱斯博斯的庭院沙龙中，以七弦琴吟唱自己的诗作。当时的情景，正如她的《你知道那地方，那么》（*You Know the Place : Then*）所描绘的那样——

You know the place: then
Leave Crete and come to us
waiting where the grove is
pleasantest, by precincts

sacred to you; incense
smokes on the altar, cold
streams murmur through the

apple branches, a young
rose thicket shades the ground
and quivering leaves pour

down deep sleep; in meadows

where horses have grown sleek
among spring flowers, dill

scents the air. Queen! Cyprian!
Fill our gold cups with love
stirred into clear nectar

在这首诗中，萨福描述了“潜入深眠，在草丛中 / 马群在春之花海里 / 健壮泛光”的图景，并表达出“女王！塞浦里安！ / 把爱斟满我们的金杯 / 拌成甘洌的花蜜”的激情。

而她的一些炽烈的情诗，则让后人吟咏不已。如《带着他的毒液》（*With his Venom*）——

Irresistible
and bittersweet

无法抗拒
苦乐参半

that loosener
of limbs, Love

使我的四肢
娇软无力

reptile-like
strikes me down

爱似小蛇
毒，让我倒下

我又翻起另一本英文版《萨福诗集》，里面有一首诗《我听说的仙女座》（*I Hear that Andromeda*），呈现着这样美妙的句子——

and she without even
the art of lifting her
skirt over her ankles

她还不知如何
提起裙摆
露出脚踝

萨福的诗句质朴而意象绮丽。对于那些喜爱萨福的人而言，她早已成为一个古典年代关于生死、情欲和女性之美的核心隐喻和永恒象征。

而奥德修斯·埃里蒂斯被认为是希腊浪漫现代主义的旗手。《英雄挽歌》是他的名篇，这部长诗的全名是《阿尔巴尼亚战役失落的二等中尉英雄和优雅之歌》（*A Heroic and Elegiac Song of the Lost Second Lieutenant of the Albanian Campaign*），这部诗歌被认为是受战争启发而最为感人和凄美的作品之一，其中有着这样的诗句——

他的腹股沟上那些火的种子，
它们显示每当他拥抱一个女人，
他就把时间向前推动了好几个小时。

多么热烈的情怀!

而他的《海莱尼》（*Heleni*）则有着别样的忧伤——

And if your hand is not between our hands
And if our blood wont' run within your dream's veins
The music unseen within us and O sorrowful
Wanderer of whatever still keeps us alive
It is the humid air the come of autumn the depart
The elbow's bitter support upon the memory
that comes out when night arrives to divorce us from the light
…

如果你的手，不在我们的手之间
如果我们的血，不在你梦之静脉中流淌
我们内心的音乐不被看见，悲伤暗涌
什么样的漫游，会让我们觉得还活着
秋天离去，湿重的空气袭来
手肘痛苦地支撑起记忆
夜幕降临，将我们与光亮隔开
……

这样的场景令人感怀。在接受伊瓦尔·伊瓦斯克（Ivar Ivask）的采访时，埃里蒂斯曾这样总结他一生的作品："I consider poetry a source of innocence full of revolutionary forces. It is my mission to direct these forces against a world my conscience cannot accept, precisely so as to bring that world through continual metamorphoses more in harmony with my dreams."（我认为诗歌是充满革命力量的纯真之源。我的使命是汇集这些力量对抗一个我良心不能接受的世界，确切地说，正是通过不断地变革，使这个世界与我的梦想更加和谐相处。）

我终于在诗人故乡的炙热气息中，重拾诗情。

希腊甜品和俄耳甫斯的传说

在海湾边，我找到一家甜品店。店里出售特制的 Bougatsa，这是一种希腊酥皮蛋黄酱饼，上面撒上肉桂粉和糖霜，外皮比较硬，但很美味，每次到希腊，我都会品尝这种甜品。

我跟店员安妮塔（Anita）闲聊。她是澳大利亚人，15 年前她随父母来到这个岛上，在这里长大并定居，并在这家希腊甜品店工作。她拿着一把专用刀，刀很宽也比较厚，有点像国内用来切肉的刀，只是规格上要小一号。她用力地切着，露出了手臂肌肉的线条，丰满的身体更加性感，也可以看出，这种甜饼的外壳相当坚硬，且有韧性，切开它需要快速并足够用力，这样才不会被切碎。手工制作时，这块非常大的酥皮片会被折叠许多次，然后在里面填充蛋黄馅（Custard），Bougatsa 被不少甜品迷认为是可口的希腊甜点之一。

她告诉我，做出这种美味馅饼的关键，需要用质量好的新鲜 Galaktos 黄油来制作酥皮。该配方可以让酥皮松脆，使融化的黄油渗入酥皮，而不是浮在表面。具体制作时，需要身手敏捷，因为酥皮容易迅速变脆，需要及时刷上足够的黄油，并在饼的上面划几道缝，以释放煎饼时的蒸汽。因为黄油已渗入酥皮里面，会觉得香甜，不腻，并有着丰富的层次感。

我便坐在海湾的座位上，慢慢地享用这种甜点。吃到最后一口时，馅饼里面还是温热的。

看着黄昏中光影对比强烈的海岸，想起七弦琴王子俄耳甫斯（Orpheus）的神话故事。在希腊色雷斯地区，有一位诗人、歌手俄耳甫斯，他的父亲是阿波罗，母亲是女神卡利俄珀（Calliope）。在俄耳甫斯幼年时，父亲就赠予他一把七弦金琴，教他弹奏，母亲教他赋诗歌唱。长大后他手持七弦琴四处弹唱，曼妙的乐声，能使树木和岩石起舞、河流改道，使得人与神同时陶醉，他还能自由出入阴间。他的音乐发挥了神奇的作用，在伊阿宋取金羊毛时，正是凭借俄耳甫斯的琴声才制服了看守羊毛的巨龙。

俄耳甫斯在爱情上却遭到了不幸。他的新婚妻子欧律狄斯（Eurydice）经过草丛参加婚礼时，被毒蛇咬伤而亡。他随即前往阴间，拜见冥后珀耳塞福涅（Persephone），用音乐感动了她，同意他带着欧律狄斯回到人间，但需要俄耳甫斯答应一个条件：俄耳甫斯走在前面，他始终都不能回头看他的妻子，直到他们走回人间。

他答应了。俄耳甫斯走在前面，欧律狄斯跟在后面。刚开始时，俄耳甫斯坚持不回头看她，慢慢地，由于她被蛇咬伤的地方还很疼，她越走越慢，并开始抱怨起来，这让俄耳甫斯心生愧疚，在他们即将到达人间时，他忘记了与冥后的约定，最终深情地回望了妻子一眼，但就这一眼，让俄耳甫斯永远失去了妻子。阴间的船夫，不再答应渡他去阴间。

痛失挚爱的俄耳甫斯从此对女人不再感兴趣。有一次遇到酒神的女信徒，她们用树枝和石头轰他出场，不料，这些树枝、石头被他的音乐所吸引，都不能砸在他的身上。那些愤怒的女人便一拥而上，把他撕成碎片，扔进了爱琴海。

他的头颅和七弦琴，一直唱着忧伤的歌谣，漂流到莱斯博斯岛海岸。岛上的居民安葬了他的头颅，将他的七弦琴放置在神庙。后来，七弦琴被缪斯抬上星空，成为天琴座。而莱斯博斯岛，则成为希腊抒情诗歌的发源地。

古代神话是一种古老故事的叙述，是人类灵魂的特殊语言，其故事情节将人类感觉经验中的古老记忆串联起来，如同一个个集体的梦境，为后人提供了一种关于人类社会的原始视野。对于古代神话，人们有着各种各样的解读。瑞士心理学家卡尔·古斯塔夫·荣格（Carl Gustav Jung，1875—1961）提出了“原始意象”（Archetypes）的概念，并将这种“原始意象”称为“人类的意识之母”（The Mother of Human Consciousness）。

在荣格创立的分析心理学中，“原始意象”是高度发达的集体潜意识，神话就是由此转化而来的文化表达。在每一个“原始意象”中，都有着人类精神和命运的一块碎片，有祖先历史中重复了无数次的欢乐与悲伤的残留。

穿过小街，就到了圣瑟拉朋（Saint Therapon）教堂，这是一座巴洛克风格的教堂，始建于19世纪，1935年完工，建筑师是岛上的一位学生。步入教堂，里面呈方形结构，面积不算很大，但装饰之繁复，令人惊叹。

一束黄昏的暖光照在圣像上，不时有人走过来，亲吻一下圣像。我仔细端详各种圣器，精致而华美。

莫利瓦斯的古堡

入夜，回到酒店。我将房间的天窗打开，海湾对面的灯光和一片星空映入眼帘。我便在星光下入眠。

第二天清晨来到餐厅，丰富的美食品种，让我在心里大呼过瘾。仅是希腊的传统甜点，就有蘑菇馅饼、芝士馅饼、果酱馅饼（Pasta Flora，这是一种希腊酸果酱馅饼，通常可以在室温下保存一个星期）、西葫芦丝馅饼（Sfugato，里面有西葫

芦、洋葱、鸡蛋、奶酪和莳萝)，它们需要放进烤箱里，以180℃的温度烤制约50分钟，直到表面金黄，有点类似Omelette(煎蛋卷)，虽耗时更久，味道却很特别。还有一种叫Hortopita的美味馅饼，里面放入菠菜、清香的草本植物和羊乳酪。餐后小甜品中，有四五种蜜汁甜点可选，我喜欢其中用蜜汁浸泡过的橄榄和陈皮，醇甜可口。

餐后，驱车前往位于岛屿北侧的莫利瓦斯古镇。古镇离米蒂利尼大约60公里，是岛上第二重要小镇。莫利瓦斯是岛上面积最小的一个镇，面积为50平方公里，人口2400多。莫利瓦斯现在的正式名称是“Mithymna”，但人们仍习惯叫它以前的名字——莫利瓦斯(Molivos)。

一路上林木葱茏，有几段沿海公路有绿树掩映，每分每秒都有不一样的景致。还有一段滩涂地带，一队人准备骑马穿过，估计附近有一个马场。

抵达莫利瓦斯小镇。一座城堡高高矗立在小镇的后山顶。继续驱车，沿着盘山路直达城堡。时值正午，我先到一家餐厅用膳，沿着一条小径，拐入凉棚之下，站在此处，整个小镇的海岸线一览无余，海面上不时有一两艘快艇驶过，山岗上，散落着几许红色屋顶的宅院，四周是静寂的，远处不时传来鸟鸣。鸟鸣山更幽。

历史上，这个小镇与米蒂利尼长期处于竞争的局面。公元前 427 年后，它与希俄斯岛成为提洛同盟的成员，保持自治和免贡，所以自古就是富庶之地。

午餐点了鱼和葡萄酒。小镇在罗马帝国时期就有良好的葡萄栽培技术，出产的葡萄酒被认为是莱斯博斯岛上最好的，口感香甜。我与餐厅的老板闲聊。他这家餐厅开业于 25 年前，所以才占到了这么优越的地理位置，估计现在已不允许在古堡附近开设餐厅了。

午后时光，我沿着一条坡道走进城堡。入口城门上方的奥斯曼文字，似乎映衬着那段被占领的历史。

这座城堡，是莱斯博斯岛上第二大也是最重要的城堡，建立在古代残存的城墙上，主要是为了抵御奥斯曼人的进攻。1450 年，岛上守军凭借防御工事，击退奥斯曼的入侵部队，但在 1458 年第二次入侵时，奥斯曼方面使用了 150 艘舰船，终于得手，之后便以这座城堡作为基地，到了 1462 年，整个岛屿逐渐被其控制。

从 17 世纪上半叶，城堡增建了第二道回廊。在城堡的南侧和西侧设置了火炮，主要是为了保护港口。1867 年，城堡在地震中部分被毁，现在则成为莫利瓦斯最重要的建筑遗址。

站在城墙边，我眺望整个山区，一派祥和。城堡残存的塔台掩映在树影中。岩石中的土地上盛开着罂粟，娇艳迷人，更增添了一些画意。

莫利瓦斯附近山区的主峰是莱皮提摩诺斯山（Lepetymnos），最高处为 968 米，附近有直径 10 多公里的火山口，植被丰富，地形多变，是运动休闲的佳处，已设计出两条徒步路线供游人体验。

阿基亚索斯的午后时光

第三天中午，驱车前往阿基亚索斯（Agiasos）小镇，它位于米蒂利尼西南 26 公里处的奥林珀斯山（Olympos）的山坡上，这座山的主峰高 475 米。阿基亚索斯面积为 79.9 平方公里，人口有 2500 多。

山峦间，绿树苍翠欲滴，沿着狭窄的鹅卵石街道漫行，两旁是有彩绘门窗的传统民居，这里的居民笃守宗教，整个小镇也被认为是岛上的艺术和宗教中心。岛上有一家 Anaptixi 阅读社团，成立于 1894 年，当时小镇还处于奥斯曼人的统治下。如今，这里的图书馆和剧院正以沉静的形式，将古老的文化习俗慢慢地传承下去。古镇上还有一家民间艺术博物馆，展品包括民居内饰、刺绣、传统服饰、古钱币和古旧铜器，还包括戒指、手镯、耳环和胸针等精美饰品，这些都是由各地朝圣者捐献给教会的。

每年的 8 月 15 日，是帕纳亚（Panayia）宗教节。朝圣者从开始前的一周就从希腊各地赶来，狂欢节的气氛在节日前夕达到高潮。

沿着小巷，我来到小镇的集市。巨大的天棚下，浓荫蔽日。有一家陶艺品商店，艺人坐在店门口，在陶瓷盆上现场绘图。旁边是一家传统咖啡馆，我点了一款果仁蜜酥饼，配上一杯红茶，慢慢地消磨午后时光。咖啡店摆放着一些旧时的咖啡壶，各种靠垫很有艺术感，给客人放账单的小陶器是一只小小的鸽子，造型很讨喜。

对面的一个摊位是卖各种草本植物的，有一种用酒浸泡的植物，可以用来治疗胃痛，一瓶售价3欧元。下午没什么生意，两个孩子一个在玩电脑，一个在看影片。时光是静寂的。

进入庭院，左侧是一座钟楼，前面是帕纳亚（Panayia）教堂，宽阔的回廊，展现了曾是修道院的渊源。走进教堂，里面的圣母像可以追溯到公元4世纪。这些圣像和圣器，都是拜占庭时代的历史珍宝，映衬着拜占庭和后拜占庭时代的华美之光。

802年，当时还是拜占庭统治时期，以弗所的牧师阿福桑（Aghathon），是一位绘画雕刻爱好者，自我放逐到耶路撒冷。后来他听说皇后艾琳也爱好绘画雕刻，流亡在莱斯博斯岛，他就带着银十字架和福音手稿等圣物赶往这里，希望能遇见她。

他到达岛上，不幸的是，此时艾琳已经去世了。阿福桑在一个偏僻的林区，搭建起他的隐居之所。他与四周的居民慢慢熟悉起来，并得到他们的信任和尊重。他的隐居之所，慢慢演变成一个修道院。830年，阿福桑去世。人们尊重他的遗愿，继

续保留着他放入修道院地穴的文物。842年，经过拜占庭的册封，修道院成为正式的朝圣地。1170年，许可兴建帕纳亚教堂，来保存其遗物。教堂延续了636年。后来，当该岛被奥斯曼人攻占时，很多基督徒家庭躲在教堂寻求庇护。1701年，苏丹颁布法令，阿基亚索斯不需要纳税。此举吸引了周边不少居民移居，阿基亚索斯成为岛上有名的工艺品中心。

1806年，由于教堂已十分破旧，遂开始拆掉重建，规模比原来的更大，设置了上好的圣像、宝座、讲坛等宗教木雕。1812年，小镇起火，教堂大部分被毁。1815年，教堂开始重建，此后一直屹立至今。其中，圣像和宝座经过工匠20余年的精雕细刻，才得以完成。

沿着小街走下去，临街有一家陶艺店，院落中摆放着一件大型陶艺作品，表现的是镇上的节庆场景。店主是一个高个子男人，他见我在拍摄，便主动给我介绍起情况，让我到作坊里面参观。他的老父亲正在里面绘制陶质茶杯。货架上放着几尊陶艺作品，有牧羊人、读书的绅士和厨房里的老主妇，造型生动传神，手法拙朴洗练，一看就是上佳作品。他介绍说，这些都是他父亲的作品。只是把它们放在一堆陶盆和茶杯里面显得突兀，却也更显出艺术价值。

据说，这个小镇陶瓷艺术的历史就跟古镇本身一样悠久。随着圣物被带到岛上以及教堂的兴建，此地吸引了大量的信徒前来朝圣，也带动了对圣水容器和圣像盘子等陶器的需求，一批陶艺工匠从小亚细亚迁居到此，使得这个地区的陶器艺术比岛上的其他地方发展得都要快。

但随着各种轻薄耐磨材料容器的出现，市场对陶器的需求急剧下降。40年前，小镇上还有10家陶艺工作室，今天则只有两家在运营，即市场上的那家和山下的这家。更多的陶艺作品已转为观赏用途，内容主要描绘镇里的日常生活场景。在过去，作坊做陶器还没有使用陶轮，现在使用了石膏模具，效率大为提高，主要工作是人工上色，然后去烧制。尽管还保留一部分手工痕迹，但更像流水线上的批量产品，人工制作的独创性减弱了不少，失去了往日精细手工品的价值。

他的妻子抱着一个出生几个月的婴儿过来，他忙接手去抱，满脸的欢喜。我在外面转了一圈再回到这家店时，只见他一个人在静静地绘制茶杯。他与我聊起家里的情况。他的名字叫迪米特雷斯（Dimitres），42岁，家里三代人都是做陶艺的。现在他父亲年龄大了，只是偶尔才来帮帮手。

他说，几年前他的母亲去世，在对面的山上给他留下了一套旧房子。他兴奋地跟他哥哥说，快40岁，终于有房子了。只是这房子太破旧了，需要修缮，最少的费用是1万欧元，但他哪里有啊？

他说每年最多的收入也就8000欧元，主要用以支付全家人的开销和纳税，生活已相当不易。他顿了一下，补充道："It's too difficult to earn cash."（赚点现金太难了。）

这里每年只有3—10月才有游客。我问他，在没有游客的小半年会做点什么来补贴家用呢？他说他曾当过体育教师，但现在也无法找到一个只上半年班的职位。

山居生活确实不容易，但不管怎样，这里的环境如此优美，空气是澄澈的。

在停车场等车时，遇到两位从典雅大学来开会的女教师，当问起其中一位最喜欢的爱琴海岛屿时，她想了想说，比较喜欢罗德岛。

她看着我说，这其实很难回答的。在爱琴海中，共有2500多座岛屿，尽管其中不少是无人居住的，但却还是很难走完，除非你有三辈子的时间。

曾经的富庶之岛

晚上 7 点多钟，我从酒店穿过小街，到了码头，一艘渡轮已停泊在岸边。登船来到餐厅层甲板，晚 8 点渡轮启航。米蒂利尼海湾西侧一片霞光，鸥鸟追逐着轮船飞翔，上下天光，一碧万顷。

晚上 10 点 20 分，抵达希俄斯岛（Chios）希俄斯城港口。希俄斯岛位于莱斯博斯岛的南侧，岛上有一座尼阿·莫尼（Nea Moni）修道院，兴建于 11 世纪，依然残存着昔日的荣耀和沧桑。希俄斯岛面积为 842 平方公里，全岛人口有 54000 人，是希腊第五大岛屿，也是爱琴海诸岛中深受拜占庭文化影响的岛屿。

希俄斯城是岛的首府，位于岛屿东海岸中部，人口 32000 人。我从码头乘坐出租车，来到 2 公里外的 Grecian Castle 酒店。车子停在了门口，酒店庭院深深，路灯照耀着小径，走过碧绿光影的泳池，穿过高阔的餐厅，便来到大厅。古希腊风格的吊灯高悬，墙面上挂着土耳其风格的挂毯，雕塑、铜座钟、老式唱机、水烟枪和各种陶器陈列在大厅各处。门口有一个金属擦鞋器，也是典型的土耳其风格。在茶几上，还摆放着果汁和各种甜品，客人可以自行取用。

次日清晨，我从鸟鸣声中醒来。走到房间的阳台上，向右透过树林望去，是一片波光粼粼的海面。对岸 6.7 公里处，就是土耳其的安纳托利亚大陆（Anatolian）。

走到另一处阳台，上面是酒店的游泳池，蔚蓝的颜色与海水有一些微妙的差异，海水更蓝，池水偏绿。一位工作人员在清洁旗杆，不远处的海面上，一艘货轮驶过。这是一个美妙的海滨之晨。

在泳池边的餐厅享用早餐。我忆起希俄斯的一些往事。相传，该岛的第一个国王是 Inopion，来自克里特岛，他教会当地人种植葡萄。“希俄斯”的名字来源于“Hios”。根据历史学家分析，这个岛的名称来自腓尼基，而在叙利亚语中它的意思是“乳香”，因此也被称为“乳香之岛”。

乳香（Mastic）具有药用价值和疗愈功效。它有助于安抚焦虑情绪，还能舒缓产后忧郁症，而在中国的传统医学中，乳香则被用来治疗麻风病。

早在公元前1000年，这里就已开发成繁华的城镇，希俄斯岛与小亚细亚和附近的岛屿上的12个城镇，构成了爱奥尼亚联盟。

当时的财富来源，不仅是港口运输，而且也有农业和工业的基础，独特的乳香更加为财富增彩，同时人们也注重文化的培育。公元前7世纪，这里建立了希俄斯雕塑学校，培养出了一批杰出的古希腊雕塑师。公元前6世纪，希俄斯城已是一个大城镇，人口6万—8万人。伯罗奔尼撒战争开始前的5年间，小镇规模扩张，商业繁荣，岛上财富迅速积累，奢侈之风日盛，希俄斯成为希腊首富。

伯罗奔尼撒战争刚开始时，希俄斯站在雅典一边，之后则投向了斯巴达一边。斯巴达人以专制手段掠夺了希俄斯所有的船只，令希俄斯人懊丧不已。

在罗马时代，希俄斯再次寻求致富的途径。到了拜占庭时期，希俄斯通过运输船队，恢复了商业权。后来，拜占庭人输给了威尼斯人，再后来，是热那亚人占领了这里，直到1566年。

山谷中的千年修道院

下午3点30分搭乘出租车前往尼阿·莫尼（Nea Moni）修道院。车子离开小镇，向西疾驰。很快就驶入了山路，阳光播洒，一路上很安静，没什么车辆。大约半个时后，车子开到了阿夫戈尼马（Avgonyma）和卡耶斯（Karyes）两个村子中间，在普罗瓦蒂奥·奥罗斯（Provateio Oros）山谷中，一座修道院静静地隐藏在高墙之后。

尼阿·莫尼修道院以精美的马赛克壁画而闻名，被认为是希腊"马其顿文艺复兴艺术"的典范，连同达夫尼（Daphni）和霍西奥·劳卡斯（Hosios Loukas）这两座相同建筑风格的修道院，一起被列入《世界文化遗产名录》。

大门紧闭。门口的指示牌上标示下午4点才开放。等到4点20多分，听到一声开锁的声音，大门中的小门开启，一个老妇人拎着两大塑料袋垃圾走出来。我忙走过去，帮着提过来，放入路旁的垃圾箱。老妇人露出感激的微笑。她用希腊语请我走进大门，并说让我稍等，她去取修道院的钥匙。

从入口进去，首先是一个门厅，然后是一间古典庇护所式的侧厅，穹顶和墙面上，布满镶金背景的马赛克图案，皆是宗教人物，神态逼真，充盈着一种静谧。我坐在里面安静地休憩片刻，然后进入中庭。中庭圆顶直径约 7 米，中间没有任何柱子支撑，也没有横梁，八角形的空间支撑起大圆顶。整个建筑以华丽的大理石作品和镶金背景的马赛克图案装饰，设计混合着东方风格元素，表现了君士坦丁堡皇家建筑风格在民间建筑上的转型，并具有拜占庭艺术第二黄金时代的审美特征。

坐在阴凉的殿堂内，我想起这座 11 世纪的修道院的往事。在希腊语中，“Nea Moni”意为“新寺”。修道院由康士坦丁·莫努马库斯（Constantine Monomachos），即后来的拜占庭皇帝康士坦丁九世（Constantine IX）出资建造的。当他作为一个贵族流亡在米蒂利尼时，曾有两位僧侣尼瑟塔斯（Nicetas）和约翰（John）预言，日后他会当上皇帝。他承诺，如果这当真发生的话，他会捐建一个教堂。

这家修道院的修建过程，作为拜占庭历史上的一个重大事件而被完整地记录下来。1042 年，康士坦丁娶了 64 岁的女皇佐伊（佐伊的前两任丈夫都已病故），从而成为与妻子一起联合执政的君王，名号为康士坦丁九世。有趣的是，康士坦丁九世，以前就是因为反对佐伊以前的丈夫而被迫流亡的，现在他娶了反对者的前妻。

他执政顺利。他忆起了那则预言，觉得应该践诺，于是动议兴建教堂。1045 年，他出资建造这座修道院。主教堂在 1049 年落成，其他的在 1055 年底竣工，不幸的是，康士坦丁九世已在 1055 年 1 月去世。

这座寺院拥有大量的建筑和地产，也曾是一个繁荣的社区。寺院在早期被赋予了特权，康斯坦丁九世允许修道院减税，加上土地补助，修道院在拜占庭时期十分繁荣。经过几个世纪积累了大量的财富，成为爱琴海最富有的修道院之一。到了 1300 年达到繁荣高峰期，该修道院拥有岛上三分之一的物业，僧侣人数达到 800 名。在热那亚控制时期，财富有所减少，到了奥斯曼时期再度兴盛，它被君士坦丁堡的大主教直接管理，并享有一定的自治权。

我沿着院落漫步。修道院的四周是建筑坍塌后的残垣断壁，青草疯长，阳光强烈，更折射出衰败静寂之感。

出租车司机已等在大门口。我请他走进来给我留影。然后，他默默地带我走进大门右侧的一个房间，里面的玻璃柜中放置着 100 多个人头骨，令人惊悚。旁边的一个指示牌上说明，这些是 1822 年大屠杀中一小部分遇难者的遗骨。当时，修道院大约聚集着 3500 人避难，其中大部分是妇女和儿童，不幸的是，他们中的大部分人都惨遭杀戮。

希俄斯大屠杀，是岛上的一个重大历史事件。从 1566 年起，奥斯曼人持续占领希俄斯岛 346 年，一直到 1912 年。1821 年，希俄斯人开始酝酿反抗奥斯曼帝国统治的暴动。奥斯曼人抓了岛上的 40 名人质，要带回奥斯曼帝国。接着，1000 名奥斯曼士兵到达希俄斯，开始杀人越货，有更多的人质被送往奥斯曼的监狱。1822 年 3 月，萨摩斯岛的利孔戈斯·洛戈泰蒂斯（Likourgos Logothetis），带着他 2500 人的军队，袭击了奥斯曼在希俄斯岛上的驻军。

当苏丹闻讯后，命令他的指挥官卡拉阿里（Kara-Ali），率领舰队入侵希俄斯，惩罚希俄斯人。3 月 22 日，7000 名士兵上岛后迅速掠夺和洗劫了这个城镇。3 月 31 日下令烧毁城镇，开始了大屠杀，并在接下来的 4 个月里，约有 40000 名奥斯曼士兵抵达。部队奉命杀死所有 3 岁以下的婴儿、所有 12 岁以上的男性和 40 岁以上的女性，除了那些愿意皈依伊斯兰教的人。

当时岛上共有 11.7 万人口，约 4 万人遇难，许多妇女和儿童作为奴隶被卖到

小亚细亚和北非，还有的逃到山区和邻近的岛屿，逃到山上的那些人，因为没有食物，不久便被迫离开本岛。到了 8 月末，希俄斯的人口减少至 3000 人。

这座修道院经过洗劫和掠夺后开始衰落，再也没有恢复昔日的辉煌。到了 1881 年，地震发生后进一步受损，导致它的圆顶坍塌，其他几个建筑，如始建于 1512 年的钟楼也被毁。从 1952 年起，由于僧侣的短缺，这里变成一座女修道院（Convent），到了 2001 年，这里只剩下 3 个修女。

野蛮屠杀的消息，很快传到希腊本土和其他邻近的欧洲国家，引起公愤。大约从那时起，各国开始增加了对希腊独立的支持。法国著名画家德拉克鲁瓦（Eugène Delacroix，1798—1863），在 1824 年完成《希俄斯大屠杀》（*Scène des massacres de Scio*），画作高 4.19 米，宽 3.54 米。一个烽火燃烧的背景前，哀鸿遍野，右侧一位奥斯曼军人策马而过，地面上的几个人皆是恐惧的眼神，绝望地等待着死神的降临。这幅画于1874年被送入卢浮宫展出。

黄昏时分，我回到希俄斯城。漫步在一座中世纪城堡，外围的城墙基本保存完好。这座城堡建于10世纪，14—16世纪时又得到了加固，才得以保存至今。城墙内侧有几家咖啡馆。我品尝着希腊甜品，幽思怀古。

傍晚时分，我来到酒店前海滨大道的平台上，这里矗立着一座4米多高的青铜雕塑，形似船锚，又似舞动的火焰。离塑像几米远的地方还放着一块石头，上面刻着文字，但看不太清楚。于是，我问两位路过的当地妇女这座雕塑的来历，其中一个对我说，希俄斯大屠杀，你懂吗？语气中似乎还带着一丝深藏的怨恨。

2000多年来，希俄斯的商船在黑海和爱琴海上频繁往来，奥斯曼帝国允许希俄斯岛完全自治，乳香具有极高的商业价值，但只能在希俄斯岛栽种。很有都市风范的希俄斯商人，在君士坦丁堡也颇受礼遇，但在大屠杀之后，岛上再也没能恢复原来的商业地位。正像我现在的感受：这个岛是秀美的，但深藏着忧伤和痛楚。

德拉克鲁瓦的《希俄斯大屠杀》复制品，一直悬挂在希俄斯岛的拜占庭博物馆中，但到了2009年11月，博物馆以改善希土关系为理由，将画撤下。希腊媒体集体抗议此举，最终，这幅复制品重新挂到博物馆中。

正视历史，才能最终宽宥历史。

在希腊电影大师安哲罗普洛斯的影片《尤里西斯生命之旅》中，有这样一句台词：“上帝最早创造的是旅行，然后才是怀疑和思乡。”

Samos and Kos

Temple of Hera and Hippocrates Tales

萨摩斯和科斯岛：

赫拉神庙与“医学之父”往事

萨摩斯岛（Samos），被认为是希腊神话中宙斯妻子赫拉的出生地，这里残存着赫拉神庙的遗址。该遗址表明，赫拉神庙比雅典巴特农神庙大一倍。

在科斯岛（Kos），眼前的爱琴海闪耀着绿松石般的光芒，蓝白世界安抚着心灵，安静地享受，一切尽在此间。在古代，“医学之父”希波克拉底曾在一棵茂盛的梧桐树下，向人们传授医学知识。

晨光中的赫拉神庙

清晨5点30分，我从酒店打的前往希俄斯机场。6点30分，飞机起飞。我需先飞到雅典，再转机飞往萨摩斯岛（Samos）。在爱琴海的岛屿间穿行，最麻烦的是，明明两个相隔54海里左右的岛屿，却没有直达航班，需要从雅典转机，耗时费资。由于这个时段不是旺季，两座岛屿之间没有渡轮，即便是在旺季，也不是每天都有渡轮航次的。

早晨8点50分，抵达萨摩斯岛机场。从机场坐上出租车，前往赫拉神庙。清晨的路上十分空旷，大约5分钟后车子就驶到了一片草地前，隔着铁丝网，可以看到一些残垣断壁掩隐在草丛中。司机介绍说，在希腊神话中，女神赫拉就出生在岛上，这里面就是赫拉神庙。

赫拉神庙是古希腊最重要的神殿之一，也曾是最大的希腊神庙，一根巨大的石柱依然矗立在原野之上。1992年，赫拉神庙连同附近的毕达哥里奥小镇，一起被列入《世界文化遗产名录》。

从赫拉神庙的入口处进去，一条宽约2米的石板路通向深处，这便是古代的圣道，从现在毕达哥里奥（Pythagoreio）小镇的位置一直通到神庙，全长6公里，圣道两旁残存着几根石柱。当时，靠近神庙的圣道两侧曾矗立着无数的美少年塑像，还有一些刻在石碑上的法令，彰显神庙的威仪，现在已不见踪影。

路旁一块指示牌标明，1980年，这里发掘出一尊公元前580年的少年雕塑，5米多高，雕塑除了双腿有所缺失之外，其他部分基本完好。这位美少年面容姣好，身上的肌肉线条柔和，整个身体肌肉线条不像其他古希腊塑像那样粗壮、清晰，可以说，这就是公元前6世纪小鲜肉的生动写照。现在这座塑像被保存在萨摩斯博物馆。

往里走，有两座女子雕塑，可惜头部已丢失。一位工作人员坐在对面的树荫下。很显然，这是遗址中的重要部分，所以需要认真看护。

左侧的草丛中，有一片神庙遗址。这是赫卡托佩多斯神庙（Hecatompedos Temple），长约30米，从残存的屋顶瓦片，可以推算出这座神庙建于公元前8世纪

或更早。神庙靠近伊姆布拉索斯河（Imbrassos）的河口，即使地基不太稳固，人们也依然执意将神庙建在那里。据分析，这可能与当时对赫拉女神的崇拜有关，因为依据传说，赫拉出生在河畔的一棵柳树下。因此，柳树被认为是赫拉的圣树。在希腊的传统文化中，柳树被认为与女性气质、爱和愈合有关。

公元前570到公元前560年，建筑师罗伊科斯（Rhoikos）和西奥多罗斯（Theodoros），在此修建了一座更大规模的神庙，里面环绕着双重列柱廊，但这座建筑只存在了大约10年的时间，就因为地震而坍塌了。

继续往里走。透过长长的青草，看到有一根石柱伫立。这是赫拉神庙遗址最重要的部分，走近这根石柱，会发现这不是一根完整的石柱，而是一截一截搭建起来的。指示牌上说明，这里就是公元前510至公元前460年修建的赫拉神庙（The Great Temple of the Goddess Hera）遗址，整个建筑长108米，宽55米，原有155根柱子，每根石柱高约20米。现在只剩下半根柱子，还是修复完成的。这根柱子的位置在这座神庙的东南角。希腊历史学家希罗多德（Herodotus，c.484—c.425 B.C）曾评价，赫拉神庙是他那个时代“所有神庙中规模最大的和令人印象最深刻的神庙”。

在修建这座赫拉神庙时，利用了建筑师罗伊科斯和西奥多罗斯修造的早期神庙的建筑基础。在筹建期，正值波利克拉特斯（Polycrates）统治萨摩斯岛的时期。

波利克拉特斯是公元前6世纪时萨摩斯岛上的暴君。他建立了萨摩斯岛海军的霸主地位，并极力控制整个东爱琴海群岛。

他在城墙外庆祝赫拉节时，乘机出兵控制了整个萨摩斯岛屿，接着谋杀了他的两个兄弟，开始了独裁统治。他的船队拥有100艘船只，时常做出海盗行为，使他在希腊各地声名狼藉。

政治上，他与埃及结盟，但是，当波斯人于525年进攻埃及时，他却抛弃盟友，派出一支由40艘战船组成的舰队加入波斯舰队。他的所作所为令人反感，在斯巴达人的支持下，当地人试图驱逐他这位暴君，但没有成功。他一直平步青云，直到大约公元前522年，波斯的一名官员设下圈套，引诱他离开萨摩斯岛来到波斯的地盘，最终将他钉死在十字架上。

但公允地说，波利克拉特斯的统治给萨摩斯岛也带来了政治上的强盛和商业上的繁荣。此外，他还是一位艺术赞助人，希腊抒情诗人阿那克里翁（Anacreon，c.570—c.485 B.C）就曾居住在他的宅邸。

阿那克里翁的诗歌优雅华丽。从他流传下来的一些诗歌片段，可以发现他主要颂扬美酒的香醇与爱情的欢愉，对于阿那克里翁来说，爱情是轻盈的、奇妙的，但从未是戏剧化的。

他的诗体后来被称为“阿那克里翁风格”（The Style of Anacreon），俄国诗人普希金曾将阿那克里翁的诗歌翻译成俄文。

波利克拉特斯被谋杀后，阿那克里翁搬到雅典，在希帕丘斯（Hipparchus）的赞助下继续写作。公元前514年，希帕丘斯遇刺。阿那克里翁在雅典仍然很受欢迎。此后，阿那克里翁可能搬到了塞萨利（Thessaly）。最终，他可能在特奥斯（Teos）去世，据说他的坟墓已被发现。

一位古希腊诗人的往事渐渐隐去。我的思绪回到现在的萨摩斯岛。后人经常会猜想赫拉神庙的具体模样。从研究人员通过勘测绘制的一幅神庙结构复原图可以发现，神庙3排柱子组成的廊柱支撑着屋顶结构，有着宽大的门廊和高阔的内堂，整个建筑形似蜗壳，优美流畅，令人赞叹，但可惜，这座宏大的神庙早已湮灭在岁月的尘埃中了。

在残存庙柱旁边的其他残件上，可以看到精美的雕饰，推测，当时门廊的墙壁上还有一个完整的雕刻饰带。

到了拜占庭时期，赫拉神庙沦为采石场，并被逐步拆除。除了露天祭坛和神庙外，其他的在当时的文献中都没有提及。

第一个发现赫拉神庙的西方人是约瑟夫·皮顿·德·图尔内福特（Joseph Pitton de Tournefort），他受路易十四的委托，到东方探险，于1704年到达萨摩斯岛，随后以版画的形式将这些遗址公之于众。由于萨摩斯岛复杂的地质条件，加上水位上涨，直到1890—1892年，考古挖掘工作才得以开启。1925年，德国考古学家开始新一轮考古。最近的一轮考察是从1976年开始的。

回到停车场，司机指着神庙遗址北侧的一块林地说，那就是他儿时的家，当时他爷爷在这里经营一家农场。

车子开了大约5分钟，我们来到一座小山脚下，他说，这便是古代圣道的尽头。公元2世纪，这条圣道被铺成石板路。原来的圣道除了靠近赫拉神庙的一小段之外，其他部分早已被深深地掩埋在私家农场中、萨摩斯机场的跑道下、毕达哥里奥小镇的公路旁，也被埋藏在尘封历史的最深处。

这是一条历史与往事的幽深路径。

毕达哥里奥小镇的私密海滩

上午10点多钟，我到达Proteas Blu Resort安静宽敞的大堂，服务生端来橙汁。信步天台，这里可以远瞭到整个度假村众多别墅的红色屋顶。晨光中的海，焕发出

清澈之光。相邻座椅上的一对夫妇来自挪威，我们聊起穿越挪威西海岸的经历。他们经常来希腊，但还第一次来这家度假村，感觉很舒适。他们在等待预约好的出租车，去周边的几个小镇转悠。

我订的房间在主建筑里，有宽大的阳台，茶几上摆放着水果，还有一瓶度假村自产的干白葡萄酒。这一天，我就在度假村休息。

来到酒店的 Spa，发现设计很有特色，进门处有一个小型按摩浴缸，中央是一个不规则的泳池，泳池的一部分延伸到一间按摩房中，在按摩床上，向下可以看到蔚蓝的泳池之水，这样有趣的设计还是不多见的。一位服务员点燃了香烛，瞬间，轻松的气氛浮动起来。另外一位按摩师端上果盘，有水果也有传统的希腊蜜饯，搭配合理，再加上一杯西柚汁，令人舒坦。

中午在房间小憩。黄昏时分，我坐上电瓶车先来到海边餐厅，旁边是一方宽大的泳池。海面是寂静的，偶尔会有一艘帆船轻轻驶过。再往下走是酒吧，整个设计是清雅的莫兰迪灰蓝色调，配上幽蓝色的鸡尾酒，烘托出一个宁静而私密的萨摩斯之夏。

酒吧下面是私密海滩，躺椅皆是粉色系，稚嫩鲜亮。如此，尽享空气感夏日。

在酒吧的旁边，服务生在一特别之处布置餐具。这是一艘船改建的一方天地，置于岸上，辟出一个浪漫的餐饮区。沿着梯子走上去，上面摆放着 4 张桌子，可供 8 个人同时用餐，餐具垫由几十块白色鹅卵石连接而成，很别致。

白色鹅卵石在这家度假村作为广泛使用的设计元素。小径旁的路灯也是以白色鹅卵石砌成的，灯光从石缝中透射出来，形成多变的影子。主酒吧的天台旁，也使用了白色鹅卵石装饰品。

薄暮之中，一对恋人坐在天台上，在红色屋顶和深碧色爱琴海的映衬下互敬红酒，独享一方天地。由于土地肥沃和气候适宜，萨摩斯岛出产上佳的 Samiotiko 葡萄酒，这款酒口感清新，带有柑橘的香味。

萨摩斯岛是一个多山的岛屿，适合户外运动。岛上有两座山，其中的克尔基山（Kerki）最高峰为 1443 米，岩石丛生，攀爬难度较大，充满野性美，另外一座是凯福尼（Karvouni），最高处 1160 米，攀登相对容易许多。

次日清晨，站在阳台上，我看到朝阳从左侧的海面一跃而出。早餐之后，我从酒店出发，沿着公路向小镇的西侧漫步，一路上经过一个海湾，下面是萨摩斯岛的游艇俱乐部，停泊着型号不同的游艇。

不知不觉走到毕达哥里奥小镇。这座 1400 多人的海滨小镇，是萨摩斯岛上的中心小镇。

萨摩斯岛位于爱琴海东线的中央位置，离土耳其小亚细亚海岸最近处只有 1200 多米。它的面积为 478 平方公里，人口 33800 人。该岛有 4 个行政区，分别是 Vathi，Karlovasi，Pythagoreio 和 Marathokampos。毕达哥里奥小镇原来叫“提贾尼”（Tigani），后来为了纪念在此地出生的数学家和哲学家毕达哥拉斯（Pythagoras，c.570—c.490 B.C），在 1955 年更名为毕达哥里奥。

在古代，萨摩斯岛是重要的文化中心，大约在公元前 3000 年就有居民居住。公元前 6 世纪，岛上工商业繁荣，达到鼎盛时期。后来曾先后被马其顿人、托勒密人和罗马人占领；其后，作为拜占庭帝国的一部分，萨摩斯岛成为爱琴海军事区的重镇；再后来，被热那亚人侵占；1453 年，被奥斯曼帝国统治后该岛被废弃，居民纷纷逃往希俄斯岛。16 世纪，奥斯曼人在此安置居民，获得了成功。萨摩斯岛于 1913 年获得独立，成为希腊的一部分。

街边，一个咖啡馆的天台安静无人，走过去发现，这是俯瞰下方海湾的绝佳之处。我在拍摄时，一位中年女士走了过来，看来是这里的老板，她问我要不要喝点什么，我点了一杯伯爵茶。

我们坐在天台上聊天。她叫黛丝比娜（Despina），这里是她开的一间小旅馆兼咖啡厅，今天暂时没有生意。说起岛上的自然环境，她说："是啊，环境安详，治安也很好，车辆停在路边，经常不用上锁的。这里的人平均寿命还可以，我妈妈前几年去世的，活到了 88 岁。附近伊卡里亚岛上的人，那才叫长寿呢，90 多岁的老人十分普遍。"

沿着石阶而下，两旁皆是白房子、红色的屋顶、蓝色的房门和百叶窗，混合着新古典主义风格。走到码头区，两旁是琳琅满目的店铺，出售造型各异的陶瓷制品，还有手工肥皂，形似切开来的生日蛋糕，煞是可爱。

沿着一条小路，我走到利孔戈斯城堡（Castle of Likourgos）。它是以 1822 年 3 月袭击奥斯曼驻军的萨摩斯岛首领的名字来命名的，城堡的主体建筑尚存，在海边挥散着昨日的苍茫。

城堡的下方是一片墓地，初看并没有什么特别之处，行走其间却发现，几乎所有的墓碑下都有一个墓龛，里面放着一盏点亮的煤油灯。在树影和墓碑的影子下，油灯的光是微弱的，但这样的光，会让人感觉得到后人时时刻刻的悉心呵护，还有那穿越时空的怀念。

科斯岛上的设计型酒店

飞机抵达科斯岛（Kos）时，已是晚上 10 点 30 分。机场位于科斯岛中央，距离科斯镇大约 26 公里。出租车疾驰，我来到海边的 Kos Aktis Art Hotel，底层的酒吧里人声鼎沸。夜色中，酒店如同一座充满艺术设计感的玻璃大厦，通透明亮。

我来到位于三楼的房间，夜床早已开好。床头有一幅超宽的画，是海洋波涛线

条的抽象图案。卫生间也很宽敞。我站在宽大的阳台上，静听着涛声。据说，当时建筑师的设计初衷就是能让所有的房间都俯瞰到爱琴海，采用玻璃和一些木材作为主要材料，从而营造出透明的空间感，带来舒缓，这种紧靠海边的设计格局，会让人觉得这张床就在海边，又像漂浮在海上，轻轻地摇，令人放松和遐想。

回到床上酣然入睡。清晨，伴着朝阳醒来。在床上，透过玻璃阳台我便看到爱琴海的柔波。太阳照在阳台淡绿色的玻璃隔板上，像一个艺术框架，将朝阳和碧波框在其间；棕榈树挺拔向上，阳台下面是酒店那 10 米宽的休闲带，之外是蔚蓝之海。

来到一楼的 H_2O 餐厅，这间爱琴海风格的餐厅兼酒吧以蓝色和祖母绿色为主色调，海风轻拂，光线浮动。

餐台上摆放着新鲜的蔬菜沙拉，有香草、番茄和羊奶酪，配上橄榄油和薄荷，以及伯罗奔尼撒地区的卡拉马塔（Kalamon）绿橄榄，还有希腊乡村风格的香肠和腊肉。

这里的奶酪品种相当丰富，全部来自希腊本土，包括从克里特岛来的吕耶尔（Gruyere）奶酪、伊庇鲁斯（Epirus）的羊酪、西部小镇迈索隆吉（Mesolongi）的安托蒂罗奶酪（Anthotyro，意思是“花奶酪”，指的是野生草药的强烈香气）、来自拉里萨（Larisa）的马努里奶酪（Manouri，一种半软的乳清奶酪）、产自科斯岛的克拉索蒂里（Krasotyri）山羊奶酪、来自莱斯博斯岛的拉多蒂里（Ladotyri）橄榄油奶酪和来自迈措沃（Metsovo）的烟熏奶酪。

我取了一些麦片，配上低脂牛奶和酸奶，挤上科斯岛的百里香蜂蜜。在热餐区，有煎蛋卷、熏肉、法式吐司和“斯特拉帕萨达”（Strapatsada，用新鲜番茄、鸡蛋和奶酪热炒而成的食物）。在甜品区，整齐地摆放着各种奶酪配韭葱馅饼，还有“Ryzogalo”，这是一种奶油米布丁，还有当地的“Mageria”葡萄干酥糖。这里还有一种“勺糖”（Spoon Sweets，以葡萄和樱桃番茄为原料制成的糖料），口感甜而不腻。

这里是爱琴海的美食之乡。

早餐之后，沿着栽满棕榈树的海边步道走一小段，再从一座中世纪的骑士城堡（Castle of the Knights）旁穿过，就来到科斯镇的中心地带。一处缓坡上，矗立着一株巨大的梧桐树，大树的枝脉向四周伸展，直径超过 10 米，四周有围栏。大树旁还有一座大理石亭子，一些倾斜的石柱展露出岁月的沧桑。

这株大树就是著名的“希波克拉底之树”。希波克拉底（Hippocrates）曾在这棵树下向人们传授医学知识。公元前 460 年，希波克拉底诞生于科斯岛，在公元前 370 年去世，被认为是西方医学史上最杰出的人物之一。他在古希腊建立专门的医学学校，将医学从以往的神学和哲学中分离出来，从而使医生成为一种职业。他主张重视观察和记录临床表现，包括面色、脉搏、发热和疼痛等情况；他会通过测量病人的脉搏来判别病人是否在撒谎；他还将临床观察扩展到家族史和居住环境。作为西医学领域的奠基者，他被尊称为“医学之父”。

这棵“希波克拉底之树”也是岛上最重要的景点之一，人们在浓密的树影中，怀想着遥远的古希腊时代的繁华与平和，还有当时人们对知识的尊重与渴求。在对面的庭院中，靠墙摆放着纪念品，其中一件是《希波克拉底誓言》（*The Oath of Hippocrates*），这是他在医疗实践中形成的伦理性文件，对于今天的医疗实践仍具有指导意义。希波克拉底强调严谨的医学精神，医生须整洁、冷静与敬业。在医疗实践中，对照明、仪器和包扎夹板等都有严格的规定，他甚至始终把自己的指甲保持在一个精确的长度。

科斯岛往事

坐在树荫下的长椅上，我怀想着科斯岛的悠悠往事。史诗《伊利亚特》讲述了科斯岛的一支军队在特洛伊战争中与其他希腊人作战的故事。这是第一次提及科斯岛的名称，其他的古代名称还曾包括“Nymphaea”，意为“睡莲”。在罗马神话中，大力士赫拉克勒斯（Hercules）曾到访过这里。

岛上最早的殖民者是卡里亚人（Carians）。公元前 11 世纪，多利亚人（Dorian）占领此地，迁来了大量的移民，并建立了一所疗养院。当时岛上财富主要来源于葡萄酒和丝绸制造业。在早期，科斯岛与罗德岛的林多斯等 6 个城邦组成了宗教政治

同盟。在希波战争期间，科斯岛人曾前后两次驱逐波斯人指派的首领。公元前 478 年，波斯战争中雅典率领的各个城邦国家获胜，战后，为了防止波斯军队的反扑，这些城邦国家成立了提洛同盟（Delian League），科斯岛加入了该同盟，成为东南爱琴海领域的重镇。公元前 366 年，建立起民主选举制度；同年，科斯镇兴建，并成为岛上的首府。

在公元前 338—前 31 年的希腊化时代，科斯岛达到繁荣的顶峰。它被亚历山大帝国作为一个海军基地来使用，监督爱琴海的海域，后来成为托勒密王朝的教育与度假胜地。希波克拉底的医学院就是在这个时代应运而生的。

公元前 31 年，罗马奥古斯都政权成立，4 年后，希腊被兼并。除了偶尔的海盗入侵和几次严重的地震，岛上基本平静。科斯岛对罗马人态度友好。公元53年，成为一个自由城市。当时在岛上就可以制作半透明的衣服，这在那个时代是很时尚的。公元1世纪时，科斯岛上筹建一座图书馆，其中一个为图书馆做出贡献的人是科斯岛的盖乌・斯特蒂努・塞诺方托斯（Gaiou Stertinou Xenofontos）医生，他是提笔略（Tiberius）、克劳迪斯（Claudius）和尼禄（Nero）大帝的私人医生。

此后，科斯岛被热那亚控制。1523年，奥斯曼帝国攻占小岛，统治科斯岛近400年。1912年意土战争之后，被意大利占领。1933年4月的地震破坏了老城区的一部分，建筑师鲁道夫瑟・彼特拉克（Rodolfo Petracco）制定了新的城市规划，将这部分旧城区改为一个考古遗址公园。1943年意大利人投降，德国军队占领了该岛，直到1945年。在受英国保护2年之后，1947年科斯岛重回希腊的怀抱。目前科斯岛面积为290平方公里，人口3.3万。

穿过广场进入老城区，不远处就是土耳其风格的市场，里面陈列着各种海岛特产。漫步在科斯岛的Lambi海滩，这里是科斯岛上充满欢愉色彩的地带，也是镇上的文化娱乐中心，各种风格的餐馆和酒吧，构成了科斯镇上的酒吧一条街。其中一家酒吧里面摆放着一辆老式的三轮摩托车，车斗上架着一部机关枪，还挂着一些已生锈的空弹壳，会让一些军事迷们凝视许久。海边有一个人在遛狗，这只狗狗的两个后肢似乎萎缩了，主人给它做了一个特殊的轮椅，两个杆子绑在它的身上，后面连着两个轮子，这样狗的后肢可以悬空离地，活动不受影响。

阿斯克勒皮俄医学遗址

下午1点30分，驱车前往西南方向的阿斯克勒皮俄遗址（Askleipieion），这里是希波克拉底创办医院兼医学院的地方，也是西医的发祥地。在古代，“Askleipieion”意指疗愈病人的圣殿，人们在这里接受某种形式的治疗，无论是精神上或身体上的。

这座遗址沿着一面山坡铺展开来，最下层的平台上，保留着长约100米的基础拱门结构，不难想象，当时整个建筑有多么宏大。旁边的一块展板上介绍说，当时这层平台有67根柱子，宽敞的就诊大厅后面是洗浴室，分为凉水和热水两间，后面一间是送风室，发出干热之风，以吹干病人的身体。经过这些准备工作，病人分别进入这一层的 26 个房间中，这些房间作为病人的分诊室，周围设计了水箱，有活水从各个房间流过，便于病人的清洁。一般病人都需经过这个净化的阶段，包括提供几天的清洁饮食。

沿着 30 多级台阶，我来到遗址的中层平台，白色的大理石柱子在阳光下泛着光。这里是遗址的中心，上面的祭坛用来祭祀希腊的医药之神阿斯克勒皮俄斯（Asclepius），他出生在今天希腊的特里卡拉（Trikala）附近。他是阿波罗和克洛尼斯（Coronis）的孩子。为了生他，克洛尼斯不得不把子宫剖开，现在称剖宫产。阿斯克勒皮俄斯的原意就是“切开”。在这个祷告的圣殿，牧师会对病人进行祈祷，以稳定病人情绪，为积极治疗做准备。

我又来到高层平台，该层比中层平台高 11 米。这层设有宿舍，深 6 米，总长 177 米，可以满足当时最大数量病人的住宿需求，类似现在医院的住院部。目前，尽

管只剩下残垣断壁，但旁边挺拔而上的松柏却显现出自然的不朽生机，不时有鸟儿在林间鸣唱。如此宏大的遗址结构，在今天看来也是可圈可点的。我眺望着不远处的海面，有两艘舰船正在启航，破浪前行。这是心灵与身体的复苏之旅。

傍晚，我在码头等候前往帕特莫斯岛的渡轮。站在码头，我端起装有长焦镜头的相机，刚拍了几张城堡照片，即刻走过来两位持枪的军人，要求检查我的身份证件。我拿出护照后，其中一位军人用一个阅读器扫描护照后才予放行。这与前几年在希腊其他岛上的宽松情况大不一样，说明打击从地中海东岸来的非法移民已趋于严格，因为这条航线是北上欧洲的必经航线。

我登上渡轮。这是一艘现代化渡轮，底层可以装载 600 多辆汽车，载客层从航空式的座椅到双人套房等一应俱全，这些年，我在爱琴海的游历也见证了海上渡轮的改进，但 20 多年前那种老式渡轮的质朴感，却再也找不到了。

探访这些岛屿，直视生命的真相和力量。

而每离开一座岛屿，我都视为一次心灵的暂别。

Patmos and Rhodes

Aegean Nobility
and the Island of Roses & Sunshine

帕特莫斯和罗德岛：

爱琴贵族和“玫瑰与太阳”之岛

在帕特莫斯岛（Patmos），有圣约翰修道院和圣约翰撰写《启示录》的洞窟，这里已成为地中海沿岸除耶路撒冷之外的第二大基督教宗教中心。由于其特有的气质，这座小岛也被称为“爱琴贵族”（Aegean Nobility）。

根据希腊神话，罗德岛（Rhodes）属于太阳神赫利俄斯（Helios），而这个“Rhodes”，有人考证它来源于“玫瑰”一词，为此，罗德岛被誉为“玫瑰与太阳之岛”。

圣约翰撰写启示录的洞窟

在夜色笼罩的爱琴海中，驶过卡利姆诺斯岛（Kalymnos）、莱罗斯岛（Leros）和利普西岛（Lipsi）后，午夜一点多钟抵达帕特莫斯岛（Patmos）港口。那天只有这一班渡轮，除了夏季，不是每天都有渡轮的。这也使得我每年在爱琴海的穿越，增加了一些时间安排上的困难。

从帕特莫斯岛的 Skala 码头搭乘出租车，向南前往 5 公里外的格里克斯湾（Grikos）。夜色中的海岛万籁俱寂。Patmos Aktis Suites and Spa Hotel，在我抵达的瞬间，便已感觉到这家五星级酒店设计的独特之处了。

前台的一位帅哥将我带到别墅，房间的设计是黑灰白简约风格，有一张大床，淡灰色的沙发躺椅，墙上是一幅黑白照片。推门出去便是休闲区，摆放着两把躺

椅，外面是私人泳池，午夜里泛着幽蓝的光。

清晨，在酒店的 Apocalypsis 餐厅享用早餐，这是一家曾经获奖的餐厅。这里比科斯岛更加宁静。我在餐台上取用了一些新鲜沙拉，拌上橄榄油和圣托里尼岛的香醋；在肉食区，有希腊乡村风味的香肠和熏肉，还有各种美味馅饼，其中包括奶酪馅饼、韭菜馅饼和鸡肉蘑菇馅饼。

奶酪则更丰富了，包括纳克索斯岛和伊奥斯岛的吕耶尔奶酪、科斯岛的克拉索蒂里山羊奶酪，还有来自克里特岛的卡尔松尼亚奶酪饼（Kaltsounia）。

在甜品区，有香草和巧克力蛋糕，还有餐厅自制的各式饼干，橙子味、巧克力味或肉桂味不等，此外还有核桃饼、橘饼、果仁蜜酥饼，以及希腊甜品“蜜制卷饼”（Diples，希腊单词意为“折叠”，制作时将薄薄的面皮折叠后油炸，然后加入核桃，淋上蜂蜜，再撒一些肉桂粉，这种甜品起源于伯罗奔尼撒地区）；这里的“勺糖”，除了用科斯岛的葡萄和樱桃番茄制作之外，还有用希俄斯岛的木瓜、佛手柑和无花果制成的糖品，以及用罗德岛的杏仁、蜂蜜和橘子酱制成的“Melekounia”甜品。

在饮料区，有一种传统的添加肉桂粉的饮料“Kanelada”，还有一种杏仁饮料“苏玛达”（Soumada，原产于克里特岛的一种特色饮料），很想每样都品尝一下。

上午，约好的出租车已等在酒店门口。我首先前往圣约翰修道院（The Monastery of Saint-John the Theologian）。车子停在山坡下面，远远望去，修道院坐落在一座小山的山顶，像一座拜占庭式城堡。它在1088年，由欧斯奥斯·赫里斯托多勒斯（Ossios Christodoulos）在获得拜占庭皇帝阿历科斯·科姆内诺斯一世（Alexios I Komnenos）的授权后兴建。

我沿着坡道攀行，沿途有数家工艺品店，墙边的橱窗中挂着特色瓷盘和绳结艺术品。走进一道拱门就进入了修道院，主庭院的地面上铺着鹅卵石。院子中心有一个圆盖结构，粗看起来像一口井，实际上是一个半掩埋着的大罐子，曾经用来储存葡萄酒，现在则盛装着洗礼用的圣水。

修道院厚墙的高度超过15米。大门是钢筋质地，入口处上方数米高的拱门上有一排小孔。当年有海盗等入侵者试图破门而入时，从小洞中会泼出滚烫的油或开水，以保证修道院的安全。同时，僧侣们会敲响钟声，警示岛上的居民躲到修道院的城墙后面避难。

左侧的墙面上，画满宗教画，下部已经泛白，图案仿佛成为白墙上的线描。沿着楼梯而上，就到达第二层，这层有两排钟楼，在蓝天下质朴素洁。

沿着另一侧楼梯回到一楼。我端详着礼拜堂大理石门框中的棕色木门，上面雕刻着精致细微的图案。走进礼拜堂，一束光线从高处透射进来，凸显空间的幽暗，银质的圣器高悬，一位白须修道士站在圣像前凝思。这座礼拜堂建于1090年，里面有着奇妙的声学设计，每次做弥撒时听圣歌，都会是一种难忘的经历。

沿着一条甬道我走进博物馆，里面有可观的珍藏：《圣经》手稿、金银线缝制的法衣和镶嵌宝石的圣像等，有的已有900多年的时间，保存依然完好。

离开修道院，向山下驱车一公里多的距离，就来到“圣约翰的洞窟”（Saint John

Cave)。我沿着一条之字形小道前行，来到一座建筑物前，再沿着一条通道就到达一个洞窟。洞窟现在已经搭建了一个空间，而非想象的裸露在野外。这座洞窟是火山喷发形成的，内部直径大约 20 米，里面摆着圣像和几排椅子，供人们静静追思。

公元 95 年前后，圣约翰被流放到帕特莫斯岛，就在这座洞窟内，他怀想着未来的愿景，由他口述，他的门徒波洛荷洛斯（Prohoros）撰写了《启示录》（*The Apocalypse*），遂成《圣经新约》的第二十七卷，即最后的部分。他们在这个洞窟居住了 18 个月的时间，然后回到以弗所，继续传道。

1999 年，圣约翰修道院、圣约翰撰写启示录的洞窟连同帕特莫斯的历史中心，一同被列入《世界文化遗产名录》，入选理由是："多德卡尼斯群岛（Dodecanese）的帕特莫斯岛，是神学家圣约翰撰写启示录的地方。在那里建立起修道院，以献给这位'亲爱的门徒'，从那时起它就一直是朝圣之地和希腊东正教的传播中心。精致的修道院影响着这座岛屿，岛上的历史中心则包含了许多宗教和世俗建筑。"

帕特莫斯岛的传说

下午时分，我沿着酒店前的海滩漫步。海中停泊着几艘游艇和帆船，沙滩上没有什么游人。海水清澈，可以清晰地看到水下的岩石和植物。码头上竖立一块牌子，上面标明，这里的海床已由岛上的潜水志愿者清理干净，要求人们保护好环境。

走过一条海岸线，右边是一个天然小型盐湖，上面有灰绿色的土壤，是由浮游生物等构成的，有一些海鸥和喜鹊飞过。左侧是一块形状奇特的岩石，远看像一座雕像，浮现在格里克斯湾平静的水面上。它有两个名字：一个叫佩特拉（Petra）；另一个名字很特别，叫"喜鹊小姐"（Miss Kalikatsou），该名是由帕特莫斯的一位文学爱好者根据一种喜鹊的名字来命名的，因为这种喜鹊喜欢在这块巨大的岩石上筑巢。

20 世纪 60 年代末，曾有一些修道者和隐士住在这里，将这块岩石变成一个自然之家，构建了楼梯、货架、水池和烧烤区等不同区域。现在岩石边还可以发现修道者留下的灶具炉嘴和水管等物品。有历史学家倾向于这里曾是一个避难所。当地则流传着这样一种说法，圣约翰修道院与这块佩特拉岩石之间有一条秘密隧道，用来运送珍宝，以保护它们免遭海盗袭击。当然，大多数科学家认为这块岩石是火山活动的产物，而人们也容易被这种奇特的氛围和传说所吸引。

沿着这块高约四五十米的岩石走了一圈，我总算找到一条可以攀爬上去的路径，有一段岩石表面非常光滑，小心翼翼才攀爬成功。站在岩石的顶端，可以看到酒店的白色建筑矗立在苍山碧水之间。

从岩石上下来，海滩上有一排躺椅，一位中年人在这里晒日光浴，他住在 Chorá 小镇，经常开着车子来到这片沙滩独享自然。他介绍说，自己从荷兰的一个小城移居到这里已有 10 多年的时间，告别了冷冽的北海之风，来此可以享受爱琴海的和煦之风。看得出，他完全适应了这里的生活。

他手里拿着一本英文小说 *The Transatlantic Marriage Bureau*，跟我说，小说讲述的是 1895 年，4 位富有的美国女继承人费尽心机，寻求嫁入英国贵族阶层的故事，展现了她们“狩猎丈夫”的情感历险。

或许只有在这样清静的海滩，才有如此闲心，冷眼旁观这个世界的悲喜剧。

帕特莫斯岛是多德卡尼斯群岛中的一座小岛，面积为 34.05 平方公里，人口约 3000 人。帕特莫斯岛作为一个宗教圣地，被称为“爱琴海上的西奈”（Sinai of the Aegean），保持着苦行和祈祷的传统，吸引着众多访客。

2009 年的一本财富类杂志，曾将帕特莫斯岛评选为“欧洲最具田园生活的地方”，认为，帕特莫斯岛已经发展了数千年后，依然没有失去它的静谧与安宁，人们一次又一次回到这里。每年，帕特莫斯岛上会举办一系列文化活动，其中包括帕特莫斯国际电影节（IFFP，International Film Festival of Patmos) 和美食传统节（Festival of Taste and Tradition）。

据希腊神话，该岛原来的名字是“Letois”。帕特莫斯岛，是在狩猎女神阿尔忒弥斯的推动下得以浮现的。阿尔忒弥斯是宙斯与勒托的女儿，她也是希腊荒野、野生动物、女子童贞和妇女分娩的保护者。

依据神话，最初的帕特莫斯岛沉没在海底，阿尔忒弥斯频频造访卡里亚（Caria），也就是帕特莫斯岛附近之处。在卡里亚的神社，她遇见了月亮女神塞勒涅（Selene），月光下的海洋中，显现出沉没的帕特莫斯岛的轮廓。

塞勒涅总是试图让阿尔忒弥斯把沉没的这个岛屿带出水面，这样大家就可以一起在岛上生活了。阿尔忒弥斯终于被塞勒涅说服了，获得了她弟弟阿波罗的帮助，并说服宙斯，让岛屿升出大海。

于是，这座小岛浮出水面。太阳晒干了土地，带来了生命。渐渐地，周边地区的居民也纷纷移居过来，定居岛上。后来人们将它命名为“Letois”，以纪念阿尔忒弥斯。

重返罗德岛

中午时分，飞机抵达罗德岛（Rhodes）。罗德岛是希腊在爱琴海上最东侧的岛屿，离土耳其只有12海里，也是地中海东部知名的度假胜地。

走出飞机，一股热浪扑来。罗德岛作为旅游热门海岛，游客显然比前几个岛增加了许多倍。上次我来这里是乘坐邮轮，只有匆匆大半天的停留时间。这次终于重返此地。

罗德岛面积1401平方公里，人口11.5万，其中罗德镇有5万多居民。

罗德岛是多德卡尼斯群岛（Dodecanese）中最大的岛屿，在希腊语中，“Dodecanese”的意思是“12个岛屿”，但其实这个群岛拥有的岛屿总数在12个以上。

罗德岛自古就连接着小亚细亚、希腊和意大利，也是海上丝绸之路的一个环节。

在漫长的4500年时间里，米诺斯文明、希腊文明、罗马文明、波斯文明、阿拉伯文明、奥斯曼文明和意大利文明分别统治这座岛屿，所以，该岛形成了多元丰富的历史文化形态。

出租车沿着罗德岛西侧的公路疾驰。机场离罗德城14公里。我与司机闲聊，他是一位学工商管理的大学生，曾在银行工作过，后来他当出租车司机的老爸退休，他犹豫之后，还是子承父业，开了一年多车，觉得收入还不错。

车子拐入一个树荫浓密的街区。Rodos Park Suites & Spa 酒店到了，这是一座四层小楼。大堂旁边是一间宽敞的Lounge，里面有东方风格的屏风，古老的座钟和黄

色的香烛，透出一股静静的禅意。

我推开一扇隐秘的门，下楼来到Spa区。海螺沙盘做成的灯，还有用于头部精油护理的铜盆，弥漫着慵懒之意。

户外是泳池和餐饮区。最里面的一排沙发紧靠石墙，上面有白色的顶棚，一树繁花探过来，艳露凝香。在这里坐了片刻，便不想起身了。

我的房间在四楼，是个豪华套房。站在阳台上，看着绿树之间的泳池，顿生凉意。房间的设计也颇费心思。准备开空调时，发现墙上的开关上只有温度调节，却没有总开关，无法启动，后来把阳台的大门关上，空调即刻开启。从这些细节，也可以看出其设计的匠心所在。

蝴蝶谷和黄昏的林多斯

上午从酒店出发，驱车来到罗德城西南方向的史密斯山（Mt. Smith），参观古代遗址。这里曾是罗德城的卫城。远远地，看到阿波罗神庙的 4 根残柱屹立在天地之间。不远处是一个马蹄形体育场，看台犹存，有几个当地人在里面跑步。紧挨着的是一座小型剧场，这里最神奇的是它的声学设计，当人站在中间的一块石头上，轻轻唱响时，满场皆有回声，而当人往左右各挪一步再唱时，便一点回音也没有了，足见当时剧场的声学设计已达到了多么精准的水平。

下午 3 点，驱车前往蝴蝶谷。“蝴蝶谷”是俗称，这个地方叫“佩塔卢德斯”（Petaloudes），位于罗德城西南大约 40 公里的溪谷之中。

沿着山间公路一路向南，半个多小时后来到一个山谷。在购票处问工作人员，他告诉我现在还看不到蝴蝶。沿着溪谷前行，顿觉有一些凉意，溪水的水位很低。来回攀爬大约花了 40 分钟的时间。

据资料介绍，这个蝴蝶谷是球衣虎蛾（The Jersey Tiger Moth）罗德岛亚种的聚居地，以前，从 5 月下旬起，随着溪谷水位的上涨，湿度增加，再加上东方枫香树发出的香味，引得蝴蝶漫天飞舞。可现在，时间到了，却一只蝴蝶都没有看到。据说，除了自然因素之外，游客量的增加也给那些蝴蝶增加了干扰，它们不想频繁地飞动，因为那样会更多地消耗能量。

自然界的奇迹，已越来越难以看到。每年我穿越非洲，或深入欧洲那些偏僻的海岛，都无法保证看到太多令自己惊喜的场景。在环境不断遭到破坏的情况下，每一次亲近，都变得弥足珍贵。

驱车前往林多斯（Lindos）。这是罗德岛的三大古城之一，也是唯一基本保持原貌的古城。我们沿着盘山公路，驶向罗德岛的东线海岸。

下午 5 点多钟，在道路的左前方出现了一个古镇，一座卫城矗立在山丘之上，山下皆是白房子，海湾澄澈。海滩里点缀着白色的遮阳伞，这座布景般的古城就是林多斯。

车子拐了一个很大的弯，沿着南侧的道路来到古镇的入口，所有的车辆都需停在这里，古城禁止机动车辆驶入。

小镇的入口，是一个小广场。几个孩子在这里骑着小自行车，后面是高耸的林多斯卫城（Lindos Acropolis）。穿过门洞，迈入迷宫般的小巷。进入一个庭院，里面十分宽敞，天井上方撑着几把巨大的白色遮阳伞，不远处的卫城掩映其间。

走进一家餐厅，登楼而上，来到屋顶的座位，整个卫城在眼前铺展开来。站在这里，可以更清楚地看到小镇的布局：东侧是卫城，西侧是山，小镇的建筑主要集中在山谷之间。这座远看像布景一样的小镇，走进来会发现结构复杂，曲径通幽。

时间尚早，屋顶上还没有其他客人。我便在夕阳中独自享受美食。对面屋顶上的餐厅来了一对情侣，男的花白胡子，很有型。暖光澄澈，远山空蒙，如诗如画。

大约在公元前 10 世纪，罗德岛的国王特勒波勒摩斯（Tlepolemus）来到这里，开始兴建林多斯。由于罗德岛东岸的位置处于希腊和腓尼基之间，到了公元前 8 世纪，林多斯已成为一个重要的贸易中心，直到公元前 5 世纪后期，罗德镇在岛的北端建立后，林多斯的重要性才开始削减。

我沿着石阶向卫城攀登，夕阳已接近西侧山峦的顶端，我加快了速度，与最后的暖光比赛。

一个小伙子快速从我身边走过，看来他也在抢时间，他走在了前面，突然弯下腰来，仿佛在躲避什么。等我走到那个位置时，发现有一只巨大的蜘蛛在织网，如果不弯腰，就会碰到那根主丝。我也弯腰而行，避免了打扰那只蜘蛛。

走进卫城大门，登上一段陡峭的台阶，再走过一段崎岖不平的路，登上一段铁梯，在一块平整的台地上，多立克神庙（Doric Temple）遗址以其卓然独立的气势，傲立在卫城中央。几位游客在这苍穹与神庙之间，看上去只是一个个小小的存在。开阔的场景，像电影中的画面，瞬间击中了我。我记得当地一个朋友曾说过，有一次她来到这座卫城，看到了粉红色的天空，多么神奇！

这座神庙建于公元前 300 年左右，它建在一个更早的神庙基础之上。林多斯卫城在建造的过程中，参照了雅典卫城的经验，到公元前 3 世纪基本成形。在希腊和罗马时期，卫城增加了更多的建筑。在中世纪时代的早期，有些建筑被弃用。

我沿着神庙的边缘漫步。这里的希腊柱廊约建于公元前200年，柱廊长87米，原来有42根柱子，现在只剩下几根残柱。

1317年，城堡在以前防御工事的基础上建造起来。城墙和塔楼利用悬崖的天然结构修筑，在南侧建了3座大型圆塔。如今只有两个圆塔的遗迹尚存。这座林多斯卫城先后被希腊人、罗马人和拜占庭人等占领，各种工事建筑相互覆盖，使得考古挖掘变得异常复杂。

站在卫城的城墙上，下面是断崖。我眺望着霞光中的港口和海岸线，千里烟波，壮观无比。这是我在该岛看见的最美一幕。

罗德镇之晨

翌日清晨，我从酒店出发，穿过一条马路就走进了罗德老城。沿着老街慢慢行走，与上次来充满游客的嘈杂情景完全不同，此刻是宁静的，只有几位居民在晨练。

这是一条充满历史感的道路，灰黑色的卵石地面，两旁是黄色或灰色的房屋，一道又一道石拱门，像一道又一道时光的波纹向前涌动。路宽五六米，这在中世纪已是一条宽阔的主干道了。

我来到一片高地上，大统领宫展现在前面。一座坚固的堡垒，矗立在光影深处。

上午时分，进入宫殿。灯光迷离。拾级而上，步入一个开阔的大厅，中间用绳子围起来保护着地砖，砖上有精致的图案。沿着参观路线，我感到每一间大厅都有不同的看点，壁炉上的精致雕刻，或是古董椅子上的流畅造型，或是屋顶的细微装饰，抑或精美的马赛克镶嵌画……此时其他参观者已经走远，偌大的宫殿里静寂无声，我便在这里静静地观看，久久地怀想。

历史的洪流奔涌而来。该宫殿在1856年的一次火药爆炸中毁坏了一部分。1912年，当时统治罗德岛的意大利人对其进行了修复。二战期间，墨索里尼还将此处作为他的别墅。

经过一座石桥，一个十三四岁的少年坐在桥边，拉着悠扬的手风琴。他的眼睛里竟有些与他年龄不相符的忧愁。或许就是这样一座充满了故事的宫殿感染了他吧。

穿过老城区最大的一个城门——自由门，我沿着港口的道路继续走，两旁多是摊档，这里出售一种海绵，是当地特产，棕色的比淡黄色的贵些，一块7欧元，两块12欧元；还有一些卖工艺品的，主要是手工制作的蕾丝、皮具，还有来自林多斯的彩陶和用橄榄木制成的木碗。

沿着海湾，我来到曼德拉奇（Mandraki）港口，这个港口的历史可以追溯到中世纪。远远地看到两根圆柱，上面各矗立着一只鹿的雕塑，圆柱分列在海湾的两

侧，仿佛是港口的守护者。罗德城是岛上的首府，位于岛屿北端。整个小城分为旧城和新城两个部分，其中老城区被厚重的城墙环绕，完好地保存了中世纪的风貌，这座中世纪围城也是整个欧洲面积最大的古城之一，已被列入《世界文化遗产名录》。

几个退休老人在圆柱四周垂钓，怡然自得。不时有载满旅客的一日游游轮从这里出发，驶向锡米岛（Symi）和对岸的土耳其。锡米岛离土耳其海岸只有 10 公里。船上一片欢歌笑语。

像丝绸之路的绸缎一般，深碧的海面上，游船驶过后，又迅速恢复了平静，如同当时繁荣的旅游业，似乎正在抹平一些距离和裂痕，波澜不兴。

在“后疫”年代，希望这样的盛景再来。

Appendix

Reading on the Islands

附录

岛上的阅读

| 小说与影片 |

旅行读物《当蔚蓝海岸曾属于我们时》
(*When the Riviera was Ours*)
1977年首版

作者帕特里克·霍沃斯(Patrick Howarth),讲述了蔚蓝海岸发展成旅游胜地的过程。网上可以买到240页的英文原版(1988年Century版)。

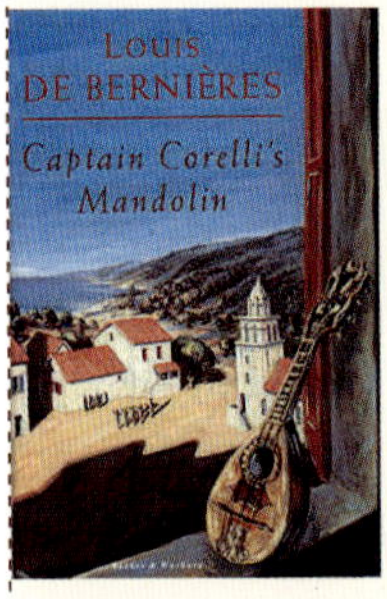

小说《科雷利上尉的曼陀铃》
(*Captain Corelli's Mandolin*)
1994年首版

英国作家路易斯·德·贝尔尼埃(Louis de Bernières)创作的小说,讲述了二战期间在希腊凯法洛尼亚岛上发生的悲剧:一位意大利上尉安东尼奥·科雷利(Antonio Corelli),与当地医生泽纳奇斯(Iannis)的女儿佩拉吉娅(Pelagia)悲欢离合的故事。

小说取材于1943年9月的"意军士兵被德军大屠杀事件"——当时驻守岛上的第33意大利步兵师拒绝解除武装,与德军激战9天,直至弹尽粮绝,1315名意大利士兵在战斗中丧生,5155人在投降后被屠杀,其余的都乘船押往德国集中营,途中轮船撞上水雷,3000名意军士兵溺水而亡。这是近代战争史上仅次于"卡廷惨案"(1940年苏联对被俘的波兰人进行的大屠杀)的屠杀囚犯事件。

这部小说在2001年被改编成同名电影,尼古拉斯·凯奇饰演科雷利上尉。在原小说中,男女主人公一直到晚年才再次相遇,令人感伤,而在影片中则被改为战后有了大团圆的结局。

有书评家认为,该书"能唤起金色回忆的叙事,充满了痛苦和欢乐"。网上可以买到544页的英文原版(1994年Secker & Warburg版)。

长篇小说《岛》
（*The Island*）
2005年首版

作家维多利亚·希斯洛普（Victoria Hislop）以斯皮纳龙格岛为背景创作的小说，重启麻风病那个曾令世界谈虎色变的话题，让人在悲凉的情节里，也始终能看到希望。中文版已于2009年出版。在网上可以买到480页的英文原版（2007年Harper Collins版）。

诗歌《献给俄耳甫斯的十四行诗》
［*Sonette an Orpheus*（*Sonnets to Orpheus*）］
1923年首版

这部十四行组诗创作于1922年，由两部分组成，一共有55首十四行诗，是波希米亚—奥地利诗人和小说家雷内·马利亚·里尔克（Rainer Maria Rilke，1875—1926）的代表作品之一。他出生在布拉格，其作品善于表达“内在的神秘和孤独”，体现着诗歌从传统到现代主义之间的过渡。国内已出版多种中文版，网上也可以买到德文版和几种英文版的译作。最后一首诗的结尾处如此隽永——

In this night of excess, be
Magically empowered, at this crossroads of your feelings,
And become the meaning of this strange conjoining.
（在这深不可测的暗夜中，成为那环绕你五官的魔法力量，成为它们不可思议的邂逅的意义。）

And if what is of earth forgets you,
Say to that earth of silence: I flow.
Say to the rushing waters: I am.
（如若尘世将你遗忘，请低声对缄默的土地说：我溢。
对飞奔的水流说：我在。）

《露西亚的情人》
（*Lucia y el sexo*）
2001年

西班牙导演胡里奥·密谭（Julio Medem）执导，主题是激情与宽恕。

咖啡馆的美女招待露西亚发现作家男友洛伦佐失踪了，于是前往他曾提及的巴利阿里群岛中的福门特拉岛寻找线索。

6 年前，洛伦佐在福门特拉岛上邂逅了少妇厨师埃琳娜。月明之夜他们在海中欢爱，暗结珠胎。当埃琳娜发现怀了他的孩子后，他却不见了人影。后来，洛伦佐偶然得知露娜是自己与埃琳娜的女儿，开始到马德里的学校去看她。他在与露娜的保姆幽会时，露娜敲门打断了他们，此时悲剧发生了：家里的一条罗威纳犬蹿了过来，咬死了露娜……他陷入深深的自责，匿名通过 E-mail 联系上埃琳娜，为她编造一个个动人的故事，试图使她振作起来。

这部电影将过去和现在交织在一起，电影中的人物和洛伦佐小说中的人物交替出现，形成剧情的迷宫。最终，因为出了意外事故而在医院里治疗数周后的洛伦佐再次来到福门特拉岛，与埃琳娜和露西亚重逢。

《肖邦：爱的渴望》
（*Chopin: Desire for Love*）
2002年

这是导演泽基·安特科扎克（Jerzy Antczak）根据波兰钢琴家、作曲家弗雷德里克·肖邦的生平故事创作的一部电影，情节涵盖肖邦和作家乔治·桑之间的恋情，展现了他们在马略卡岛瓦尔德莫萨一家修道院过冬的剧情。由彼得·亚雷亚当奇克（Piotr Adamczyk）和达努塔·斯坦卡（Danuta Stenka）主演。

《豹》
（*Il Gattopardo*）
1963年

以1860年的西西里岛为背景，通过萨里纳亲王这个人物，细腻地描绘了当时贵族的奢华生活，以及贵族面对即将没落的前景，依然表现出的强大尊严和自持。影片结尾，萨里纳亲王拒绝了使者邀请他去参加议会的企图，他说自己的内心依然像一只豹子，敏感而坚定。这部电影荡气回肠，被称为“意大利史诗影片”，获得1963年法国戛纳电影节金棕榈大奖。

《天堂电影院》
（*Nuovo Cinema Paradiso*）
1988年

该片由朱塞佩·托纳多雷（Giuseppe Tornatore）编剧和执导，获得第62届奥斯卡最佳外语片奖。该片讲述了二战结束不久，在西西里岛的一个小镇上，6岁的塞尔瓦托是一位战争寡妇的淘气儿子，小名叫多多（Toto），他每天空闲时都去一家“天堂电影院”看电影，当时电影里所有的接吻镜头，都会被牧师剪掉。他与放映员阿尔弗雷多（Alfredo）逐渐成为忘年交，阿尔弗雷多教会了多多操作电影放映机。后来，高度易燃的硝酸电影胶片在放映中不幸引发了火灾，尽管多多救了阿尔弗雷多一命，阿尔弗雷多却永久失明。

小镇上的居民集资重建了天堂电影院，多多成为新一代放映员。大约10年之后，多多在读高中，对一个银行家的女儿埃琳娜（Elena）一见倾心，但因为她父亲的反对而无果。到了20世纪80年代，多多已成为一名著名导演，回家参加了阿尔弗雷多的葬礼，阿尔弗雷多的遗孀给了他一些遗物，其中有一卷电影胶片。当多多回到罗马，端详着阿尔弗雷多留给他的遗物，发现它由所有被牧师剪掉的浪漫场景组接而成，多多终于和他的过去和解了。2002年，该片推出173分钟的导演加长版，增加了功成名就的多多返乡后与埃琳娜终于初温鸳梦的情节。

《战争故事》
（*War Story*）
2014年

马克·杰克逊（Mark Jackson）执导的影片。片中一位女战地摄影师李（Lee）在利比亚被劫持为人质，获救后，她前往西西里岛，在那里遇到了前男友兼导师艾伯特（Albert）。李还遇见了年轻的突尼斯女孩阿弗西娅（Hafsia），她与之前李曾拍摄过的一个利比亚女生惊人的相似。阿弗西娅急需做流产，李和艾伯特试图通过一条安全的线路帮助她逃往法国。该片表达了逃向欧洲的难民经历的黑暗与焦虑。

《月光提琴手》
（*Fading Light*）
2000年

这部希腊影片基于一个真实的故事改编，由瓦西利斯·杜罗斯（Vassilis Douros）执导。该片讲述了在爱琴海一个僻远的小岛上，12 岁的男孩克里斯托（Christos）与他的母亲相依为命的故事。他有着非凡的音乐天赋，但因为眼疾的恶化而逐渐封闭自我。他经常逃课，独自游荡在岛上，并与守护灯塔的老人寿舒米斯（Soursoumis）结成忘年交。老爷爷向他悉心传授希腊民间音乐，教会他小提琴的独门技法，让他在琴声中找到梦想的出口。在学校新来的女老师玛丽亚（Maria）的帮助下，克里斯托拿着老人赠予的小提琴，来到雅典参加小提琴比赛，并一举夺魁，成为少年小提琴家。当他带着获奖的喜悦，回到小岛以告慰老人时，老人已溘然长逝。

影片最后，克里斯托再次登上灯塔，将奖状放在灯塔台上。一个仰拍的镜头让灯塔充满神性的寓意，爱琴海上的琴声如诉。该片在朴质柔美的基调中，充溢着一种感人至深的力量。

《“辛姆沙”号渔船》
（*Simshar*）
2014年

该片由马耳他导演瑞贝卡·克雷莫纳（Rebecca Cremona）执导，故事按两条线索展开：11 岁的男孩西奥（Theo）随家人第一次出海，不料，他们的渔船“辛姆沙”号沉没了，所有人都漂浮在地中海的海面上；与此同时，亚历克斯医生无奈地被派遣到一艘土耳其商船上，去解救一批困在马耳他和意大利之间的非洲难民。相关国家互相推诿，谁都不想接收难民，难民们只好被困在船上。最终，西奥一家被发现，但只有一人生还。

该片根据 2008 年 7 月发生的真实事件改编：一艘名为“辛姆沙”号的马耳他渔船在该国海域发生爆炸后沉没，船上的 5 个人在海上漂浮，只有一人幸存。其中 3 名死者的遗体先后被找到，但经过 17 天的搜索，西奥的遗体依然没有发现。

《海上火焰》
（*Fire at Sea*）
2016年

这是意大利纪录片导演詹弗兰科·罗西（Gianfranco Rosi）的作品，获得第 66 届柏林国际电影节金熊奖。该片在意大利最南端的兰佩杜萨岛（Lampedusa）拍摄，这是一个面积只有 20.2 平方公里的小岛，距离非洲的突尼斯 113 公里，成为移民潮中的前线和第一个停靠港。岛上只有 6000 名居民，每周却有数百名非洲和中东难民在岛上停靠。影片通过岛上一个 12 岁的爱打弹弓的男孩萨穆埃莱（Samuele）的视角，展现了汹涌的难民潮及其对岛上居民日常生活产生的影响。

《神秘旅行》
（*Viaggio Segreto*）
2006年

该片由罗伯托·安德（Roberto Andò）执导。这是一个因为爱而遮蔽真相的故事。心理医生莱昂纳多（Leonardo）与心理脆弱的妹妹艾尔（Ale）住在罗马的同一栋公寓内，他们保持着感情上的共生关系。艾尔即将结婚。一天，莱昂纳多收到牧师的来信，得知他们幼年时居住过的房子即将被出售，这样在时隔30年之后，他不得不开始一次私密旅程，重返西西里岛。

旧日情景唤出他们的母亲被枪杀的家变真相。当年，在目睹了他们的父母恩爱地在客厅裸体跳舞后，艾尔不知出于何种动机，用猎枪射杀了他们的母亲。身为法官的父亲自愿替女儿服罪，最终被判处了14年有期徒刑。这些年来，莱昂纳多一直保守着秘密，这位以治疗他人内心疾病为己任的心理医生，时刻面对的却是惨痛往事的迷宫。这样的记忆就像客厅中的屏风，暂时遮蔽着童年的创伤。爱恨变幻无常，有时，那些嫉妒和恨意，反而会化作更深层次的爱。

《地中海乐园》
（*Mediterraneo*）
1991年

由意大利导演加布里埃尔·萨尔瓦托雷斯（Gabriele Salvatores）执导，充满意大利式幽默，1992年斩获奥斯卡最佳外语片奖。“二战”期间的1941年，一组意大利海军士兵登上希腊的一个小岛执行任务，岛上的村庄似乎空无一人，后来他们的船被敌方摧毁，士兵们发现自己被遗弃在岛上。当地村民渐渐明白这些意大利人是无害的，于是纷纷从藏身之处走出来，继续过着平常的日子。士兵们发现，滞留在一个被遗忘的岛上并不是一件坏事，他们每天踢球、休憩，其中一个还邂逅了爱情……小岛成为他们的乐园。

《永恒和一日》

（*Eternity and a Day*）

1998年

希腊电影大师西奥·安哲罗普洛斯的代表作，该片获得1998年戛纳电影节金棕榈奖。年迈的诗人亚历山大得了绝症，第二天必须住院做生死未卜的化验，他开车上街时，两次搭救了一个在街头流浪的阿尔巴尼亚男孩。男孩想离开希腊回到阿尔巴尼亚，亚历山大带他驱车前往边境，却被哨兵发现。

男孩告诉老诗人，在阿尔巴尼亚边境的道路两旁埋着地雷，被绑架的男孩会被卖到黑市，甚至会受到性侵。男孩面对的危险，让亚历山大从自怜中觉醒，激发他追忆起希腊民族诗人迪奥尼西奥斯·索洛莫斯（Dionysios Solomos，1798—1857，希腊国歌歌词的作者），从而完成自己的诗作。最终，亚历山大回到家时才发现，一天，原来也是永恒的。

影片通过一天中的告别和回忆，在爱琴海和白房子之外，铺展开边境线、非法移民和希腊传统婚礼等广阔场景，在生命之爱中，编织起命运的共同体。

Postscript
后记

Narrating for the Brightness and Purity
为明媚和清澈发言

所有罕见的岛，并不存在。

尽管许多时候，那些岛屿一直演绎着疏离、独立和自由的“他者”形象。

我像一位“岛屿诗人”，穿越欧洲的23座岛屿，进行着跨越文化疆界的身份追寻和影像纪录，让那些蕴含在欧洲海域里的乡愁和爱恋，得以重新浮现。

· A ·

旺季还没有到来。爱琴海沿岸，依然寂静。

初春时分，从土耳其的费特希耶（Fethiye）、马尔马里斯（Marmaris）、博德鲁姆（Bodrum）、以弗所（Ephesus）到伊兹密尔（Izmir），我在爱琴海东南部沿海的海岛与小镇之间穿梭拍摄。一个又一个小城，有着太多的历史与传说，我只是静静的聆听者。

从爱琴海东岸，在鸽子岛（Güvercin Adasi）上眺望黄昏。鸽子岛是一座仅有几

从我房间的阳台上，就可以看到这座红白相间的灯塔。暮色之中，明灭自喜。

千平方米的袖珍小岛。

夕阳一点点消退，平静的海面上没有一艘船。岛上最高处的一个古堡被映照得如宫殿，蓝天深碧。这座名为格弗西纳达（Güvercinada）的城堡，可以追溯到拜占庭时期，它是在此从事贸易的热那亚人的战略要地。到了奥斯曼时期，则主要用于打击海盗，因此被称为“海盗城堡”。

鸽子岛上，几对恋人在与夕阳合影，幸福的笑脸上有着地老天荒的痕迹。

许多时候，人们容易在怀疑和寻找之间摇摆：到底是做一个爱情的怀疑论者，还是做一个爱情的盲目乐观者？

智者说，爱是一生的磨难；不爱是一生的遗憾。

对世界充满了诘问，生活中的滑稽与荒诞，经常让我们哑然失笑。谁都不知道，自己是否幸运，能否找到灵魂伴侣。

爱，从来就是一件千回百转的事情。忠实于爱情，回到爱情并塑造爱情。只有极少数人会成为坚定的爱情确信者。

“锦幄初温，兽烟不断，相对坐调笙。”恋爱，须了解对方世界的单词、语法、省略句、双关语和潜台词，才能顺畅地对话。爱的最初和最终，是进入，是共享。在激情中呢喃，在平缓后述说，心灵的秘角被一次次地触动，升华为爱之光芒。从共融、共通到共生；而后，从自觉、自然到自由。

最后一线夕阳渐渐淡去，城墙盘踞在青色的礁石之上，波浪有节奏地轻轻涌来……一切犹如梦境。

夜色弥漫在鸽子岛上。

结束拍摄，我回到库沙达色（Kuşadaεi）酒店已经很晚了，餐厅的工作人员还在等着我们，一位帅哥钢琴师在弹着钢琴。

我取了一些食物，就在离钢琴不到 3 米的餐桌前，背对钢琴而坐。

一浪又一浪的乐曲声，潮水般地覆盖了我的身体。这些乐曲是意大利钢琴家鲁多维科·艾奥迪（Ludovico Einaudi，1955—）的作品，我尤其喜欢他的《白云》（*Nuvole Bianche*），华丽、流畅、深情，在倾诉的过程中，没有任何生涩或迟疑，委婉而坚决，将心愿一点点诉说。

无法不倾听。

探险、诱惑和冲突，组成了我创作的主题。远方的诱惑和不同文化之间的冲突，构成了明丽的诗篇，而频繁的行旅，总是让我不知身在何处，却又清醒地意识到此刻已在自己最想抵达的地方。

只是，更多的时候，我不再轻言精神故乡，那是由他乡与本土，无数的神奇之地和瞬间构成的。它只安放于我的心灵深处。

一位联系了20年但至今尚未谋面的友人，曾概括地说出我身上有一种“很入世的隐士气质”，此言极是。有些人是入世的强者，还有些人是出世的智者。而我，更希望是一位游离在入世与出世之间的行者。

骑着海浪的一些岛屿，正如同一个个独具个性的隐者：自我、美好，与他人适度隔离。这种距离感也带来某种神秘。

那是一个人的自由之地。

· B ·

去往远方之岛的旅途充满寓意。

一些时候，刚刚离开此岸，还没有到达彼岸，这恰似人生的一种悬浮状态。

从欧洲大陆出发，前往那些岛屿，有两三个小时的飞机航程，也有一天一夜的船旅时间……在不经意之间，我小憩在一座又一座岛上。

曲折的海岸线、险峻的悬崖和夕阳下的归舟……岛屿成为我暂时逃离庸常生活的别处，喧闹的城市生活好像暂时被放弃、被搁置和被疏离。而无论是去欧洲北方的岛屿，还是欧洲南部的岛屿，其实都是在寻找精神原乡的方位。而最终，岛在很多时候属于灵魂之岛，也许它是每个人都渴望抵达的自由之地。永如初见的不仅仅是那些岛屿，更是我们渴望追忆的青春和追溯的本真自我。

如果从东方出发的话，去往欧洲的那些岛屿，时间有些漫长。首先需要搭乘

飞机刚刚离岸。舷窗之下，海水如夜空般深蓝，海面上有两艘船拖着白色的浪花驶过，像是两颗彗星，让人有点分不清是海洋还是天空。

10—11个小时的国际直达航班，然后转乘飞机或轮船。正是这种漫长的过程，使人对通向岛屿的旅程充满期待。

最初的几年时间里，我站在那些中转的航站里，会经常听凭自己的感觉，选择去往小岛的方向。四面八方有着如此之多的诱惑，于是，那些小岛，就像航程中的珍珠，无言地闪亮着。

那些岛屿与欧洲大陆的边缘保持着距离。从北大西洋的叙尔特岛开始，向南到马德拉群岛，再向东穿越地中海，从伊比萨岛、西西里岛、克里特岛，一直到莱斯博斯岛，然后沿着爱琴海东线而下，最后抵达罗德岛。

需要说明的是，这样一条线的串联是为了本书结构的清晰、简明和完整。事实上，整个旅程并不是一次完成的，其中一些岛屿在不同的时间段，曾令我反复探访。本书中，多次访问过的海岛，会以回叙的方式加以呈现。

在地理位置上，有些岛屿也许是偏僻的，但在历史和文化层面上，它们构成了一个个海洋区域中心，在民间传说中丰富着岛屿的内涵。在自然之外，成为文化意义上的光荣之岛或沉思之岛。

我常常回到熟悉的那些岛屿。漫步在岛的光影中，会发现那些林荫小径上垂挂下来的枝叶更加茂盛了，像是一条条健壮的绿色手臂，不时地拦在小路上，人们需要稍微低着头才能走过去。一年又一年，自然景观悄悄地发生着变化，岛，以俏皮的变化迎接我的再次到来。

许多时候，那些传说深藏在岛屿各处，只有细心地寻觅，才会发现它们。岛上的老人是最好的见证者和传承者，还有书籍，封存已久，也不会被遗忘。岛上的原住民与外来客的交流，构成了多元文化的融合，体现出海洋改变岛屿的外在力量，如此强大。

· C ·

岛屿也在不断地变化。

2014 年冬季，我来到马耳他的戈佐岛（Gozo），乘坐敞篷观光大巴巡游。戈佐岛是马耳他群岛的第二大岛，面积为 67 平方公里，呈椭圆形，最长处 14 公里，最宽处 8.7 公里。相比马耳他主岛，戈佐岛以秀丽的小山丘而闻名。

大约公元前 5000 年，就有人类居住于此。据考证，他们是从西西里岛渡海过来的，因为在两地发现了相似的陶器。

我来到卡里普索洞窟（Calypso Cave）。在希腊神话中，卡里普索是大力神阿特拉斯（Atlas）的女儿，拥有超自然的力量，她爱上了英雄奥德修斯（Odysseus），可他当时已有妻子佩内洛普，卡里普索就扣押他在岛上待了 7 年的时间。在被“软禁”的日子里，尽管卡里普索无比妩媚，但奥德修斯郁闷不已——

他坐在海边哭泣，像往日一样，
用泪水、叹息和痛苦折磨自己的心灵。
——《奥德赛》第五卷

直到宙斯派出使者赫尔墨斯（Hermes，奥德修斯的曾外公）来到岛上，卡里普索才释放了奥德修斯，让他继续归乡的旅程。

观光大巴向北行驶，来到德维拉（Dwejra）海湾。我沿着公路走在海岸的岩石

蓝窗曾是戈佐岛上的一处胜景。2017年3月，这个蓝窗因暴风雨而坍塌。

上，这些岩石的表面有蜂窝状的小孔，比较粗糙。一片岩石中，有许多大小不等的孔隙，里面有一些积水，反射着蓝色之光，清湛冰寒。这种岩石是由一种被称为“Lower Corallian”的石灰石构成的，是在马耳他群岛发现的最古老的岩石。岩石的地貌也是长期受到侵蚀所致。戈佐岛上的这种石灰岩的厚度大约 23 米，颜色从黄色到浅灰色，上面覆盖着风化后的海洋生物遗体。

我慢慢地靠近蓝窗（Azure Window）。蓝窗是岛上的一个地质奇观，由几百万年前坍塌的两个石灰石山洞构成，既像一座巨大的拱门，又像一座石拱桥。坐在岩石上，我忆起，这里奇特的地貌曾吸引多部影片和电视剧在这里取景，其中包括《基度山伯爵》。在热门剧《权力的游戏》（*Game of Thrones*）中，卓戈 · 卡奥与龙女的婚礼现场也是在此拍摄的，而第一季中，马耳他的姆迪纳则是君临城（King’s Landing）的外景地。

2014 年 8 月到 11 月，布拉特 · 皮特和安吉丽娜 · 朱莉在戈佐岛上拍摄《海岸情深》（*By the Sea*）。影片中，布拉特扮演一个成功的作家，安吉丽娜饰演一位舞蹈演员，他们在结婚 14 年后进入了倦怠期，前往海边度假，并试图拯救他们的婚姻。这部影片似乎预示着这两位明星的真实生活。2016 年 9 月，传来两人离异的消息。世事难料，却总是暗合着某些线索。

从翠绿的岛屿中心向外看，我在语言之海中游荡——书写情感本身的灾变，书写它的无知和未知。在时间的流线里，更多的时候既没有声音，也没有影子。

到了 2017 年 3 月，这座蓝窗在一场暴风雨后坍塌。首先是柱子坍塌，之后拱顶倒塌，最后消失得无影无踪。我庆幸自己能在蓝窗消殒之前，仔细端详过它的奇景和旷世之美，由衷地赞叹自然之手的神奇魔力。

· D ·

欧洲的一些小岛也是文学作品的灵感之源，并在历史上扮演着意想不到的角色。

我从马赛的贝尔珠码头搭乘渡轮，探索两座离岛。弗里约尔群岛（Frioul Archipelago）离马赛大约三四公里，其中包括伊夫岛（Île d’If）、拉托瑙岛

（Ratonneau）、石榴岛（Pomègues）和蒂布兰岛（Tiboulain），群岛的总面积约2平方公里，群岛总人口146人。

天空中鸥鸟飞动，跟着渡轮滑翔。驶过宏大的圣·让城堡（Port St.Jean），城堡的北侧，有一座黑色的现代建筑物，这是欧洲和地中海文明博物馆（MuCEM，Musée des Civilisations de l'Europe et de la Méditerranée），于2013年落成，是马赛作为"欧洲文化首都"（European Capital of Culture）年度活动时的标志性建筑。

风浪很大。渡轮驶近伊夫岛，海浪拍打着小岛四周的悬崖，惊心动魄。这座岛的面积0.03平方公里，整座小岛就是一个要塞，后来，岛上的城堡变成了戒备森严的监狱。1844—1846年间，大仲马以连载的形式，发表了小说《基度山伯爵》，主人公爱德蒙·唐泰斯（Edmond Dantes）在蒙冤被关押于此14年后，假扮死尸，最终得以逃生。这个故事也使得伊夫岛名声大振。《基度山伯爵》英文版的最后一句话，还令我记忆犹新——"All human wisdoms are summed up in two words: wait and hope."（人类所有的智慧都能用两个词来概括：等待和希望。）

小岛上有一座城堡，长28米，在两侧的3座塔楼上，配备了大型火炮。1516年，国王弗兰西斯一世（Francis I）来到这个小岛时，发现它具有防御海上袭击的重要战略意义，遂下令在1524—1531年间在此兴建城堡。

1531年7月，神圣罗马皇帝查尔斯五世（Charles V）准备攻击马赛，但了解了这座要塞之后，最终还是放弃了入侵计划。

这座城堡在历史上，没有对抗过实际的攻击，主要缘于它在军事上的威慑力，有时还起到转移公众注意力的作用。1800年，让·巴普蒂斯特·克莱伯（Jean Baptiste Kléber）将军在开罗被暗杀后，拿破仑担心他的坟墓会成为共和党人的朝拜之地，于是下令把将军的遗体遣返至这座城堡，停放了18年的时间，直到路易斯十八下令，让·巴普蒂斯特的遗体才得以在家乡斯特拉斯堡落葬。

渡轮靠近伊夫岛。波涛汹涌，还有危险的离岸流，从这里逃走几乎成为不可能的事，此处也就逐渐变成法国最令人生畏的一座监狱。曾有3500名法国新教徒（Huguenots）关押于此。1871年，巴黎公社的一位领导人加斯顿·克雷米厄（Gaston Crémieux）在这里被枪杀。从1890年开始，该监狱停用，小岛向公众开放。目前，整个伊夫岛已被列入法国文化部历史建筑名录。

离开伊夫岛。20 多分钟后，渡轮抵达拉托瑙岛码头。沿着土路，我向小岛的东端漫步。岛上的山体是裸露的岩石，这个季节开满了姹紫嫣红的小花，荒凉与生命在各自的一端展现。

路旁有一块指示牌，上面标示着卡洛琳医院（Hôpital Caroline）的位置。我朝这个方向徒步。来到医院的遗址前，看见所剩的建筑已不多。1828 年，这座新古典主义风格的医院在小岛的东端建成，由米歇尔—罗伯特·彭乔德（Michel-Robert Penchaud）设计，在第二次世界大战中，很大一部分被毁于轰炸。

历史上，这个岛也充满了故事。公元 49 年，古罗马舰队围困马赛时，船队就停

阳光透过云层，照射在小岛的土地上，而四周都处在阴影之中，构成奇妙的对比。

泊于此。后来，这个岛用来隔离那些患上霍乱和麻风病的外国水手。

我来到东端的圣埃斯特夫（St. Estève）海滩，清澈的海水呈现一种斑驳的蓝色。沿着小路向上走，残存的城堡遗址中布满拔地而起的残柱，顶端是十字架，密密麻麻一片，此处的荒凉，烘托出不远处城市的繁华；历史深处的寂寥，映衬着现实的浮华。

沿着山脊徒步。在我的前面是一位50多岁的女士Ann，她个子不高，穿着一双凉鞋，走路飞快。我跟她攀谈起来。她原来在罗马尼亚，在铁幕降落之后，历经一段动荡的时期，然后艰辛地移民来到法国。她住在马赛附近的一个小镇上，现在几乎每个月她都要到这个岛上徒步一次。

她说，这个季节最好，不热，到处开满野花。她背了一个画着抽象图案的帆布双肩背包，我夸她的包好看。她说，这是她自己缝制的，上面的图案也是她手绘上去的。图案包括一些蓝绿色的锯齿形线条，既像山峦，又像叶脉，更像是她这样的移民内心的冲突与梦境。

前面有几只海鸥，在超低空对我鸣叫，有种撕裂的炸音，且不断地向我飞来，似乎要袭击我。我赶紧避让，走到另一面坡地上去。在南极，我也曾遇到这样的情景，在我行走的路径不远处，应该是有鸥鸟孵蛋的鸟巢，它的鸣叫是在警告人们远离一些，如还继续的话，它们可能会把鸟蛋推下去，以防被抢。

我找到一面平缓的坡地，上面有厚厚的草丛，我放下背包，躺在上面。下面是一湾开阔的海岸，鸥鸟在远处飞翔。这样的午后时分，没过多久就开始假寐，半梦半醒之间，那些山间的香气和鸟鸣不断地袭来，我不知道是来自现实，还是来自梦境。

下午时分，我走回拉托瑙岛码头，乘船回马赛。风浪依然很大，船经过伊夫岛时，再次感受到海浪中的这座传奇之岛，在乌云笼罩下的那分遗世独立。

回到马赛贝尔珠码头。我来到一座宏大的现代建筑面前，它的外墙采用黑色蕾丝状结构框架。站在下面仰望，这些条纹仿佛给建筑镶上了精致的花边。这是欧洲和地中海文明博物馆。刚才是从海中观看，现在是从陆地的角度，走近它。

进入一楼大厅，光线略暗。在大厅中央，陈列着四五只箱子，上面有屏幕，朝着各个方向循环播放录像。屏幕里呈现的，都是固定机位拍摄的大海——地中海不同区域的画面。

我沿着博物馆外围的坡道缓缓而上，欣赏着蕾丝条纹框架，这个框架约有 15000 平方米，看上去有些纤细，其实有着强大的力学结构，它将室内与室外完美地联在一起，正如设计这座博物馆的建筑师鲁迪·里乔蒂（Rudy Ricciotti）所言，整个博物馆是由“石头、水和风”组成的。这些条纹框架刚好使风贯通，让博物馆的内部空间与马赛的海港气韵相通相融。

许多时候，我探访过的那些海岛也是如此，即由“石头、水和风”组成，磐石坚固，水滴脆响，仿佛圣光无限返回、着落的那一个个灵魂焦点。

我走到 Quai des Port 海滨大道，空地上一位乐手在坐着弹吉他。看上去他 50 多岁，戴着墨镜和礼帽，头几乎俯到吉他上。

他随手一弹，激越的音符飞扬而出。不时有骑车或踩滑板的人从他面前倏然而过，他却浑然未觉，只顾俯身沉浸在他的音乐世界里，像是在守着一个秘密，只对地中海，轻声诉说。

· E ·

岛，是被不断关注的，也是被反复吟咏的。

知名的摇滚歌手西蒙和加芬克尔（Simon & Garfunkel）在《我是一块顽石》（*I Am a Rock*）中曾这样唱道：“I am a rock，I am an island.”（我是一块顽石，我是一座岛屿。）

还有一首情歌与岛有关：

oh mon amour...

tu es la vague, moi l’île nue

tu vas tu vas et tu viens

entre mes reins...

我的爱……

你是波浪，我是裸岛

你涌去涌来

缠绕在我的腰间……

米克诺斯岛，蓝色的泳池光影浮动，仿若一幅爱琴海的幻想版图。

这是包含呻吟与喘息的法语恋歌——《我也深爱你》（*Je T'aime Moi Non Plus*）中的歌词。这是岛屿与波浪的另一种象征与隐喻。

在远方之岛，谁是你的波浪？这其实是一个颇难回答的问题。不是每个人都有幸遇见他或她的波浪的。幸与不幸之外，远方不灭，旅途永在。我一一探访的这些岛屿，以影像的独白与文字的低语，直逼旅行的姿态——在抒情的基调之中，对于灵魂之旅，叠现更深层的渴望。在禁锢与放任之间，悬浮在一个恰到好处的层面，独自享受。

在波浪之外，是我们眺望的彼岸和渴望栖息的岛屿。

"当我们启程寻找自我的时候，没有任何可以遵循的地图。"法国现代艺术家让·谷克多（Jean Cocteau，1889—1963）的这句话恰恰道出了寻访的艰难。

· F ·

"在从雅典飞回巴黎的途中，凝望舷窗下的地中海，我忽然想起希腊诗人奥德修斯·埃里蒂斯的诗句：'我将我的生命带到这么远……'

埃里蒂斯是1979年诺贝尔文学奖获得者，他一直在'为明媚和清澈发言'。多年以来，我一直很喜欢读他的诗，当我真正踏上希腊这片土地后，我发现，我能够更深刻地理解他的诗句。

是的，我也正在不断把自己带到这么远的地方。"

1999年夏季，当我首次探访希腊这些岛屿时，曾写下这样的随笔。影像如诗，在本书中，这些影像也是诗歌的延续。

那年，小居米克诺斯岛时，我住在白房子里。窗户涂成蓝色，没有玻璃，是用木板做成的。透过窗户，我见到镜花水月投射在深黛色的爱琴海上，偶尔有一艘灯火辉煌的渡轮划破平静的海面，留下一条长长的光带，如绵长的记忆之光。深夜，海风极大，窗户须关上，只留下一条缝，窗不时地被海风吹得"砰砰"作响。

在我那次爱琴海旅行一年之后，2000年9月26日晚10时许，一艘载有533人的希腊渡轮“萨米纳号”（*Samina*）在帕罗斯岛附近的海域遭遇 8 级狂风，以 18 节的速度撞上了波特斯岛礁（Portes Islets），船舶的右船体出现了一条长约 3 米的裂缝，海水涌进渡轮，迫使它迅速向右倾斜，最终在 25 分钟内沉没，造成 81 人遇难。案发时，船长和船员们正在收看电视转播的一场足球比赛，渡轮导航系统被置于自动驾驶状态。这成为希腊 55 年来最严重的一起海难事故。

我忆起克日什托夫·基耶斯洛夫斯基（Krzysztof Kieslowski，1941—1996）的《红白蓝三部曲》。我喜欢其中的《红》（*Trois Couleurs*: *Rouge*，1994），影片最后，由法国开往英国的渡轮不幸发生海难，女学生瓦伦丁（Valentine）获救的瞬间被定格，令人震撼。

在旅途中不乏危险，只有在想象力的岛屿上，旅人才永不沉没。

多年以前，我买了两张出生于希腊克里特岛的歌星娜娜·穆斯库莉（Nana Mouskouri，1934—）的黑胶唱片。每每在黄昏之时聆听她的《试图牢记》（*Try to remember*），甜美的歌声里蕴含着诗意，因此我常常遥想她的故乡希腊。

记得 1999 年在返回雅典的渡轮上，几个大学生在过道上倚着大背囊酣睡，有两群人站在甲板上，在手风琴的伴奏下，引吭高歌。我虽然听不懂歌词，却能从他们的表情和旋律中，体会到他们心灵的自由。

在爱琴海上，渡轮不断地驶离与靠近岛屿。两艘渡轮相遇的时候，船体与船体之间快速交汇，庞大的体积令人敬畏，渡轮尾部拖出的巨大水花，让我静穆无语。

我在如此多的远方之岛，寻找心灵居所。对于喜欢男士香水的我来说，有一家品牌在许多年前，曾出过两款香水——Soul（灵魂）和 Del Mer（海洋），那恰好给我提出这样一个问题——小岛组成的，究竟是海洋中的灵魂，还是更宽广的灵魂的海洋？

寻找摇晃之岛的旅程，在 2020 年初，随着“新冠”的肆虐戛然而止。因为不再需要寻找，整个世界已变成一座巨大的摇晃之岛。尽管如此，欧洲 23 座岛屿的记忆和渴望依然需要呈现，它们是海洋中一块块彼此分离的陆地，像卑微而坚定的灵魂，面对蔚蓝，稳坐海岸。

那些辽远之岛、异乡之岛，让人盛满岛中怀念。相距万水千山，我仍能隔着记忆，闻到幽香；而在春天，海浪汹涌，教堂钟声回荡。在春潮和钟声里，我聆听琴岛低语，她的呢喃。

本书定名为《琴岛低语》，灵感来源于两处，一是本书所书写的23座欧洲岛屿中，有13座岛屿分布在爱琴海；二是本后记第一部分描绘的有钢琴陪伴的晚餐，可以用“琴岛”来象征这些岛屿的乐韵和深情。

琴岛低语，这种由涛声、传奇和文化想象所组成的海之呢喃，或许正如智利诗人维森特·惠多布罗（Vicente Huidobro，1893—1948）所描绘的——

一块奇异的礁石，形似一把时间的熨斗，滑动在蔚蓝之海上。

你怎样逃避我的声音终归徒劳
无望逾越我赞颂的墙垣
我们被同一颗星缝合
你被紧缚于群月之夜莺……

旅行与追问，童心与乡愁，这一切，在多年之后，转身折返。总有一天，你会和自己那些如幻的烦恼，分道扬镳。不怕念起，只恐觉迟。醒来的时候，才是时候。

在这个愈加复杂的年代，我们能做些什么？温习常识，厘清思路，重拾信心，并保持彼此的连接感，就像这些岛屿。

迷失在欧洲的23座岛屿之间，小心地行走在记忆与鲜花的锋芒上。拥有坚强的自我和热情的生活，而日暮时分的海面，恰好给这种适度的狂野，增添了一抹宁静的曙色。

于是，任何时间和他人，都无法触碰和伤害你那灵魂深处的柔软。灵魂和身体在许多时候，也形似沙漏，滴入时间之海，依然保持着他们的形状，等待着缘分之光穿越。

我同样想通过本书，表达在日益严重的海洋危机下，岛屿文明的困境和今后可能的走向。岛屿的未来，或许也预示着这个世界的未来。

本书封面的这帧照片，让我重回2013年初秋的圣托里尼岛。黄昏时分，我来到伊亚小镇，这是圣托里尼最为知名的小镇。沿着尼卡拉乌·纳米卡乌路（Nikalaou Namikaou）漫步，主街道由鹅卵石铺成，一直延伸至悬崖边缘。夕阳西下，人们纷纷涌向西侧的小丘，等待落日来临。这是一段梦幻般的路程。

在路旁，我发现屋顶上竖立着一组雕塑：左侧的雕塑，是一位裸身男子站立在一个金属圆环上，手中拎着两串鱼，暖光照在他的身上；而中间的一座雕塑则形似蓓蕾，又恰似火苗，向上耸动，激发人们蓬勃的想象。不远处的海面上，漂浮着一叶小舟。此刻，爱琴海静谧，诗意盎然。

旅途中，我一直寻找“熟悉的陌生感”，这幅画面刚好表达出这种感觉，并与我的《水岸九歌》一书封面有异曲同工之妙。

半个多小时之后，落日慢慢地沉到海平面，辉煌已在另一个维度。

拂尘透光，心仰阔达。世界时常充满一种巨大的反讽力量，让人陷入与愿望相反的境地，唯有不断寂灭，才能在自己身上发现某种不朽的东西。

这些年，我度过了像自己生命一样深长的岁月之河。我在非洲广袤的天空下长久地凝思，然后，一次又一次地离开土黄色的大地，开始海洋之旅，抵达蓝色的疆域。此时，草原上那燃烧的风，已经冷却。

如此美好的世界。我迷恋浅香、碎影和微语，与未知嬉戏，永恒写在苍穹之上。我们有着太多空洞的、不知所云的宏大叙事，却往往缺乏一个角落的细小闲情。

旅行便是为了心灵上一次又一次的感动，去创造灵魂上的完整，与自己的梦想重叠地走过。

那种在路上的生活，让我怀有热忱的气息与宽广的视野，不论是选择做一个迷失的现实主义者，还是做一个清醒的理想主义者，都是一样的。按照抽象派画家马克·罗斯科（Mark Rothko，1903—1970）的说法："如果没有理想主义，我们将不知道自己的健康状况。"

那是与往事缓慢的接近。岁月的磨砺，锻造出一种富有质感的平和：临水而居，简书茶盏，布衣清欢，丰裕自在，怡然自得。每天散步，月华初升之时，一身落满禅之清辉。如此，慧灯不灭。

依然怀念旅行时的状态：澄明、空澈；聆听也是一种触摸。

许多时候，岛屿被赋予不同的地貌和气质。本书中，我始终围绕着时间、个体记忆和集体经验等母题来展开创作。在我的笔下和镜头中，转瞬即逝的岛屿时光成为书中独特的"岛屿时间"。那些瞬间，不仅具有动人的视觉特征，而且呈现一种时间的回溯感，仿佛生命留痕，停歇片刻。

此刻，我的思绪再次回到克里特岛，那个叫斯皮纳龙格（Spinalonga）的袖珍小岛。作为欧洲最后一个知名的麻风村，在这个隔离区中生活过的人们，曾经历过怎样的彷徨、伤痛、屈辱和重生？如同今日世界中那些正在被"新冠"病毒摧残着的人们，同样的困苦和悲怆，无法也无处诉说。历史在镜头模糊的边缘处涌动，在镜框之外被撕开。

每个人的一生都充满内心的愿望与企图塑造你的力量之间的无限博弈，最终可能是坦途，可能是险境。

告别人性的幽微之境，抵达暂歇之岸，遥想文学的永恒，临渊而歌。对我而言，如果没有这些文字，没有这些影像，没有内心的热望，又何以来对抗时间的荒凉？

从时间的流逝中感受智慧的丰饶，我依然沿着内心的道路前行。这座袖珍小岛就像历史长河中的一块岩石，凸出，让人触摸，然后起身，等待出发。

神奇，永不消逝。

程　萌

于莱斯博斯岛——上海——苏州

By Cheng Meng,

From Lesbos to Shanghai & Suzhou

图书在版编目（CIP）数据

琴岛低语 / 程萌著．—沈阳：沈阳出版社，2021.6

ISBN 978-7-5716-1778-3

Ⅰ．①琴… Ⅱ．①程… Ⅲ．①散文集－中国－当代 Ⅳ．①I267

中国版本图书馆 CIP 数据核字（2021）第 080640 号

出版发行：沈阳出版发行集团|沈阳出版社

（地址：沈阳市沈河区南翰林路10号 邮编：110011）

网　　址：http://www.sycbs.com

印　　刷：辽宁泰阳广告彩色印刷有限公司

幅面尺寸：185mm × 248mm

印　　张：23

字　　数：271千字

图　　片：215幅

出版时间：2021年9月第1版

印刷时间：2021年9月第1次印刷

责任编辑：沈晓辉

装帧设计：杨　雪

责任校对：日　光

责任监印：杨　旭

书　　号：ISBN 978-7-5716-1778-3

定　　价：128.00元

联系电话：024-24112447　024-62564922

E - mail：sy24112447@163.com

本书若有印装质量问题，影响阅读，请与出版社联系调换。

HOMERIC POEMS

爱琴海，蔚蓝依然。

几支长桨如自然之巨椽，

在时间之水中，起起落落。

历史的书写，挥洒无痕。